狂乱羊群《きょうらんようぐん》

あいつは戦争がえり２

戸梶圭太
Tokaji Keita

文芸社文庫

主要登場人物

神谷《かみや》臣太《しんた》……戦争帰還兵
久米野《くめの》正毅《まさき》……岡地町署の刑事。戦争帰還兵
小桜《こざくら》伴代《ともよ》……同署の会計厚生係兼生活相談員
宮脇《みやわき》……久米野の上司
古東《ことう》功《いさお》……戦争帰還兵。ロボットドッグのハンドラー
芦田《あしだ》……不死鳥日本の会長
碑村《ひむら》……不死鳥日本の幹部
和久田《わくた》尚志《なおし》……不死鳥日本の構成員
熊谷《くまがい》瑛太《えいた》……不死鳥日本の構成員。和久田の部下
萩尾《はぎお》良平《りょうへい》……不死鳥日本の構成員。元タレントの広告塔的幹部
蓮見《はすみ》紗希《さき》……タレント
浜内《はまうち》公雄《きみお》……蓮見紗希のマネージャー

目次

序

２０１８年。

中国政府が「近年チベット自治区で反共過激派組織が勢力を拡大しつつあり、チベットの民がゲリラたちの残虐な暴力にさらされている。共産党はこれをすみやかに排除する必要がある」として過去最大規模の兵力を投入する。

ところがその人民解放軍の兵士たちがチベットの民に対してゲーム気分で残虐行為を行っている動画が、チベットに滞在していた上海人観光旅行者によって撮影され、それがネット上にアップロードされて世界中に拡散され衝撃を与える。中国共産党は「動画は反共テロリストが作成したＣＧである」と主張。

米国が大統領の熟慮を欠いた決断によって「チベットの民を中国人民解放軍および人民解放軍の支援を受けている国籍不明のアジア人テロリストの暴力から解放する」という大義名分のもとにチベットへの軍事介入を決め、同盟国の日本にも兵力および戦争経費の負担を要求。

米国政府はこの作戦を『オペレーション・グリーンチベット』と名づけ、作戦は参謀のトップ以外の兵力と火力をすべて大手民間軍事会社であるＸｃｏｎＵＳＡに委託し、「戦争を民間に丸投げした」という批判を内外から浴びる。

介入後早々に戦況の見通しの甘さが露呈した、戦争の出費が経済に悪影響を及ぼし始めた、期待したほど諸外国の米国に対するイメージが良くなっていない、肝心の人民解放軍がいないため作戦のインパクトに欠ける、など複数の理由から米国は兵（正確にはＸｃｏｎＵＳＡの契約社員）を呼び戻しはじめ、減った分の兵力を日本に要求。

しかし自衛官不足のため、苦肉の策で日本政府は「特殊技能民間非戦闘員徴集」という制度を設け、力のない野党の反対を徹底的に無視し、大勢の野党議員や左翼活動家を一斉逮捕して潰し、強引かつひそかに施行した。

非戦闘員であるために徴兵には当たらないという大胆な主張を掲げ、「通信」「建設」「医療」「運送」「通訳」の五分野（のちに「清掃」「調理」「その他」も加わる）から政府が選んだ20～50歳までの民間人をチベットに送るために強制連行を始めた。この動きを報道するメディアはほぼ皆無であった。現在の日本は「報道の自由度ランキング」において155位にまで落ちていた。

肩書が非戦闘員だからといって戦地において敵が区別して攻撃してこないなどとい

うことはありえないので、チベットに送られる前に全員がアメリカの民間軍事会社の新兵訓練プログラムを受講し、基礎体力づくりから始まって、小火器の扱い方、サバイバルの技術、殺人術などを教え込まれるというより叩き込まれたのちにチベットに送られた。

アメリカの民間軍事会社のオペレーター、日本の予備自衛官と特殊技能民間非戦闘員、チベット民兵という混成部隊がチベット自治区に作戦展開した。

ほとんどすべての者が、いざチベットに送りこまれても中国人民解放軍と遭遇交戦することはなかった。敵は目的も規模も不明だが、豊富な武器を携えた武装山岳ゲリラであった。

チベット紛争は下火になっているものの散発的な戦闘は続いており、再び戦闘が激しくなるという米国統合参謀本部の予想もあるため今も「事実上の徴兵」は日本で続いており、任期を終えて帰還はしたものの社会に復帰できず福祉のセーフティーネットからも脱落して戦争後遺症に苦しむ帰還兵は、増え続けている。

しかしこの問題に目を向ける人間はほとんどいなかった。そもそもそんな問題が起きていることすら知らない者が大多数であった。

第一章

古東功は身柄を検察庁に送られ、検事による取り調べを受けていた。

ミリタリーブーツを取り上げられ、靴下も脱がされて、裸足を冷たい床につけていた。寒いので踵は浮かせている。

まったく、かつてのグアンタナモかアフリカの独裁国家並みのひどい人権侵害だ。しかし、検事は俺がしでかした大量殺人を考慮すればこのような非人道的な扱いも当然と考えているようだ。

「貴様のような生まれながらの人殺しは裁判にかけるのも面倒だ。それに税金の無駄遣いだ。今すぐ死刑にされても文句言えないぞ」

検事の鼻息は荒かった。

ああ、そうかい。俺の言い分を聞くための取り調べじゃないってことか。てめえが俺を好きなだけ罵倒して人格否定して優越感に浸って、検事として充実した一日を送ったような気になるためだけの取り調べか。くだらねえ。お前なんか首にパンチ一発で殺せるってのに。

「貴様に殺された人たちには、家族があって、仕事があって、未来もあったんだ。一瞬でもそのことを考えたのか⁉」

そういう奴らが俺を虫けらのように殺そうとした。にやついている奴さえいた。だから俺は反撃したんだ。アメリカ人が俺に教え込んだやり方でな。

仕事だと？　あいつらの仕事は、愛国という大義名分を悪用して弱い人間を追い詰めて殺すことだろ、そんなの仕事じゃねえ、ふざけるな。

それにしてもこの部屋、なんだか臭いな。俺より前にここで取り調べを受けた被疑者は風呂に入れてもらえなかったのか？

「チベット戦争に行かされて、アメリカの軍人に人の殺し方を教わって、情動や理性をつかさどる前頭葉を切り離して原始的闘争本能をつかさどる扁桃体に操られる殺人マシンになったのか？　お前は」

ご丁寧に解説をありがとうよ。そうだよ、ディスコネクトってやつだよ。一瞬でためらいなく殺せるようにスイッチが入るんだ。お前に対してもディスコネクトしてやろうか。

だが「俺にもよくわかりません」と古東は答えた。

実際、俺の脳内がどうなっているかなんて俺にはわからない。でも、あのイギリス人みたいな風貌の精神科医は、「私は君がイカれているとは思っていない」とはっきり言った。「この国の社会こそがイカれている」とも言った。あの医者は正しい。

「なんだその無責任な言い草はあっ！」検事が声を荒げた。「貴様はそれでも人間かぁっ！」

怒鳴るなよ、怒鳴られると俺もカっとなっちまう。

「無責任なんじゃなくて、本当にわからないんですよ」

古東は顔を俯けたまま答えた。

「どうせ死刑になるとしても、少しは反省の念を示したらどうなんだ」

ほざいてろ、権力の犬が。俺がぴーぴー泣けば貴様は気分いいだろうよ、だが俺はお前の気分を良くするために生きてるんじゃねえよ、今までも、今も、これからも。同じ犬でも、俺のベーコンとハムとはまるで違う。俺に人生をやり直す力を与えてくれた、あの天使のような二頭のブルドッグとは。

お前たちに会いたい。お前たちを力いっぱい抱きしめて、頭をゴシゴシなでたい。陽光の降り注ぐ芝生に寝転がってお前たちとじゃれて顔を嘗めまくられたい。まったく犬というのは天使だ。それにくらべて人間ときたら……。

ふと、足先に粘っこい感触を覚え、足もとに目をやった。

血だった。床に血溜まりが広がっていて、爪先がその血溜まりに浸かっていた。

それを見て、古東はあることに思い至った。

こいつ、検事じゃないんじゃねえか？

もしかして俺が殺した奴じゃ？

仕返しのためにこの世に蘇って、検事のふりして俺をねちねち苛めてやがるのか。だとしたら許せねえ。もとはといえばお前らが俺を追い詰めて殺そうとしたんだろうが！

顔を上げて、初めてまともに検事の顔を見た。

とてつもなくでっかい頭部だった。古東の頭の三倍ほどの体積がある。

土台となる青白い顔にいくつものデスマスクがこぶのようにくっついていた。人面疽だ。それが十個以上もあった。そのひとつは古東と偽装デートして巻き添えを食ったあの四十路のデート嬢だった。どの顔も腐敗によって醜く膨れ上がっていた。ペンの先で突いたら爆発して膿が飛び散るだろう。

「やっぱりな」古東は言った。

「なんのことだ」と検事もどきが言った。

「いい加減、俺につきまとうのはやめろ。俺に殺されたのは、俺を殺そうとしたからだろ。俺は自分の身を守っただけだ」

「あたしはどうなるのさ！」

四十路女の腐った人面疽がヒステリックに叫んだ。

「あたしを利用しやがってい！　ろくでなしの畜生がっ」

「巻き込んで悪かったが、お前を撃ったのは俺じゃないだろ」

「償えいっ！」

「いやだ」

古東はきっぱりと拒否した。

「償えい償えい償えい償えい償えい償えい償えい償えい償えい！」

「うるせえよメンヘルがっ！」

古東は頭にきて立ち上がると椅子を蹴って机に飛び乗り、検事の頭を左手で掴み、女の人面疽に拳を叩き込んだ。

人面疽が指に嚙みついた。その気色悪さに血の気が引いた。

「放せえっ！」

古東は叫び、人面疽の下顎に指を引っかけて裂いてやった。黄土色のねっとりとした液体が大量に零れ落ちた。

その時、突然ラッパのメロディーが取調室の天井に埋め込まれたスピーカーから、空気がびりびりと震えるほどの大音量で流れた。

助かった。ここから出られる。

古東は机からひょいと降りて、手についた黄土色の液体を払いながら言った。

「悪いな、俺、もう起きないと」

「なんだとおっ⁉」

すべての人面疽が同時に言った。

「聞こえただろ、起床時間なんだよ。俺は貴様ら似非愛国団体と違って、自衛隊で働いてテロと戦っているんだ。失礼する」

古東はドアに向かった。ドアには「SURVIVE !」というシンプルこの上ないメッセージが大書されていた。

まったくその通りだ。生き延びないと。一秒を、一分を、一日を。

検事もどきの化け物が両手で机をバン！　と叩いた。

「貴様の犬がどうなってもいいのか！」

検事もどきが古東を脅した。ドアノブにかけた古東の手が固まった。

「お前の犬、ベーコンとハムを墓から掘り出して、ひき肉機に突っ込んでやろうか⁉」

古東は振り返り、醜い人面疽たちを指して、言ってやった。

「ベーコンとハムは犬の天国にいる。貴様らに手は出せない。貴様らは絶対天国にいけないからな、ざまみろ」

いきなり検事が椅子を蹴って古東に向かってきた。頭部が重くてふらつく。気色悪いなどという言葉では全然足りない。抱きつかれた。

「お前もこっちにこい、こい！　くるんだ！」「くるんだぁっ！」「こいオラっ！」「きやがれえっ！」「逃がさねえぞ！」「人殺しい！」「出っ腹野郎！」

たくさんの人面疽がぐちゃっと顔に押しつけられ、吐きそうになった。

「俺たちと一緒にくるんだあああっ！」

激しく体を揺すられる。

「古東、起きろっ！」

激しく揺すられて古東の目がやっと開いた。

「民非だからって寝坊は許されないんだ、起きろっ！」

民非《ミンピ》とは、特殊技能民間非戦闘員の略だ。もう少しましな呼び名はないのかと言いたくなる。「素人さん」でもいい。

「朝の点呼だ、一分で着替えて廊下に出ろ」

名前のわからない隊員が言って、去った。

なんとも気色悪い夢だった。

汗臭いTシャツを脱いでましなものと取り換え、カモフラージュパターンのパンツに足を通す。

先のまったくわからない人生の新しい一日がまた始まる。清々しい気分には程遠い。でも、さっきの夢よりはましか。

◆

35歳の神谷臣太は特殊技能民間非戦闘員としてチベット戦争に招集され、平均標高3500メートルを越える空気の薄い高地で、ブルドーザーやクレーン車などの特殊車両の運転操作を命じられた。

主な仕事は、高地に潜んでチベット民に対し異常な残虐行為を繰り返す謎のゲリラが潜伏したり活動したりできないよう、チベット民の村そのものを破壊することだった。

チベットの民を暴力の恐怖から解放するという大義の名の下に彼らの村を装甲ブルドーザーで破壊するのは蛮行であり残虐行為ではないのか、という疑問を抱いていたらできない仕事である。

だから神谷は、自分が戦地で生き延びて怪我もせずに兵役をつとめあげ、帰国し、もうすぐ小学生になる娘の柚香と再会することだけを考えて過ごした。戦争にいかされる二年前に離婚しており親権は母親の方にあるが、月に一度の面会だけは許されていた。それだけが神谷の生きがいである。

家屋の破壊中にＤ９ブルドーザーが、ゲリラがしかけた地雷を爆発させたことは何度もあった。

軍用ブルドーザーは初めからそのような事態を想定し地球上に存在するあらゆる有人車の中でもぬきんでて堅牢に作られているため、人員の体はしっかり守られる。しかし、神経と心までは守ってくれない。

神谷は軍役についてから早々に自律神経に異常をきたした。めまい、耳鳴り、急な便意、異常な発汗、執拗な喉の渇き、皮膚のでたらめな痙攣。だからといって帰国が早まることはなく、恐怖と不安を抑制するために大量の薬を処方された。

薬の効き目はたいしたものだった。

ある日、神谷はゲリラたちが連絡用として使用していた森の中の地中トンネルをブルドーザーで埋める仕事をこなした。先発偵察隊の報告によると、そのトンネルはもう何ヶ月も使用されておらず実質用済みとなったものらしかった。

トンネルを埋めるために森の木をすべてなぎ倒した。野蛮な自然破壊以外の何ものでもないが、薬のおかげで口笛を吹きながらこなせた。

夜遅く、その森の近く（と言っても平均的な日本人の感覚からすれば充分遠いが）の村から数人の女が軍の野営地におしかけて、なにやら抗議し始めた。

米軍をサポートしているチベット民兵の一人・ヒチーが女たちから話を聞き、それを小隊長のケネス・ジャクソン軍曹に伝えた。

「森に遊びにいった子供たちが帰ってこない、何か知らないかといっています」

祖国に残してきた愛する妹・トリッシュが、トレーラー暮らしの最低のクズ野郎・キャスパーと付き合っていてもしかしたら妊娠したかもしれないと母親から聞かされて大いに苛立っていたジャクソン軍曹は「森はなぎ倒したしトンネルも埋めたから、もうないと伝えろ」と吐き捨てるように言った。しかし「一応、カミヤに訊いてみる」とつけくわえた。

神谷は隊長のそばで、全小隊にひとつずつ支給されるタフブック（パナソニック製の軍用フィールドコンピューター）でブロックくずしゲームに興じていた。ブロックが消滅する時の「スポッ、スポスポッ」という効果音がネガティブな思考や雑念をいい具合に吸い取ってくれるようで神谷は気に入っていた。できることなら装甲ブルドーザーの運転中にもずっとこの音を聞いていたい。

「ヘイ、カミヤ、休憩中邪魔して悪いんだが」

英語で話しかけられて神谷はモニターから顔を上げた。

「なんでしょう、サー？」

「今日、例の森で木を倒してトンネルを埋めた時、村の子供を見かけなかったか？」

「ノーサー。子供も大人も、人間の姿はまったく見かけませんでした」

その返事に嘘はない。というか装甲ブルドーザーのコクピットは視界が狭く、近くに誰かが居ても気づけない。

「もう一台のブルドーザーで作業したホセは誰か見たと言ったりしてなかったか？」

「ええと……ノーサー。言ってなかったと思います。気になるようでしたらホセに訊いてみるのがよいかと思います」

「そうだな、そうしよう。ゲームの続きを楽しめ」

「サンキューサー」


ところが翌朝、抗不安薬やその他の薬計18錠を二杯目のまずいコーヒーとともに飲み下していたら、ジャクソン軍曹とホセがやってきた。

小柄なホセは今にも吐きそうな顔をしていて、ジャクソン軍曹は妹を妊娠させたクズ男を見るような目で、神谷を睨んだ。

アメリカ政府に莫大な契約金で雇われた民間軍事会社ＸｃｏｎＵＳＡのロゴが印刷された樹脂製のサーモマグカップをテーブルに置いて、神谷は訊いた。

「なんです？　サー？」

「お前、村の子供を生き埋めにしたな」いきなり軍曹が言った。

神谷は眉をひそめた。

「……なんですって？」

「村の女たちが、自分たちで、お前たちがブルドーザーで埋めたゲリラのトンネルを、夜通し掘り返して、子供たちを掘り出したんだよ。全員、死んでいたっ！」

ジャクソン軍曹は一語一語はっきりと言った。最後の「死んでいたっ！」は鼓膜がへこむほどの怒鳴り声だった。

「おえええっ！」

罪の意識に耐え切れないホセが自分の足元に吐いた。

神谷の腋の下と背中に大量の汗が滲んだ。最近薬によってどうにか落ち着いていた自律神経が、また暴走を始めた。

軍曹が神谷の胸倉を掴んだ。そして言う。

「お前と、ホセが、殺したんだ」

「サー……」

額にも汗が滲み顔の横を伝い落ちた。

「何か言いたいことあるかあっ⁉」

軍曹が掴んだ胸倉を揺する。神谷の腸が嫌な音を立てて収縮した。

「イエッサー、あります」

「そうか、じゃあ言え！」

軍曹が神谷から手を離すと、神谷は深呼吸をひとつして、それから話しだした。

「私は、あなたに与えられた命令を、忠実に遂行しただけです」

その返答に、ジャクソン軍曹の右目の下の皮膚がぴくんと痙攣した。拳が飛んでくるかと思ったが、それはなかった。

「トンネルはすでに用済みだと聞いていましたし、誰かがあそこに入って遊んでいるなんていうことは、まったく想像できませんでした。サー」

くそ、いますぐトイレに駆け込まないと爆発しそうだ。

「掘り出された子供たちの死体の顔は、すさまじい恐怖で歪んでいたんだぞ！」

なんなんだこいつは。神谷は軍曹に敵意を抱いた。いや、ほとんど殺意だ。

村の女たちの味方をして、俺を裁くつもりか？　お前の命令でやったんだぞ、俺は。それなのに正義の味方面で俺を子供殺し呼ばわりするのか？　それでもアメリカンソルジャーか？　お前らがいつものたまっているアメリカの勇気や正義や名誉とは、こんなに安っぽく感傷的なものなのか？

畜生、早くトイレに行かせろ！

「私は、あなたから与えられた命令を忠実に遂行しただけです、サー」

神谷は〝あなた〟を強調してもう一度言った。

「もう少し注意していれば、こんなことにはならなかった！」

軍曹はしつこい。殺してやりたい。

何をどう注意しろと？　お前は装甲ブルドーザーに乗って仕事したことなんかないだろう。そんなお前に何がわかる。

あの状況で気づこうたって無理なんだよ！

ぐさっ。

大腸が刺されたように痛んだ。またた。こうなってしまうと歩くこともできない。全身がねっとりとした冷たい汗にくるまれて発狂しそうだ。

それでも知りたいことがある。背中を丸め、下腹に手を当てて訊く。

「私とホセは、この件で処罰を受けるのでしょうか？」

おそるおそる訊くと、軍曹は歪んだ醜い笑いを浮かべ、折りたたみテーブルに毛深い手をついて答えた。

「安心しろ、お前さんは今まで通りだよ。ホセもな」

だったらさっさと視界から消えてくれと神谷は言いたかった。くそ、誰か死にそうな俺のために便器をここに持ってきてくれ。大腸がねじれてぶっ千切れそうだ。

「子供を殺された女たちは、ゲリラに寝返るだろうが、まぁ仕方ないさ。こっちはあいつらの子供を生き埋めにしちまったんだからな。無理もないさ」

言い終えると醜い笑みが一瞬で消えうせた。

「20分で支度して出発だ。お前は今日もブルドーザーに乗れ、移動する小隊を護衛するんだ」

今の自分がどんなにひどい状態か見れば一発でわかるはずなのに軍曹はわずかな配慮も示さなかった。

「イエッサー！」

「薬でぼんやりしてるからって兵隊を踏み潰すなよ」

殺意をこめてもう一度「イエッサー！」と応えた。頭の中で軍曹を首だけ出して地面に埋め、ブルドーザーで首を刈り取った。

軍曹がいなくなると、ホセが声を上げずに泣いていることに気づいた。

「どうしようもないだろ」神谷はホセに言った。「戦争なんだから」

「俺は……」

鼻汁をたらしながらホセは言った。

「困っている人たちを助けるために志願したんだ。罪のない子供を生き埋めにするためにチベットにきたんじゃない」

神谷はテーブルの上のマグカップを手で払いのけ、壁まで吹っ飛ばした。

「そんなこと俺に言うなあっ！」

神谷は声の限りに叫んだ。

◆

「俺に言うなぁあっ！」

神谷は自分の怒鳴り声で目を覚ました。つかのま、意識は過去のチベットと現在の日本をさまよっている。耳鳴りがする。俺は過去の夢の中で耳鳴りを感じているのか。もしそうなら目が覚めれば耳鳴りは消えるだろうか。

「俺に言うな、この野郎」

もう一度口にしたら、現在の日本に完全に戻った。とはいえそれでホッとするわけでもない。残念ながら耳鳴りは続いていた。下腹も痛い。

ここはアパートの部屋だ。わびしく孤独に住んでいる小さくて日の差さない、空気の濁った部屋だ。

涙が、両の目尻から伝い落ちるのを感じたが、放っておいた。毎朝こうだ。毎朝、枕に巻いたタオルを涙でたっぷりとぬらして目を覚ます。

枕元に置いたカシオの安い腕時計で時間を確認する。今朝も7時27分だった。なぜなのかわからない。たぶん、理由なんてないのだろうが。

今日は特別気が重たい日だ。

これから警察に出頭しなければならないのだ。先週、岡地町の飲み屋街で巻き込まれた暴行事件に関する任意出頭だ。「お前にも言い分はあるだろうから、一応聞いてやる」ということだ。たぶん、逮捕はされないだろう。事件性さえあるかどうか疑問だ。

神谷から話を聞き、それから神谷を加害者呼ばわりしている被害者気取りの中年男に「相手の男はこう主張しているぞ。それでもあんた、告訴するのか？　告訴となるとかなりハードルが高いぞ」と暗に引き下がるよう諭すのだろう。告訴を受理してしまうと捜査しなくてはいけなくなる。そうなると案件がさらにひとつ増えて人員と時間が割かれる。警察もひまでないどころか対テロ首都厳戒で多忙をきわめているから、できればつまらない事件など抱えたくないはずだ。「やるんなら当事者同士で、民事でどうぞ」と思っているはずだ。

「行ってやるか」

神谷は暗い天井に向かって言った。それから傍らに寝ているパロに話しかけた。

「心証を良くすれば一時間かそこらで帰れるよな？」

「きゅう？」

パロが大きな目を開け、鳴いた。

パロは、あのギネスブックが「世界一セラピー効果の高いロボット」と認定したあざらし型のロボットだ。

兵役を終えて戦争から帰ってきた時、一年を上限としてすべての帰還兵にこのセラピーロボットが貸与された。譲渡ではなく貸与というところがさすがのドケチブラック日本政府だ。

神谷はむっくりと起き上がり、パロを抱きかかえ頬ずりした。

「本当はお前を連れて行きたいけど、デカに妙な目で見られるから無理だ」

「きゅうう」

パロが残念そうな声で鳴いた。

「よしよし、いい子だ」

頭を撫でるとパロがうっとりとした表情になって「きゅううん」と鳴いた。神谷はパロの顔にキスして、さらに撫で回した。


シャワーを数分間浴びると、下腹の痛みはだいぶ引いた。水色の無地Tシャツとオリーブグリーンのハーフパンツを穿き、歯を磨きながらスマホで暗いニュースをチェックする。17日前に福岡でスーツケース型核爆弾によるテロが起きて以来、日本全国が集団ヒステリー状態だ。東京は特に厳戒態勢だ。主要な道路は常時交通規制され、都内のどこにたどり着くにも平時の４倍以上かかる。

自転車や徒歩での移動もしつこい職務質問との戦いである。「他人を見たらテロリストと思え」という空気というか狂気が蔓延している。くだらない「正義の味方ヒステリー」もまたしかりだ。今回つまらない暴行事件に巻き込まれたのもこの集団ヒステリーのせいだ。


きっかけは飲み終えた水のペットボトルを捨てる場所がなくて、そのことに苛立ち、電柱の根元において立ち去ろうとしたことだ。

家を追い出されて５日間ほどさまよっているような雰囲気の中年男が、神谷の前に立ちはだかった。

「おいっ、そんなところに物を置くな！」

まるで自分の庭を汚されたかのような声で男が言った。

「ゴミ箱がどこも撤去されててね」神谷はうんざりした顔と声で言った。「仕方ないだろう？」

「爆発物を置いたんじゃないのか？」

神谷は苦笑を浮かべた。

「ただの空のボトルだよ、何をそんなにびくびくしてるんだ」

〝びくびくしてる〟という言葉が男の中の良くないスイッチを押したらしかった。男が一気にまくし立てた。

「当たり前だろっ、今は国家の非常事態なんだぞ。お前は、俺がびくびくしてるのがそんなに楽しいのかっ⁉　ああん？　お前もテロリストと一緒だ。性根が腐っていやがる」

はなから話し合う余地などなかったし、双方背を向けてそこを立ち去るべきだったのだ。

「勘弁しろよ、こんなことでテロリスト呼ばわりか？　暑さで脳みそがオーバーヒートしてるんじゃないのか？」

神谷は言ってやった。すると男がいきなり胸倉を掴んできた。言葉よりも暴力で相手を屈服させることを選択したのだ。つまり楽しようとしたわけだ。

神谷は非戦闘員とはいえ、敵のゲリラにとってはそんなこと関係ない。戦場では戦闘員と同じく攻撃を受けるし、攻撃を受けたら部隊と自分の身を守るために応戦しなくてはならない。それゆえチベットに送られる前に、北カリフォルニアの訓練所で小火器の扱い方を習ったし、ナイフや身近にある物や素手で人間を効率的かつ静かに殺すやり方もきっちりと教え込まれた。恐怖を押さえこみ、良心を切り離す方法も叩き込まれた。

正義の味方中年は０・６秒ほどで床に崩れ落ち、ねじられた手首を股間にはさんで泣いていた。泣きながらなおも脅してくる。

「この野郎よくもやりやがったな！　てめえなんか社会から抹殺してやる」

「もう抹殺されてるよ」

神谷は冷めた声で言い、去り際に男の足首を思い切り踏みつけた。

思い返すとつくづくくだらない。そんなことで警察に呼ばれて出頭するというところがさらにくだらない。

しかし出頭して神妙そうな顔を見せておけばこれ以上この件に煩わされることもないだろう。

首に幅40㎝長さ１１０㎝のオレンジ色のスポーツタオルを巻き、パラディウムの黒のローカットスニーカーを履き、アパートを出てＪＲの駅に向かう。

また耳鳴りだ。気にしないようにしても、どうしても気になる。

電柱にも、民家の塀にも、自治体の掲示板にも、自分たちだけが真剣にこの国の将来を考えているエリートだと勘違いしている愛国カルト暴力組織の作成したポスターがべたべたと貼り付けてある。

東京を守るのは自衛隊！　警察！　そして不死鳥日本！
若者よ、くすぶるな！　不死鳥日本がある！
怪しいガイ人　見逃すな！　不死鳥日本に通報しよう
虚ろなリベラルは死んだ！　行動する不死鳥日本は生きる！
一緒に戦おう！　不死鳥日本にきたれ！

どの胸糞悪いポスターにも同じ、ナチスドイツの鉤十字に似せたロゴマークが印刷されている。

団体の名は不死鳥日本。

神谷が戦争から帰ってきた時点ではここ数年で無数に湧いたヘイトクライム組織のひとつでしかなかったが、短期間に他の組織を吸収して肥大化し、いまや日本最大の暴力団さえしのぐ力をつけたと言われている。もはや警察さえ迂闊に手を出せないほどだ。構成員の数は３０００とも１万５０００とも言われていて、構成員の中には経済界の大物や警察官僚ＯＢやノーベル賞をものにした科学者などもいるといううわさだ。そういう大物たちから潤沢な資金をもらって活動している。

人種差別的思想を隠そうともしないどころかそれでファンを増やそうとする卑しいテレビタレントや、たまたま大ヒットした著作があるというだけで実は外国人ヘイト狂のベストセラー作家や、アジア系外国人ヘイトは金になることに気付いて路線変更した人気ブロガーなどに擦り寄って、彼らを広告塔にして、ますますのしあがっている。政界への進出も実現しそうな勢いだ。

ぱっとしないテレビタレントから不死鳥日本に転職した奴もいる。

それが最近ポスターにやたらと登場する萩尾良平とかいう広告塔幹部だ。昔はローカルテレビショップチャンネルの司会が唯一の仕事だったが、ツイッターやフェイスブックではやたらとアジア系外国人を攻撃する発言を行っていて、それが不死鳥日本の目に留まってスカウトされたか自分から売り込んだかで正式メンバーとなって、それからは組織の急成長にうまく乗っかってのしあがった。

それまでの不死鳥日本に足りなかった「構成員のみてくれの良さ」を一身に担い、いまや組織のビジュアルアイコンだ。

暴力団の原動力はしょせん金への執着だが、不死鳥日本は違う。奴らの原動力は自分たち以外のすべてのアジア人に対する憎悪と、自分たちだけが選ばれた優秀な民族であるという勘違いである。

福岡での爆弾テロによって社会にもたらされた悪いものの中でも最悪なのが、この不死鳥日本という狂人カルトの急速な台頭である。社会は将来への不安と、他民族への憎しみと、日本人であるということ以外に誇れるものがないという劣等感を理性でコントロールできずに、こいつらに市民権をあっさり与えてしまった。不死鳥日本はいまさら潰すには大きすぎるし、強すぎる。

この東京のどこかに潜んでいるかもしれないテロリストよりも不死鳥日本の愛国狂人どものほうが、よほど始末が悪い。

♪悪いようになんか　なるもんか
俺はぜったい　信じるぜ～えええ～～
この世にはいつも正しい人たちがいる～ウォウウォウ
中央党　俺は信じてる　俺は中央党と生きていく
目をさませ匿名ばかりのふぬけども
殺されたいのか～～あああ～～

またあの気持ち悪い歌を垂れ流す宣伝トラックがあらわれた。

そう、遂にロックバンドまでが権力者をたたえる歌を垂れ流して、まんまと成功する世の中になったのだ。政党崇拝&個人崇拝ソングがヒットチャートに躍り出たのだ。今度こそ本当に世も末だと思ったのは自分だけではないはずだが、これが現実の日本なのだ。

世の中を変えるのはお前らなんかじゃ　ね・え・ぜ！
Soそれだけは100パーセント　イッツトゥルー！

トラックに追い越される間際に神谷は「うるせえ死ねっ！」と怒鳴った。トラックの荷台には**オリコンチャート初登場ナンバー1　Shade of Hate アイム・ビリーバー**と書かれている。

四人のメンバーの顔が美系過ぎてCGにしか見えない。あのトラックに向けてM27を撃ちまくったらさぞかし気分がいいだろう。いやいっそのことあのバンドのライブ会場に向けてバルカン砲を撃ちまくればもっと……。

この街の暮らしはいろいろと不便だ。そのひとつが、横断歩道が少なく、信号の待ち時間が死ぬほど長く、少しでも急いでいるのならば歩道橋を使わなければならないことだ。

天気予報によると今日の日中の最高気温はまた36℃。まだ九時半なのに体感温度ですでに30℃を大きく超えている。

道路は常に大渋滞、そのすぐ隣の指定専用レーンを警察や消防や自衛隊の車両が悠々と行きかう。

　これが17日も続いて、今日が18日目だ。いつまでこんなことが続くのかとみんな思っている。

　神谷が渡ろうと思った目の前の歩道橋が大渋滞している。なかなか信じがたい光景だ。

　腕時計を見る。警察の出頭時間に間に合うのだろうか。「遅れるかもしれない」と電話しておいたほうが心証良いだろうか。

　とにかく、あの歩道橋を渡らない限り、どこにもいけない。

　神谷はため息をついておとなしく行列に加わり、太陽に容赦なく焼かれながら順番を待った。

　待っている間にスマホを取り出して娘の柚香の写真を眺める。つい先日、別れた妻から「柚香の学校での成績が思わしくないために夏休みの補習授業を受けることになった」という報告メールがきた。メールがくること自体珍しい。その文章に、どことなく神谷を責めているようなニュアンスが感じられた。実際、責めたい気分になったからメールしてきたのだろう。離婚する前から、いや結婚する前から、何か嫌なことがあるとよく考えることもせずにまず神谷を責める傾向が妻にはあった。「そんな女となぜ結婚したんだ」と問われてもうまく答えられないのだが。たぶん、ずっと独りでいるよりは良い選択に、その時は思えたのだ。

娘は自分に似て勉強が好きでないのか、それともやはり両親の離婚が心に悪い影響を与えて勉強に集中できなくさせているのか。父親として柚香にもっといろいろしてやりたいが、残念なことに法律はそれを「するな」という決定を下した。妻の許可なくしては月に一度会うこともできない。

長い長い数分後にようやく階段を登り始めた。暑さと人ごみと今の自分の境遇のせいでどす黒い怒りが全身に満ちている。だが、それは他の庶民も同じことだろう。

真後ろの奴にサンダルの踵を踏まれたが、初老の女だったので一瞬睨みつけただけで許してやった。

先日サングラスをなくしたのが悔やまれる。今の暮らしと収入では身の回りの必需品を買うことすらきつい。

耳鳴りが徐々にひどくなってくる。耳鳴りとストレスは関係がある。ストレスを受ける、耳鳴りがひどくなる、耳鳴り自体がストレスになる、それでいっそう耳鳴りがひどくなる、悪循環だ。

あまりにも耳鳴りがひどくて耐えられず、自分と同じ帰還兵の売人に「耳鳴りを治めるクスリを売ってくれ」と頼んだことがある。ロータスと名乗っている男だ。２万円以上も出して買ったその薬は、結局服用せずに捨ててしまった。おかしなものが混じっていて幻覚を見たり中毒になるのが怖くなったのだ。ロータスは笑顔で「安全だよ」と言ったが、それを信じる根拠はない。本当にひどい無駄遣いをしたものだ。

国は嫌がる俺を戦争にいかせておいて、帰ってきたらあざらし型のセラピーロボットを一台貸したきりで何も与えてくれない。文句を言えばカウンセリングを勧め、頭にきて「今から行くから責任者用意しておけ」といったら電話を切りやがる。

おいなんなんだ、どうして階段の途中で止まるんだ⁉

俺は警察に出頭しなきゃいけないんだぞ！　遅刻できないんだ。

こんなに人でぎゅうづめになった階段で立ち止まるのは危険じゃないか、ドミノ倒しになったら一巻の終わりだ。

「きゃあ！」

歩道橋の上から女の悲鳴が聞こえたので、神谷も周囲の人間もぎくりとした。続いてよく聞き取れないが男の怒声も聞こえた。

歩道橋は大渋滞、車道も大渋滞、気温は36℃超え、地表は50℃超え、日陰もない。福岡という遠い場所で起きた爆弾テロのおかげで、東京が狂っている。テロリストの奴、まんまとやりやがった。

ようやく人がまた動き始めた。ドミノ倒しは免れそうだが、それにしてもなめくじよりも遅い。なぜこんなに遅いんだ。

「どうしてこんなに人が流れないの⁉　もういい加減にして」

　さきほど神谷のサンダルを踏んづけた初老の女が、泣き出しそうなおろおろとした声で誰にともなく言った。

　まったくだ。神谷は女の方を振り返り、言った。

「歩道橋の真ん中が1メートルくらい欠け落ちていて、みんながジャンプして渡っているのかもよ」

　オーバーヒートした頭からこぼれでたジョークに、女が力ない笑みを浮かべた。そして言う。

「さっきはサンダル踏んでしまってごめんなさいね」

「いいんだ、悪いのはテロリストだ」神谷は言った。もっと気の利いた言葉が言えたらいいのだが、この暑さでは無理だ。

「てめえさからうなこのクソじじいっ、投げ落とされてえのか！」

　歩道橋の上でずいぶんとえらそうな怒声が聞こえた。

「いいからさっさと身分証を見せろ！」

　続いてもうひとつの怒声が上がった。

　神谷と初老の女は目を見合わせ、周囲の者たちはうんざりした顔から不安な顔になった。

「ダメだ、みんなここはやめた方がいい」

白いポロシャツを汗でぺったりと皮膚に貼りつけた太った中年男が、「下りる、通してください」と強引に下りてきて大勢に睨まれた。

「どうした、上で何かあったのか」

神谷が声をかけたら、太った男は「不死鳥日本の若い奴らが、検問してるんだ」と答えた。

「なに？」

「警察でもないのに検問だとかぬかして、気に食わない奴を引き止めて尋問してやがるんだよ」

「この激混みの歩道橋でか？」

「ああ、はっきり言って狂ってる」男が声を落として答えた。

「なんて奴らなの、あたし警察に通報しようかしら」初老の女が言った。

「さっき俺がしましたよ、20分も前に。でもいっこうにきやしない」太った男が情けなさそうに答えた。そしてため息をついて、階段を下り切り、別の歩道橋もしくは信号を探して去った。

「ほらよ！」

歩道橋の上から茶色いパスケースが車道に向かって投げられた。

「ひっひひひ」ともうひとつの声がいやらしく笑う。

「おい、次はそこのお前だハゲ、身分証見せろ」

「いやです」

ぱちぃん！　という張り手の音が聞こえ、とばっちりを恐れた者たちが転げ落ちるように階段を下りてくる。

「……ふざけるな」神谷は吐き捨て、人を縫って、何人かは押しのけて階段を登りきった。長さ約30メートルの歩道橋の真ん中あたりで、黒いTシャツとミリタリーパンツに黒のミリタリーブーツを身につけた30歳くらいの男二人が、髪の薄い痩せたノーネクタイの勤め人らしき中年男をひざまずかせてナイフをちらつかせていた。

男二人のTシャツはお揃いで、不死鳥日本という漢字とおなじみのロゴマークが印刷されていた。

まるで主役以外の衣装を揃える予算さえない特撮ヒーロードラマの悪役エキストラみたいな野郎どもだ、と神谷は思った。「予算ないから悪役の手下たちはスタッフTシャツ着せとけばいいんじゃね？」みたいな安直さだ。

「てめえ、この非常事態の国難てな時に、なにてめえひとりの利益だけ考えてんだ、おい、この野郎」

実に頭の悪いしゃべり方だ。それでも刃物を持っていれば怖い。髪の薄い男は震え、はずでしょう」

涙を浮かべながら言い返す。

「あなたがたはなんなんですか？　警察でもないのに、こんなことする権利はないはずでしょう」

「うるせえよハゲ！」

もう一人が軍用ブーツの踵で男のふくらはぎを踏みつけ、ぐりぐりとねじった。

「ちょっと通してくれ」

神谷は言って、青ざめている庶民たちの間を縫って真ん中へ近づいていった。相手するのは二人だけだということをまず確認する。次は武器だ。今のところ見えているのはナイフだけだが、他にも隠している可能性は大いにある。

「てめえと違って、俺たちはぁ、この国を狂った外人どもから本気で守ろうとしているんだよ。てめえはぁ、今が日本の歴史上最大の非常事態だっていう自覚がぁ、根本的に足りねえんだよ、非国民がっ！　てめ刺すぞこのヤロ」

ナイフの男は勤め人の髪をわしづかみにして顔にナイフを近づける。刃渡り15センチメートルほどのでかい軍用ナイフだ。ブレードは厚く、鉈としても使えるだろう。

「お詫びだハゲ、おらお詫びしろ」

もう一人のバカが言って、ふくらはぎにのせたブーツにさらに力をこめる。

嫌悪と恐怖で、他の一般市民たちは次々と逃げ出した。

「俺らはこの美しい国を守ることに命かけてんだ、てめえは命かけられんのかよぉ、ええ？　このハゲえ！」

神谷は自分の中にあるディスコネクトスイッチを押し、他人への共感や思いやりをつかさどっている前頭葉を脳から一時的に切り離した。前頭葉に代わって、脳の奥底にある小さなアーモンド型の扁桃体が神谷の操縦桿を握った。

神谷は動いた。

そして相手が、神谷に忍び寄られたことに気づくよりも早く、手からナイフを奪い取っていた。

耳鳴りが、すうっと消えた。

ナイフを取られた男がきょとんとなった。お互いに相手の目を見る。

こいつは粗悪なアッパー系のドラッグをやっている、と神谷は確信した。

「てめえなん……」

男が言い終わる前に神谷はナイフを突き上げて男の上下の唇を串刺しにし、それから外側にさっと滑らかに払った。

ナイフの切れ味は馬鹿に持たせるには危険なほど素晴らしかった。二枚の唇がびらんと垂れ下がって鮮血が焼けたアスファルトに飛び散り湯気を立てた。血まみれの前歯の隙間から恐怖のうめき声が漏れた。

勤め人のふくらはぎを踏みつけていた男が特殊警棒を抜き、振って伸ばした。そしてそれを振り上げ殴りかかってくる。

神谷は左足を一歩踏み出して重心を安定させると、唇のなくなった男の下顎に左手を伸ばしてはさんでぐいっと動かし、特殊警棒の男と自分との直線上にそいつの頭をおいた。

振り下ろされた警棒が楯にされたバカ男の脳天に叩きつけられた。神谷は素早く右から回り込み、警棒の男の脇腹を鋭く深く刺し、ついでにブレードを軽くねじって傷をこじ開けてから充分な間を空けた。

「あっつ！」

警棒の男は刺された脇腹に左手を当て、そこに大量の血を見てとると〝もしかして俺、死ぬのか？〟という目になった。

「歩道橋の通せんぼが、お前らの国防活動か？」

神谷は二人に訊いた。

頭に仲間の警棒を叩きつけられた男はすでに焼けたアスファルトに倒れて失禁しつつ痙攣しているから、たぶん聞こえていないだろう。

警棒の男は神谷と抉られた自分の脇腹を交互にせわしなく見る。ポンプで汲み出されるように指の間から鮮血があふれている。

「どうなんだ、不死鳥日本」

神谷が一歩踏み出すと、男は神谷に警棒を力なくなげつけ、脇腹を押さえて逃げ出した。出血がすごく、病院まで持ちこたえられそうには見えなかった。階段を転げ落ちたのか「おわあっ！」という変な声が聞こえてそれきり静かになった。

「ああっ！」

切り離した前頭葉が戻ってきた。

なんてことをしでかしたんだ、俺は。これから警察に出頭するというのに人を刺した！　服に見事な返り血がついたじゃないか、ふざけるな、こんなんで出頭できるか。

髪の薄い勤め人が落ちていた自分の鞄を拾い、しっかりとした声で神谷に言った。

「ありがとうございます。このご恩は決して忘れません」

「ん？　ああ……どうも」

間の抜けた返事しかできなかった。

「私は、警察には何もしゃべりませんから」と勤め人は誠実そのものという顔で約束した。

「ああ、ありがと、よろしく。じゃ俺は急ぐから」

神谷は勤め人に言って駆け出した。

◆

岡地町署刑事課の久米野正毅はまた腕時計を見た。約束の時間を15分過ぎても、神谷臣太は署に現れない。

神谷はもちろん知らないが、久米野も戦争帰還兵だ。お互いあのわけのわからない不気味かつ陰惨な不毛戦争で傷ついた身だ。

きちんと出頭して反省の念を示せば、俺の方から被害者だと主張している男に「告訴は双方にとって大きな不利益になるだけだから、やめておいたほうがいい」と言ってやることもできるというのに。

「まったく……逮捕されたいのか、お前は」

独り言を漏らして卓上の電話を取った。メモ帳に記してある神谷の携帯電話の番号を呼び出すべく090と押したところで、「久米野警部っ！」と鋭い声で呼びかけられた。

顔を上げると、会計厚生係兼生活相談員の小桜伴代が大またで近づいてきた。重大な用があるらしいと、小桜の大きな目を見て確信した。

受話器を置いて「なんだ」と無愛想に訊いた。本当はちょっとうれしいのにそれを素直に顔に出せない。

「久米野警部、私が今日、出勤途中で誰を見かけたと思いますか？」

いきなり質問だった。しかも快活な声だ。

「さぁ……神田明神から逃げ出した神馬のあかりか？」

それが久米野の思いついた精一杯しゃれた答えだった。

「はずれ」小桜はうれしそうに言った。「でも〝逃げ出した〟ってところは当たっています」

「じれったい、早く正解を言え」

「古東功」と小桜が笑みを引っ込めて言った。

「なにっ⁉」

「古東、功」小桜がもう一度言い、机に両手をついて久米野に顔を寄せてきたので久米野は一瞬どきりとした。

「あいつ、チベットに逃げたんじゃなかったのか？」

「ところが、東京にいるんですよ。あたしはこの目で確かに見たんです。靖国通りで、テロ警戒中の自衛隊員と一緒にいたんです」

「おい、まさかあの野郎がライフルを持って警戒任務に当たっているというのか？そんなの悪夢だぞ」

「いいえ、古東は丸腰でした。でもあいつ、武装したロボットドッグと一緒でした」

元ドッグトレーナーの古東功はチベット戦争に徴兵され、捕虜尋問施設で軍用犬のハンドラーとして働いた。ロボットではなく、本物の犬だ。そして帰国してから不死鳥日本とかかわってなんらかのトラブルを起こし、戦地に送られる前に米軍から教え込まれた銃器の扱い方や人間の殺し方などの知識をフル稼働させて襲ってくる不死鳥日本の構成員を殺しまくった。本人はあくまで正当防衛だと言い張った。二十人近く殺して死体を散らかしておいて、そんな言い草が通用するわけない。

古東は懲罰から逃れるために再び戦争に行くことにした。今度は徴兵でなく、志願だ。まだ逮捕状が出ていないということを理由にあんな殺人鬼を迎え入れる自衛隊の神経を疑う。しかし、あんな奴でも受け入れられるほど今の日本が非常事態のさなかにあるということだ。

久米野はもう一度腕時計を見た。神谷の件は後回しだ。

「俺をそこに連れて行ってくれ」久米野は小桜に頼んだ。

「久米野警部、何をするつもりですか」

危ぶむように小桜が訊く。

「自分でもわからん、でも会えばわかる」

「相手はもう古東功という個人ではなくて、自衛隊の一員です。手出しはできませんよ」

「そんなこと知るか。おい、厚生係の上司に外出許可もらってこいよ」

「それなら久米野警部がご自分で〝小桜を借りるぞ〟っておっしゃってくれませんか？その方が、あたしが上司に嫌な顔されなくて済みます」

「わかったよ」

久米野は言い、内線電話を取り上げた。

「じゃあ、あたしは覆面パトカーを手配しますね」小桜が言って無人の机から電話を無断拝借した。そして「空きがあるとは思えませんけど」とつけくわえた。


幸い、戻ってきたばかりのクラウンの覆面パトカーを確保できた。気が狂いそうな酷暑の中をとぼとぼ歩かずに済んでよかった。

小桜が運転して、久米野が助手席なのは以前と同じだ。

「この覆面パト、もしかして前に俺たちが使ったものか？」ふと気になって小桜に訊くと、小桜がきっぱりと答えた。

「いえ、同じ車種ですが違います。ステアリングカバーの色合いが微妙に違うので」

そんなことまで覚えているのか。記憶力をほめてやった方がいいだろうか。いや、面倒くさい。そのかわり彼女の足元を見て言った。

「今日はニューバランスじゃないんだな」

「サッカニーです。サッカニーのジャズ」小桜がうれしそうに答えた。「サッカニーはアメリカで一番古いランニングシューズのメーカーなんです」

「へええ」

間違いない、小桜は靴のことを訊かれると機嫌が良くなるのだ。

覆面パトカーは今、一般車両用の大渋滞車線を横に見ながら、警察・消防および自衛隊専用レーンを走っていた。

「福岡で爆弾テロが起きた直後に、宮脇課長から二、三ヶ月は家に帰れない覚悟をしておけといわれたけれど、結局そうはなっていませんね」

小桜が突然話題を変えた。

「都民が、警察が危ぶんだほどには自暴自棄になっていないということだ」

久米野は大きくリクライニングさせたシートに沈み込んで言った。

「確かに、略奪も暴動も起きていませんしね」小桜が言った。

「でも、このクソ暑い中で不便な生活を長く強いられれば、いずれはなんらかの暴発が起きるだろうな」

「その可能性はありますね、いったい、なにがどうなれば首都警戒が解かれて平常にいったい、いつ元の生活に戻れるのか。そもそも戻れるのか。もしかしてこの非常事態が〝当たり前の日常〟になってしまうのだろうか。

戻るんですか？」

小桜が素朴な疑問を投げてきた。それは都民みんなが思っていることでもある。い

「仮に福岡の爆弾テロの実行犯が捕まってもそれで終わりじゃありませんよね？」

「ああ、そいつの後ろに大きな組織があるかもしれないからな」と久米野は答えた。

「テロとの戦いに終わりはないって誰かが言っていましたよね」

「ああ、始まったら終わりはない。小休止があるだけだ」

久米野が言った直後に小桜がパトカーを急停止させた。

「おい、なんだよ」

「暴行事件発生」

小桜が答え、レバーシフトして高速でバックした。

「ほっとけよ、古東が先だ」

「いいえ、見逃しません」

小桜は30メートル近くバックしてからまた急停止した。脳震盪を起こしそうだ。

渋滞で動かなくなった車線で、車から降りた50歳くらいの身なりのよくない太った女が、大学生風の女の子の髪の毛を掴んで激しく揺さぶっていた。女の子は今にも殺

されそうに泣き叫んでいる。

おおかた軽く接触したとか、クラクションにイラッときたとか、売り言葉に買い言葉で喧嘩になったのだろう。カッとなってつい車から降りてしまったのが若いドライバーの運の尽きだ。

「俺は暑いから中にいる。手助けは要らないだろう?」

「はい」

小桜はきっぱり言い、シートベルトを解除して覆面パトカーから素早く降りた。ドアが閉じると、久米野は麻のサマージャケットのポケットからCDを取り出してプレーヤーにセットした。三世代三人の女による修羅場には興味がない。

ケニー・バレルの流麗なギターが流れ出した。

古東はまだ東京にいる。だが、このCDの本来の持ち主である同じ戦争帰還兵の梅津は今どうしているのだろう。あいつもまた人殺しだ。古東が殺したのは不死鳥日本の雑魚構成員ばかりだが、梅津は不死鳥日本のナンバー2である保坂を殺した疑いがある。しかし、梅津もまた警察の追及から逃れるためにチベット戦争に志願した。その後どこに送られたか自衛隊が親切に教えてくれることは絶対にないだろう。

ゴンッ!

穏やかでない感じの音がしたので視線を外に向けると、小桜が肥満の五十路女の頭髪を掴んで頭をその女の軽自動車のボンネットにたたきつける瞬間が目に飛び込んだ。

ゴンッ！　ともう一発。

大学生風の女の子のドライバーは蒼白な顔で口元を押さえている。

五十路肥満の女が捨て鉢な反撃に出た。体重差にものをいわせ、小桜に抱きついて一緒に地面に倒れて久米野の視界から消えた。

10秒ほど経ち、どこからか四名の制服警官が駆けつけた。警官に手を貸してもらい立ち上がった小桜の白い半袖シャツが、血で派手に汚れていた。

四人に立たせてもらった肥満女は頭と鼻と口から豪快に流血しており、左右の目の焦点が合っていない。

肥満女を制服警官に任せて、小桜が覆面パトカーに戻ってくる。ふらっとよろめいたが立ち直り、足元を見てお気に入りのシューズに血がついていないか確認した。満足すると、運転席に乗り込んで「ふうう」と満足げに長い息を吐いた。

「気づいてると思うが、シャツが血だらけだぞ」

久米野はできるだけ穏やかに指摘した。

「あたしの血ではありません」

「そうだろう、お前がやられるとは思わないからな。でも血だらけなことに変わりはない」

「夏なので、着替えは持ってきています」

小桜は言って、シートバックを大きく後ろに倒して後部席に移動する。自衛隊の73式トラックが覆面パトカーを追い越し、ドライバーが露骨に迷惑そうな目線を投げて寄越した。久米野はドライバーに向かって敬礼した。

「警部、少しの間こっちを見ないでいただけますか」小桜が言う。

「見ないよ」

「ミラーも見ないでください」

「見ないよ！」

久米野は言ってプレーヤーの音量を上げた。

小桜が着替えながら言った。やはり記憶力がいい。

「それ、パクッたＣＤですよね」

「違う、長期間借りているんだ」久米野は答えた。

「パクッた、と久米野警部本人があの時言いました」

「言ったかもしれない。なぁ、俺は早く古東の野郎を見に行きたいんだ」

「女性の着替えを急かすのは感心しませんね」

久米野はもう黙っておくことにした。

──首都警戒中の警察官ならびに自衛隊員の皆様、暑い中ご苦労様です！　われわれ不死鳥日本はあなたがたに感謝して、応援しております！　不死鳥日本は不良外国人テロリストとその協力者である敵性外国人どもの発見と排除に日夜協力しております！アジア最強にして世界でもっとも美しい国日本は必ず勝利する！　これを聞いている若者よ、不死鳥日本に集まるがいい！　君たちに最高の仕事がある！

最近東京のどこもかしこも走り回っている愛国カルト・不死鳥日本の街宣車のわめき声が、防弾ガラスを通しても良く聞こえる。

「まったく、うるさい馬鹿どもだ」

久米野は吐き捨てた。

「おかしい、確かにさっきはあそこに立っていたのに」小桜が悔しそうに言った。

ここは靖国通り沿いにある北の丸スクエアの前である。テロ警戒中のため、自衛隊員と機動隊員が微妙な距離感を保って整列している。もしもこのエリアでなにかでかいこと、たとえば自爆テロなどが起きたら、自衛隊と警察ははたして即時連携できるのだろうか。

それはショカツの平刑事に過ぎない自分が心配することではないと久米野は気持を切り替え、言った。

「休憩中か、別の場所に移動したのかもしれない。このブロックをぐるっと回ってみよう」

「了解」

小桜は言い、サイレンを鳴らし始めた。相変わらず大渋滞している一般車両レーンを横切るのに3分近くもかかった。

小桜がどうにか渡りきると久米野は「サイレンを切ってくれ」と頼んだ。小桜が黙って指示に従う。

二度右折すると「あっ、いました！」と小桜が声を上げ、減速した。

古東功は道にずらっと整列した自衛隊員たちの中にいてもすぐわかった。なぜなら大勢の中で古東だけが小銃を持っておらず、しかも傍らに異様な姿の機械がたたずんでいたからだ。

軍用ロボットドッグは久米野が行かされたチベットの戦場でも各小隊に1ユニット配備されていてすっかり見慣れていたが、古東が従えているそれはより重装備かつ重装甲だった。四本の足も若干太く、関節プロテクターが装着されている。頭には全方位カメラが装備されていて、それが常時回転していた。

—すべての東京都民は、外人テロリストからこの首都を守るため警察、自衛隊、ならびに不死鳥日本に全面的に協力しよう！　近所に怪しい外国人がいたらすぐに警察に通報、または不死鳥日本に相談しましょう！　不死鳥日本に入りたい若者はいますぐ

不死鳥日本のサイトにアクセスしよう！　君たちに最高の仕事がある！

小学生に訴えているのかと思うような街宣活動がまだ続いている。

「止めてくれ、奴に挨拶してくる」久米野は言った。

「本当に挨拶するだけですか？」小桜は疑っている。

「面倒は起こさないよ」久米野は約束した。

小桜が覆面パトカーを古東のほぼ真ん前で止めた。

古東は二人を覚えていた。だらけて虚ろだった顔が引き締まり、攻撃的になった。

「警部、ロボット犬に噛まれないように」小桜が言った。

「気をつける」

久米野は言ってパトカーから降り、にやにやしながら古東に近づいていった。軍用ロボット犬が近づいてくる久米野を認識して警戒モードになり、前足が数センチ下がっていつでも飛びかかれる体勢になった。

にやにやしつつ久米野は古東とその左右に立っている自衛官たちに敬礼した。そして古東をまっすぐ見て言う。

「久しぶりだなぁ、古東君」

あえて君づけで呼んだ。

「ああ」古東の返事はそっけない。目を見ようともしない。

攻撃する意図はないことを示すために両手をポケットに入れてさらに近づいた。

「チベットに逃げたとばかり思っていたよ」

「予定が変更された」古東は答えた。

「梅津はどうした？」

「あいつは、予定どおりチベットに行ったみたいだ」

古東が面白くなさそうに答えた。

「で、お前は行けなかったわけだ」

「上の采配だ。文句は言えない」

古東が言って、〝まだ何か用か〟と言いたげな目で久米野を睨んだ。

「ところで、いい犬だなぁ」

久米野は話題を変えた。

「ああ、眠らないし小便もウンコもしない、無駄に吠えたりもしない。俺が命じれば誰でも食い殺す」

「見たところ顎はないようだが？」

久米野はわざとからかうように言った。

「たとえだ、実際は刺し殺したり蹴り殺したり撃ち殺したり一緒に爆死したりする」

古東が楽しげに説明した。

「顔がやつれているな、古東君」久米野はまた話題を変えた。「殺した人間たちが夜な夜な頭の中を訪問してくるのかな？」

「はっ」古東が馬鹿にするように笑った。そして一瞬で笑みを引っ込め言う。

「俺が良心の呵責を覚えてるとでも？　俺が殺したのは自称愛国者のサイコパスだけだ。人間ですらない。それに１００％正当防衛だ」

「その不死鳥日本のサイコパスどもはお前がこんなところで仕事していると知ったらどう思うかな？」

「今の俺を攻撃するということは、自衛隊を敵に回すということだ」

「そうだよな、そこまでバカじゃないよなぁあいつらも。だが、自衛隊の中にも奴らの構成員は大勢いるぞ」

反応が返ってくるまでに一拍空いた。

「それは都市伝説だ」古東が切り捨てた。

「そう思いたければ、そう思っているがいい。俺は親切心から注意を促しただけだ」

「そりゃどうも」

「とにかく、俺はあきらめていないからな」

古東がまた久米野を見た。

「何を？」

なかなかむかつくとぼけ方だ。

「お前は20人近く殺したとんでもない殺人鬼だってことだ」

「戦争にサツが割り込むなよ」

「お前が勝手に戦争と呼んでいるだけの殺し合いだろうが。自衛隊のお仲間に暗殺されたくなかったら、俺のところに自首しにこい。岡地町署に居る。お前には特別に、直通電話の番号とケータイ番号も教えてやる」

久米野はポケットから名前と二つの電話番号だけが記されたカードを引っ張り出して古東に差し出した。

「勤務中に民間人から物を受け取っちゃいけない規則なんでね」古東が言った。

「紙切れくらいいいだろ」

強引に手に押しつける。古東はいかにも迷惑そうにそれをポケットに突っ込んだ。

「それじゃあ元気でな」

久米野は笑顔で言ったが、古東は真顔で言った。

「二度とツラを見せないでくれ。警告したぞ」

覆面パトカーに戻ると「見ててひやひやしましたよ」と小桜が言った。

「あいつはさらに危険になっている」久米野は言った。

「これで用事は済んだってことですか？」

「まぁ、済んだといえば済んだが、ついでにもう一件済ませたい。いいか？」

「もちろんいいですよ」

もしかして、小桜は会計厚生係の地味な仕事にうんざりしているのだろうかと久米野は思った。

「神谷臣太という男の家に行く。そいつ、暴行事件の任意出頭をすっぽかしやがった」

「逃亡したかもしれないわけですね？」

「ああ、チベット帰還兵なんだ、そいつも」

「前回の梅津容疑者と同じパターンですね」

「バカなことをやらかしてしまう前に早めに確保しときたい」久米野は言った。

小桜がうなずき、パトカーを発進させた。遠ざかっていく古東が、こっちを睨んでいた。


神谷のアパートに向かう途中で、署から久米野のケータイに電話がかかってきた。

—神谷臣太という男性から電話がかかってきました。

「あいつめ。わかった、すぐにこのケータイにつないでくれ」

—わかりました。

ケータイをスピーカーモードにすると、すぐに接続音が聞こえた。

―もしもし？

焦っていらだっている男の声が聞こえた。その声の後ろで蝉が盛大に鳴いている。

「あんたが神谷臣太さんか？」

―はい、10時にそちらにうかがえなくてすみませんでした。

「逃亡したんじゃないだろうね」

―違います、そちらの署に向かう途中で軽い事故に遭いまして、遅れるという電話もなかなかできなかったんです。しかも私自身ちょっと怪我を負って服が血で汚れてしまい、この格好で警察にはいけないないなと。

「誰か殺したのか？」

久米野は真面目に訊いた。

―よしてくださいよ！　事故なんですから。

「今あんたの家に向かっているよ。約束をすっぽかされたからな」

―え？

「今、どこからかけているんだい？」

―どこっていうか、どこかの公園です。家じゃありません。遅れても署には行くつもりなので。

「へええ……」

電話の向こうの久米野という刑事は露骨に疑っている。

—**不死鳥日本は警察ならびに自衛隊と協力して、不良外国人テロリストどもの発見と排除に日夜全力投球しております！**

うるせえよ、クズが。

「13時にはそちらにうかがいます。今度は絶対に遅れません」神谷は力強く約束した。

なにもかも焼き尽くすような強烈な太陽の光が、濡れた服を急速に乾かしつつあった。乾いても血の染みはうっすらとわかる。だが、なんとかごまかせればそれでかまわない。署に向かう途中でコンビニに寄って新しいシャツを買うつもりだから、それまでなんとかごまかせればいいのだ。

爆弾テロの不安と酷暑が重なったからか、公園には神谷以外には黒ずんだボロを身にまとって死んだように動かない年齢不詳のホームレスと、蝉と、蚊しかいない。おかげで血のついた服を誰にも見られることなく洗うことができた。ホームレスは「誰か」としてはカウントしない。

—それじゃあこっちはUターンして、署に戻るとするかな。

久米野がのんびりとした口調で言う。

突然、死んだように寝ていたホームレスがむくりと起き上がって、よたよたと走って逃げていった。なにごとかと思って視線をめぐらせたら、よどんだ空気を瞬時に腐らせそうな暴力電波を放つ三人の若い男が入ってきた。その電波に反応したかのように蝉たちの鳴き声が激しくなった。

　一人の男は甲子園球場の観客席で振り回す校旗のように大きな旗を持っていて、それには「**絶対国防　不死鳥日本**」と記されていた。おぞましいことこの上ない。

―もしもし？　もしもし？

「あ、すみません。蝉がうるさくてよく聞こえませんでした」と神谷はごまかした。

―脅すつもりはないが、今度もまたすっぽかすようなことがあれば、こちらとしては被害者の告訴を受理することを考えざるを得ない。あんたもそれは望まないだろう？

「ええ、はい、それはもう、そんなことは望んでいないので必ずうかがいます」

「おいお前えっ！」

　三人のうちの一人、左頬に蜘蛛のタトゥーを彫ってある男がこちらに向かって大またで歩きながら右手人差し指をピストルのように構えて神谷を狙った。

「お前かこらあっ！」

　キンキンと耳に響く実に不快な甲高い声だった。蝉より始末が悪い。

「えっと、それじゃ失礼します」神谷は電話の向こうの久米野に言った。

―もしもし？　どうかしたんですか？

神谷は通話を切った。

「貴様こらあっ！　そこ動くなぁ！」

神谷はケータイをパンツの尻ポケットに入れてしっかりボタンをかけた。走って逃げるか、また血を流すか。

やはりあの忌まわしい歩道橋からもっと離れるべきだったのか。

―怪しい外国人を見かけた方は迷わず警察に通報するか、巡回中の不死鳥日本街宣車にお知らせください！　不死鳥日本は日本の首都東京を守るため、日夜警戒および街宣活動を行っています。都民の皆様はご協力をお願いいたします！

「なんですか？」と神谷は蜘蛛タトゥーの男に訊いた。

怯えながらも、三人の武器をチェックして、どうやって殺すか考えている自分がいる。北カリフォルニアの軍事基地での地獄の新兵訓練の賜物だ。その一方で「殺すなよ、自分の首をこれ以上絞めるなよ」と諭そうとする自分もいる。

蝉の鳴き声によって幾分まぎれていた耳鳴りが、また復活してきた。

「何してるここでえっ！」

蜘蛛タトゥーの男が詰問した。

「なにっていうか、あの、汗だくなんで水浴びをしようかなって……」

神谷は答えながら、真っ先に攻撃するのはこいつだと決めた。馬鹿でも一応三人のリーダーのようだから。

「この野郎、シャツに血のしみがあるぞ」

不死鳥日本のロゴのシルバーブレスレットを首からさげ、ダボついたXLサイズの黒いタンクトップを着て乳首が見えそうになっている男が、神谷を指差して言った。

「確保して本部に連行だ」

大きな旗を担いだ赤いTシャツの髭面男が言った。確保とか、連行とか、こいつら完全に秘密警察気取りだ。吐き気がする。

「両手を頭の後ろで組んでひざまずけえっ！」

顔に蜘蛛のタトゥーをした男が怒鳴り声で命令した。なぜいちいちわめく？　ドラッグやっているのか？

「私がいったい、何をしたって言うんですか？」

神谷はおろおろとした声でとぼけながら、水道のレバーに手をかけ一気に開いた。そして噴き出した水に手をかざし、水しぶきを蜘蛛タトゥーの男にかけた。

蜘蛛タトゥーの男がひるんだ隙にダッシュして間合いを詰め、左腕を掴んでねじり上げながら地面を蹴って飛び、黒いタンクトップの男に蹴りを放った。

タンクトップの男は咄嗟に右腕でボディーを庇う。神谷の全体重が乗った蹴りは前腕をヒットした。タンクトップの男が尻餅をついて転がる。同時に神谷も尻から地面に落ちた。左手で掴んだ蜘蛛タトゥー男の手はねじり上げたまま決して離さなかったので、神谷が着地した瞬間に男の左腕は付け根からぱかんと外れた。

「であっ！」

敵の喉から悲鳴が迸る。二秒前まで怯えていたさえない男にいきなり反撃されたことによる精神的動揺が解けぬ間にこの場を制圧しなくてはならない。尾てい骨を痛めたことなど構っていられない。

水道からは水が出っぱなしだ。脱臼した男は片膝を地面について、外れた腕を自分でなんとか元に戻そうとした。そして旗を担いだ男は旗を下ろして戦闘に加わろうとしているか、スマホで仲間を呼ぼうとしているかのどちらかだ。

タンクトップの男が立ち上がったのと、神谷が立ち上がったのがほぼ同時だった。タンクトップの男が右手をブーツに伸ばした。

このクソ暑い中にハイカットのワークブーツなんか履いているのはお洒落のためではなく、武器を隠すためだ。十中八九シースナイフだろう。敵がそれを取り出してこちらに向ける前にぶちのめさなければ。

ナイフを掴んで引き抜こうとした右腕の肘を神谷は蹴り飛ばした。敵の右腕が大きくしなった。手から離れたナイフが回転しながら3メートルほど飛んで地面に落ちた。タンクトップ男が蹴り上げた神谷の右脚に抱きついて持ち上げ、転ばせた。神谷はすかさず敵のタンクトップのダボついている肩布を掴んで首にぐるんと巻きつけた。もちろん、首を絞めるためで、ためらいはなかった。全力で絞める。絞められる方も全力で抵抗する。

神谷は首を絞めつつ、他の二人の動きも見逃さない。肩を脱臼した男は、腕をはめ直すことを一旦あきらめ神谷が蹴り飛ばしたナイフを探している。すぐに見つからないところをみると目が悪いかコンタクトレンズがズレたのか。

赤Tシャツの髭男は不死鳥日本の旗のポールの底のキャップを掴んで一生懸命時計回りに回している。何をしているのかと思ったらすぐにわかった。単なる筒に見えたポールの中から刃渡り60㎝ほどの直刀が滑り落ちてきた。ブレードは黒つや消しだ。

仕込杖とは。やはりこの愛国連中は狂っている。強力な武器が登場したからには急いでタンクトップを排除しなければならない。たとえ首の骨を折ってでも。

タンクトップが気絶して落ちるのと、直刀を手にした髭男が無言で突っ込んできたのがほぼ同時だった。神谷はタンクトップからパっと手を離し、刀から逃げた。逃げながらようやくシースナイフを見つけて拾い上げた蜘蛛タトゥーの男に襲いかかった。

蜘蛛タトゥーの男は右手一本でもナイフさえあれば神谷をしとめられると思ったのか、しまりのないかつ遅い動きで神谷を刺そうとしてあっさりかわされ、簡単に間合いを詰められて腹に神谷の渾身の膝蹴りを叩き込まれた。内臓破裂間違いなしである。

ナイフが落ちて、神谷はすかさずそれを拾い上げてまた逃げた。

「待てこらああっ！」

追いかけてくる髭男のわめき声にセミたちが反応し、よりやかましくなった。

公園から走って逃げ出したらこいつは剥き出しの刀を手に追ってくるだろうか。もし追ってきたら無関係な一般人も巻き添えになるかもしれない。そんなことになったら俺の責任じゃないと自分に言い訳しても後味の悪い思いを引きずることになる。もうこれ以上何も引きずりたくない。

あいつの武器は大きな刀だが剣の扱いには疎そうで、自分の武器はちっぽけなナイフだが、扱いは充分心得ている。

迎え撃つことにした。

◆

「自衛隊のお仲間に暗殺されたくなかったら、俺のところに自首しにこい」と久米野は言った。自首したら死刑間違いなしなのに自首する馬鹿がいるか？

不死鳥日本の街宣車がまたしても目の前の道路をゆっくりと通過した。

―首都警戒中の警察官ならびに自衛隊員の皆様、お暑い中ご苦労様ですうっ！　われ

われ不死鳥日本はあなたがたに感謝して、応援しておりますうう！　不死鳥日本は東京自警団として不良外国人テロリストどもの発見と排除に日夜協力しておりますっ！　すべての東京都民は、外人テロリストからこの首都を守るため警察、自衛隊、ならびに不死鳥日本に全面的に協力しましょう！　近所に怪しい外国人がいたらすぐに警察に通報、または不死鳥日本に相談しましょう！　若者たちは不死鳥日本に集まろう！　君たちにとって最高の仕事がここにある！　ともに戦い、ともに戦おう！

うるせえよ！　てめえら野郎同士で乱交してから殺し合って絶滅しろ。

見つかりたくないので、顔をうつむけてやり過ごす。

福岡の爆弾テロがもたらした混乱と不安に乗じて不死鳥日本がこんなふうに世間に認知されて、のしあがってくるとは。都民はいまや奴らを恐れてびくびくしている。その一方で確実に支持者を増やしている。平時であればクズとかごろつきとか蛆虫とかサイコとか呼ばれる人間どもが、国防という大義名分のもとに正義面して威張り散らしてやがる。

警察も自衛隊もなぜ協力して不死鳥日本を殲滅させないんだ。今のうちに潰しておかないとそのうち政権まで取ろうとするぞ、いやもうすでに狙っているかも。なんてことだ、ナチス政権が誕生する直前のドイツみたいじゃないか、これじゃ。

それにしても……。

「くそあちい」

警備任務にあたっている自衛官がそんなことを口にしてはいけないのだが、つい、漏れてしまった。

「古東っ」

呼びかけられて古東ははっとなり、背筋を伸ばした。

陸士長の永井が、口元にうっすらと笑みを浮かべて立っていた。

「ヒトヨンマルマルまで見回りをするぞ」

つまり午後2時までということだ。

「陸士長とですか？」

「そうだ。ついてこい」

この殺人的直射日光の下での立ちっぱなしから解放されるなら、この際どんな仕事でもいいという気持だったので、古東も笑みが漏れた。

古東が歩き出すと、ロボット犬のタロウ号もひょいひょいとした足取りでついてくる。生き物ではなくグーグル社製の機械であり、正式名称は四足歩行犬型ロボット・スポットなのだが、そのすばらしく生き物じみた動きにより本物の犬のように認識され、タロウ号という名前を与えられていた。

「助かりました」古東が言うと、永井陸士長が「お前を助けた」と言い返し、小さく笑った。

古東は、このひとつ年上の自衛官が嫌いではないというか、好ましく思っていた。テロ警戒という任務においても、心の余裕を感じさせる。正規の陸自隊員ではない民間からの非戦闘員である古東のことを何かと気にかけてくれる奇特な人だ。

永井陸士長は、普段なかなか会うことのない自衛隊の外の人間としての古東に少なからぬ興味を抱いているように古東には感じられる。

「陸士長は、暑いのにお元気ですね」

お世辞ぬきで古東は言った。

だが蝉の声がやかましくて聞こえなかったらしく、永井陸士長は「なんだ？」と訊いた。

「陸士長は、暑いのにとてもお元気ですね」

「元気に見えるか？」

「ええ、とても」

「そうか。実は私事だが、12月に結婚するんだ。だからかもな」

永井陸士長の笑顔は、抑えようとしてもこぼれ出てしまうたぐいのものだった。

どうりで余裕を感じるはずだ。

「それじゃあ元気なはずですね、おめでとうございます。お相手は同じ陸自の方ですか？」

「いや、民間の会社員だよ。男性自衛官限定のカップリングパーティーで知り合った」

ちょっと照れくさげに永井陸士長が答えた。

「へええ、そういうものがあったんですね」

「先のまったく見えない不安な時代になって、国を守る自衛隊員は結婚相手として人気が上がっているんだ。自分にはもったいないような聡明な女性とめぐり合えたよ。ついでに言うと、なかなかの美人だ」

かなり壮絶なのろけである。だが、聞いていて不愉快でないのは、この男の人徳なのだろう。

「なるほど、じゃあ今回の福岡の爆弾テロで自衛官の人気はますます上がるかもしれませんね」

「こら、そういうことを大きな声で言うもんじゃない」

永井陸士長が笑顔で注意したが、その笑顔がすっと引っ込んだ。そして言う。

「さぁ、ここからは気を引き締めていこう」

結婚間近の幸せな男から、テロ警戒中の自衛隊員に切り替わったのだ。

「はいっ」

そもそも国を守りたいとか他人の役に立ちたいという気持になったからではなく、

不死鳥日本の副会長とかかわりをもって銃の取引を行おうとしたもののトラブルになったことで組織に狙われて殺されそうになり、身を守るために破れかぶれで自衛隊に飛び込んだので、仕事に対する熱意はまったくない。それでも古東も顔を引き締め、必要最低限の務めははたそうとした。かくまってもらった分くらいは働こう。

九段下は重要施設が多い場所柄、警戒最重点地区のひとつである。

「五感に入る情報すべてを分析して、少しでも違和感をおぼえたら私に知らせるんだ。不審者や不審物だけじゃない、物音も、臭いも」永井陸士長が言った。

「了解」と古東は言ったものの、こんなに自衛隊員と警察官がたくさんいる場所で何かよからぬことをしでかそうとする人間などいるとは思えなかった。やるなら、ここから少し歩いて秋葉原に行った方がいい。あそこは標的だらけだ。もっとも重要な標的は少なそうだが。おたくのイタ車やメイドカフェを爆破しても大した手柄にはならないだろう。

二人は坂道をのぼっていく。この辺りは坂が多い。急坂とは呼べないかもしれないが、気温36℃で太陽の照り返しによって地表の温度が50℃を超えているような環境だと急でなくたって充分つらい、というか灼熱拷問だ。さっきまで許容範囲だった疲労が、ほんの30秒ほどで一線を越え、耐え難くなってきた。

「どうした古東、きついのか」

永井陸士長はすぐに古東の体調変化に気がついた。

陸士長が目ざといのか、俺がわかりやすいのか、と古東は思った。

「すみません、なんだか急に……」

「よくあることだ。心配するな、水筒の水を飲め」

「すみません、じゃあちょっと失礼します。はぁ、はぁ……」

正規の隊員は背負っている3リットル入りハイドレーションシステムにつながっているチューブから水を飲むが、民間非戦闘員の古東にはいかにもおさがりの昔ながらの水筒が支給されている。そういうところに待遇の差がある。

口に入れた水は、水ではなくもはやお湯になっていて、しかも腐ったお湯の味がしたので反射的に「おえっ！」とタロウ号に向けて吐き出してしまった。タロウ号が反射行動プログラムによって、古東が吐いた水を鮮やかによけた。

「なんて賢い犬だ、素晴らしいな」永井陸士長が感心した。それから古東に向かって「俺の水を飲め」とハイドレーションシステムのチューブを差し出した。

「ありがとうございます」

古東はそれを受け取り、飲み始めた。ぬるいのは同じだが、まだ飲めるクオリティーだった。

ごくごくと貪るように飲む古東を永井陸士長は小さな子供を見るような目で見てい

る。

♪悪いようになんか　なるもんか
俺はぜったい　信じるぜ～えええ～～
この世にはいつも正しい人たちがいる～ウォウウォウ
中央党　俺は信じてる　俺は中央党と生きていく

道の向こうからシェイド・オブ・ヘイトの宣伝トラックがやってきた。そして殺意を抱かずにいられないあの歌も聞こえてきた。くだらない崇拝歌を押しつけやがって。RPGロケットを撃ちこんで吹っ飛ばしてやりたい。

目をさませ匿名ばかりのふぬけども
殺されたいのか～～あああ～～
世の中を変えるのはお前らなんかじゃ　ね・え・ぜ！
Soそれだけは100パーセント　イッツトゥルー！

トラックが走り去ると永井陸士長が苦笑して言った。

「あんな露骨な与党バンザイソングが流行るとはな」

「なにもかもいかれてますよ、今の日本は」古東は暗い声で言った。

「そんな絶望したようなことを言うなよ、古東」

やはり心に余裕のある人間の言うことは違う。

「いかれてないのは永井陸士長の結婚だけです」古東は言い足して、チューブを返した。

「はっはっ、ありがとうよ」

一人の隊員がこちらに向かって走ってくる。永井陸士長に用があるようだ。追いついた隊員が敬礼した。顔色がよくない。

「広田一等陸士、どうした」永井陸士長が訊いた。

まだ二十歳そこそこくらいに見える若い広田が、永井陸士長に言った。

「報告します。佐川二等陸士が、自分の小銃の銃剣が見当たらないと言っています」

陸士長の笑みが消え失せた。

「なに？」

「用便を済ませて戻ったら、なぜかベルトに装着していたはずの銃剣が消えていたそうです」

「鞘ごとないのか？」永井陸士長が訊く。

「はい、鞘ごとです」

「よく探したのか？」永井陸士長の声が尖った。

傍らで聞きながら、こんなに暑くちゃ物だってどこに置いたか忘れるだろうし、二本の指だって三本に見えるだろうよと不真面目な古東は思った。

「はい、自分も含めて四人がかりで周辺を捜索したのですが、見つかりませんでした」

太陽が沈んでちょっと涼しくなればひょっこり出てくるんじゃないのかと古東は言ってやりたかったが、もちろん黙っていた。今はただひたすら、でっかい氷の浮かんだ冷たい麦茶が飲みたい。いや、いっそきんきんに冷えた麦茶の浴槽、いやいや、どうせならプールに飛び込んでごくごく飲みながら泳ぎたい。そのためなら一年刑務所に入ってもいいくらいだ。いや、やっぱり半年だ、いや三日だ。あいや30秒だ。

ああ畜生、飲ませろっ！　このままじゃ気が狂う。麦茶っ！

「どういたしましょうか」

永井陸士長より上に報告して大事にしたくないという広田の本音が、実にわかりやすかった。こういうのはいつだって連帯責任になるからだ。

「装備品の銃剣がなくなるというのは、大事件だぞ」永井陸士長が言った。

「はい」

「だが、本当になくなったわけではないだろう。どこかで落としたんだ。大勢で探せばきっと見つかる」

陸士長のポジティブな発言に、広田一等陸士は一瞬ほっとしたような表情になった。

「古東」

突然永井陸士長に呼ばれ、古東はぎくりとした。

「お前のタロウ号が役に立ちそうだな」

「そ、そうですね。こいつは、探し物は得意だと思います」

「余計な仕事がひとつ増えるが、大切な装備品だ。探そう」

ルーズな古東にとっては「アメ横や通販で買えるたかが黒い短刀」だが、そんな考えは顔に出さないようにして「了解」と言った。

回れ右して、のぼってきた坂道を今度はおりて戻った。

戻るとさっそく永井陸士長が自らの裁量と権限によって『紛失銃剣捜索部隊』を組織したが、古東に言わせれば『お探し隊』で充分である。お探し隊のメンバーはもちろん永井陸士長がリーダーで、銃剣をなくした張本人の佐川と、永井陸士長に報告した広田、古東とタロウ号、それに志願した5人の二等陸士が加わった。

彼らが志願した理由は殺人的直射日光の下にただ棒のように立っているよりも『お探し隊』に加わったほうが動けるし楽しいし木陰にも入れるからだろう。それに上司である陸士長の覚えがよくなるし、もし自分が見つけたなら佐川に大いに恩が売れるというわけだ。

捜索エリアの中心は佐川が使用した仮設トイレである。

佐川はいつから銃剣がない状態だったのか、まったくわからないらしかった。朝、出発前に装備品を確認した時にはもちろんあったが、その後は一度も確認していない。本人は装備ベルトから銃剣の鞘は外したりしていないと言っている。

スタートは9人だったが、30分探して見つからなかったので永井陸士長が上官の三等陸曹に報告し、結局さらに上の一等陸曹の知るところとなり、事態を重くみた一等陸曹が『お探し隊』を一気に180名に増員してしまった。もはや連隊の一大事である。

180名の隊員が焼けた地面に這いつくばって血眼で一本の銃剣を捜す。災害地で生き埋めになった人間を探すがごとき真剣さである。

古東にとっては「たかが刃物一本」を探すのにこれほどの数の人間を動員するという感覚は、理解しがたかった。また買えばいいのにと正直思ったが官給品の紛失となると軽く流せないのだろう。

これではもはや警戒任務どころではないではないか。

通りを隔てて任務にあたっている警察機動隊の連中が「いったいなにごとだ?」という目でこちらを見ている。結構恥ずかしい。

「北海道の悪夢がここでもか」

古東の隣で四つん這いになっている隊員がつぶやいた。階級章から二等陸士であることはわかる。

古東は「北海道でも、銃剣の紛失騒ぎがあったんですか？」と小声で訊いた。

「知らないのか？　ああ、お前は民間非戦闘員だったな。数年前に戦車大隊の隊員が鹿追駐屯地から帯広駐屯地に移動する途中で、銃剣をなくしたんだ。捜索初日は350人で探して、見つからなかったんで二日目は2100人態勢だ」

官給品を紛失することがどれほど大変なことか古東にもようやくわかった。

「で、結局見つかったんですか？」

「拾った人が警察に届けてくれてた」

隊員が、無念そうに答えた。「よかったじゃないですか」とは言いにくかったので古東は黙っていた。

9人と1匹で探し始めた時は一人ひとりの責任が大きかったのでそれなりに熱心に探したが、今は180人で探していて、もしかしたら1000人以上に増えるかもしれないという状況ではどうしても責任感や使命感が薄れる。少なくとも古東はそうだ。

生来の怠け癖が顔を出した。銃剣を探しているフリをしつつ、日陰を探す。

「……畜生」

視界に映るどの日陰もすでに人でいっぱいだ。

もううんざりだ。俺は正規の自衛隊員じゃない。予備自衛官でもない。民間非戦闘員でロボット犬のハンドラーだ。こんなことしなきゃいけない義務はないはずだ。

めまいがする。気分が悪い。休まないと吐きそうだ。俺にきついことをさせるな。

「タロウ、お前は探し続けろ」

命令を了解したタロウ号は「ワン！」と吠えるでもなく尻尾を振るでもなく、前脚をまげて頭を地面すれすれに近づけ任務を続行する。

「もう……」

古東はついに地面にあぐらをかいてしまった。

「……だめだ」

意識が、というか魂が、体から抜け出して空の入道雲へ向かってゆらゆらとのぼっていきそうだ。俺も蝉と同じようにもう少ししたら力尽きてぽとんと落ちるのか。

誰かの手が左肩に置かれても、ろくに反応もできなかった。

「大丈夫か？」

声がした。一等陸佐の階級章をつけた知らない隊員が気遣ってくれたのだ。

「すいません、ちょっと、気分が……」

古東は言って、額に手を当て体調不良をアピールした。一等陸佐の男が傍らに膝をついて言う。

「無理はするな。命はひとつしかないんだからな。お前はドッグハンドラーの古東、だっけか？」

「はい、そ、そうです」

返答しながら吐きそうである。

ふと気がつくと、なぜか四人の隊員が古東を取り囲むようにして立ち、他の隊員たちの目から隠すようにしていた。

なんなんだ、俺のために日陰を作ってくれているとか？　優しいじゃないか、体育会系。

「無理するな、今衛生兵を呼んできてやるから」

「あぁいえ、そこまでしなくてもちょっとの間日陰で横になれば……」

銃剣を握った手がいきなり古東の脇腹に向けて突き出された。古東の右手が脊髄反射によって動き、手の甲でそれを弾いた。訓練を受けていなかったら間違いなく刺されて致命傷になっていたろう。

恐怖で暑さも疲労も遠くに飛び去った。

体の全細胞がレッドアラートを発した。脳内のディスコネクトスイッチがオンになり、前頭葉が脳から切り離されて、原始の闘争脳である扁桃体が体の操縦桿を握った。殺すか殺されるかという状況になったら瞬時に切り替わるよう、訓練されたのだ。

古東の左手が蛙に襲いかかる蛇のように素早く伸びて、敵の隊員の首にまきついた。古東は素早く立ち上がり、敵の胃袋に膝蹴りを叩き込みつつ首をねじった。ぐきっという音がした。敵の銃剣が落ちる。

仲間の四人が飛びかかってきた。

古東は自分のただひとつの武器である銃剣を抜こうとしたが、その手を押さえられて頭突きを食らい、ふらつく。意識が遠のくが、なんとか踏みとどまる。

肘打ちを正面の敵の頬に叩き込んだら背後から膝の裏を蹴られた。尻餅をついたが横に転がって逃げる。すぐに立って敵の一人の小銃に飛びつく。一緒に倒れて取っ組み合いの殴り合いになる。

銃剣探しに没頭していた隊員たちがおくればせながら異変に気づいた。

「おい、なに喧嘩してるんだよ！」「やめろったら！」「暑いのはみんな同じだろ！」

「ガキかお前ら！」

ただの体育会系喧嘩だと認識していて、古東が暗殺されかかっていることに気づいていない。

〝自衛隊のお仲間に暗殺されたくなかったら、俺のところに自首しにこい〟

デカの久米野の声が、頭に再生された。

どっちもお断りだ！

下から突き上げられた敵のパンチが古東の顎をヒットした。これは効いた。続いて別の奴が背後から首を絞める。脳細胞がぶちぶちと死んでいくのを感じることができた。視界が狭まり、霞んでいく。

「やめんか馬鹿もんっ！」

割って入ったのは永井陸士長だった。古東の首を絞めていた男の脇腹に肘打ちをくらわせて倒すと、気道にやっと空気が入ってきた。また視界が広くクリアになる。とはいってもすぐには動けない。四つん這いになって激しくせき込む。

背中にすさまじい殺気を感じて咄嗟に身をひねると、小銃の先端に装着された銃剣がアスファルトに突き立てられた。あと０・０５秒でも遅かったら肋骨の隙間を銃剣が抉っていただろう。

とにかく距離を取るべく前方に飛んで地面を転がった。頭をあげて敵を確認する。今まさに小銃を腰だめにして突き出す構えだった。

「古東逃げろっ！」

永井陸士長が叫び、そいつの膝裏に回し蹴りを叩き込んだ。

「邪魔すんなこの野郎！」

敵の一人が上官である永井陸士長にタックルをくらわせて倒した。さらにもう一人が上から押さえ込み、永井陸士長の９ミリ拳銃を奪おうとしてホルスターに手を伸ばす。

あいつら、もはや自衛官というよりただの暴徒だ。

「永井さんっ！」

陸士長を助けようと思って立ち上がり駆け出そうとしたが、四人の襲撃者のうちの二人がまた襲ってきた。左側の奴から蹴りだされた蹴りを両手で受けて右に弾くと相手はバランスを崩した。すかさず間をつめて右手を相手の股間に潜らせ、睾丸を掴んだ。

「うおらあああっ！」

古東は叫び、睾丸を握りつぶした。つぶされた男は口の端から唾液の泡を漏らし、白目をむいた。

二人目が背後から肩で古東たちに体当たりをくらわせ、三人一緒に倒れた。最初に立ち上がったのが古東だった。体当たりしてきた奴の胸に今度は古東がお返しに体当たりした。相手の肋骨が折れた手応えを感じた。相手は吹っ飛んで背中を地面に強く打ちつけせき込む。

永井陸士長に目を向けると、さすがというべきか彼は既に倒した隊員の背中に全体重をかけ、右腕をねじり上げていた。その傍らにはもう一人が仰向けになって顔を両手で覆っていた。指の間から大量の鼻血が漏れていた。しばらくは立てないだろう。

永井陸士長と目が合った。

「古東、大丈夫か」と訊かれても古東はぜえぜえと荒い息を繰り返すだけだった。

すみません、永井さん。こんなことはしたくないんですが……。

古東は彼に背を向けて走り出した。ギャラリーと化した隊員たちの輪に割り入って、その外へ飛び出す。

「おい古東っ、どこ行く⁉」

訊かれてもわからない。ただ、確かなのはもう自衛隊にさえいられなくなったということだ。暗殺者はこれからもきっと湧いてくる。

◆

和久田尚志は、不死鳥日本の芦田会長からプレゼントされたダークブルーマイカのトヨタランドクルーザーに乗って、千代田区内をパトロール中の末端構成員からの通報があった公園の入り口に到着した。

通報した本人である安原が、スマホを握り締めてうつぶせに倒れハエにたかられているのが見えた。いかにも力尽きて死んだように見える。

「安原あっ！」

和久田の三人の部下の一人である菅井が、周囲の安全を確かめもせずに助手席から飛び出して公園に駆け込んだ。

運転を任せている秦野と、和久田と後部席に並んで座っているものの和久田に遠慮してできるだけ隅っこに体を寄せていた熊谷には、和久田の号令を待つだけの忍耐力があった。

菅井が安原に駆け寄って抱き起こし、揺する。それから首に指を当てて脈を探る。飛び込んでいった菅井が襲われないということは、殺人者はもう公園内にいないと考えて良さそうだ。

「降りるぞ」

和久田が言うと、熊谷と秦野が同時に「はいっ！」と威勢よく答え飛び出していった。和久田は二人が出てから、キャンバーの黒の無地Tシャツの上に羽織ったサマージャケットのポケットに手を入れ、緑色の細いガラス瓶を取り出した。

ガラス瓶のラベルには「**シマズイタマズ　コカイン水　ヨクキク目薬**」と書いてある。ぶらっと立ち寄った蚤の市で手に入れた瓶だ。年代の割に状態はとても良い。

アンティークのコカイン水の瓶にコカインの粉末を入れるというジョークが和久田

は気に入っていた。瓶の蓋を開け、コカインの粉末を左手の甲に少量ふりかけ、それを鼻から吸い込んだ。

そして悠々と車から降り、自信と威厳に満ち溢れた足取りで殺人現場に入っていった。死体が三つ。通報した安原は顔色から内臓破裂と思われる。中村は自分のタンクトップの肩布で首を絞められて絶命、不死鳥日本の旗を持っていた井口は仕込み杖というクールな武器で戦ったにもかかわらず、首を含め10箇所刺されたり切られたりして失血死していた。一番見た目に衝撃的な死体は井口である。

和久田には井口を殺した人間が的確に太い血管だけを狙って攻撃したことが瞬時にわかった。何らかの機関から殺しの手ほどきを受けた人間だ。もしかしたらチベット戦争の帰還兵かもしれない。

「安原ぁ……安ぅ」

菅井がおいおい泣きながらまだ安原を揺すっている。和久田は音も気配もなく菅井の真後ろに立つと、右足をひょいと持ち上げて、ブラックタックのタクティカルブーツの踵で菅井の延髄の３㎝ほど上を狙って蹴った。蹴られた菅井が死体のうえに倒れた。和久田の、口だけが笑った。

「いいか菅井」和久田は言った。「俺の許可なしに勝手に車を降りるな」

菅井が蒼白な顔で立ち上がり「すみません、もうしわけありませんでした」と詫びた。そして「安原は、地元の友達だったので……」と涙目で言い訳した。

和久田は菅井の右膝にサイドキックを放ってまた転がした。

「貴様のクソ埋立地のクソ地元などどうでもいい。仲間を危険にさらすのがお前の変態趣味なのか？」

「いいえ！」菅井が激しく顔を振った。

「だったら俺の許可なく、周囲の安全を確認もしないで車から飛び出すな。立て」

「もうしわけありませんでした」

菅井はまた詫びてすばやく立ち上がった。また蹴られるのではないかと怯えている。

「今度やったら殺す。警告したぞ」

和久田は言い、それから「出入り口を見張れ。誰も入れるな。たとえサツでも」と命じた。菅井が走っていくと、和久田は両手をポケットに入れ、ぶらぶらと公園内を歩き回る。遊具や木や地面などにランダムに目を向ける。その様子を熊谷と秦野が、名探偵の仕事ぶりを拝見するかのように見つめている。

隅っこの一箇所に興味を示し、しゃがみこみ、鼻を近づけた。そして「おい、秦野」と呼んだ。

「はいっ！」

「捜索隊にこの公園から半径300メートル以内にいるホームレスを片っ端からつか

まえてここに連れてこさせろ。30分以内でやれ」

「了解です」

　秦野が捜索隊のリーダーに電話をかけると、熊谷が近づいてきて訊いた。

「歩道橋でウチの二人をやった奴でしょうか」

「ああ、そうだ」

　断定して構わないほど自信がある。

「芦田会長に、報告しないといけませんね」

　熊谷は言って、井口の惨殺死体を見た。

　熊谷は学歴もないし前科四犯だし醜いあばた面だし若いのに白髪交じりの野郎だが、三人の中では一番まともに頭を使える。

　切り刻まれて大量のハエにたかられている井口大勝は、芦田会長の複数いる元妾の息子である。会長も自分の子であると認知していた。だからこそ不死鳥日本の旗持ちを任されたのだ。もっとも和久田は旗持ちなんか馬鹿で力持ちなだけだから任命されるのだと思っていた。この死に様を見る限り「大勝」なんて名前負けもいいところだ。

　黒檀絶倫棒の異名を持つ芦田会長が10人を超える妾に産ませた男の子供のほとんどが不死鳥日本の構成員だ。子供は母親の姓を名乗っているから、馬鹿でとろい奴だからといじめたら会長の精子からできた奴だったという可能性もあるから気をつけなければいけない。

「それは俺から会長に言う」和久田は言った。

「斬り方からしてプロ、ですよね。広い意味での」熊谷が確認したがった。

和久田は黙ってうなずき、「死体を集めて覆いをかけろ」と命じた。

♪この世にはいつも正しい人たちがいる〜ウォウウォウ
中央党　俺は信じてる　俺は中央党と生きていく
目をさませ匿名ばかりのふぬけども　殺されたいのか〜〜あああ〜〜

例の宣伝トラックが近くを走っている。

「うるせえなぁ、ぶっ殺すぞこの野郎！」突然熊谷が癇癪を起こした。

和久田は思い切り馬鹿を見る目で熊谷を睨んだ。すると空気を読んだ熊谷が「すみません」と謝った。


電話をかけてからわずか17分半で捜索隊の若い衆四人が、ミニバンのノアで公園に到着して、中からホームレスの男を引きずり出した。ホームレスは泣いたりわめいたり暴れたりしたら即座に殺されるとわかっているようで、実におとなしかった。

夏の盛りにもかかわらず着ている黒いニットのセーターにへばりついている木の葉と、公園で見つけた臭い寝床を覆っている木の葉が同じだ。

「お前、名前はなんだ」

和久田が訊くとホームレスの男は魂が半分以上抜けたような声で答えた。

「五十嵐でした」

すっかり喉の筋肉が衰えた声で、男が答えた。いったい何年他人と口をきいていないのだろう。

「でしたって、なんだ。なぜ過去形で話す？」

「私、もう、人間といえないんで……」

社会から完全に切り離されて孤立してしまった人間は、社会的な意味ではもはや人間とは言えない。そういう意味ではこの男がイカれているとは思えない。自虐的なだけだ。

「お前の言いたいことはわかるが、まだ人間の言葉でしゃべれているだろ」

「ええ、まぁ、はい」

ふてくされたように五十嵐が答えた。

「ここがお前の寝処だな？」

「……はい」

「並べてある三つの死体が見えるな？」

「はい」

「顔を確認してもらいたい。くるんだ」

　五十嵐は黙ってついてくる。

　和久田はすでにハエが盛大にたかっている死体の傍らに五十嵐を座らせ、靴先でブランケットをめくり、五十嵐に死体を見せた。死体を見て動揺するような感受性も、もはやこの男からは失われているようだった。

「この三人を見たことがあるか」

　一秒ほどの間を置いて五十嵐が「はい」と答えた。顔にハエがとまっても追い払おうとさえしない。

「いつだ」

「今日です」

「揉め事のとばっちりを受けるのが嫌で逃げたんだろう？」

　和久田は言い、顔の前のハエを手で払った。

「……そうです。静かに暮らしたいんで……」

「人生なかなかうまくいかないもんだな、五十嵐。次は大事な質問だ。この三人を殺した人間を見たか？」

「……見ました」

　仕方なさそうに五十嵐が答えた。

「そいつ、あの三人を殺す前になににしていた？」

和久田はすでにわかっていることを念のため訊いた。

「あそこの水道で、血のついたシャツを、洗っていました。それから誰かと電話で話しました」

「会話の内容は覚えているか？」

「ところどころだけ。〝そちらの署に向かう途中で軽い事故に遭いまして〟とか言っていたと思います」

「署か？」

「なんの署かわかりませんけど、とにかくショとは言ってました」

「東京を守る不死鳥日本の構成員が殺されたというのに、お前は黙って逃げ出して隠れているだけか」

「す、すみません」

口では謝りつつも、悪いと思っていないのがみえみえだ。

「お前にはできることがある。なんだかわかるか？」

「なんでしょう」

和久田は唐突に五十嵐の額に手刀をたたきつけた。軽くやったつもりだが、五十嵐には相当恐ろしかったらしく、両手で額を押さえて「死にたくありません」と命乞いした。

「お前は奴の顔を見たんだ。それを視覚化する必要がある。記憶ってのは急速に劣化するんだ。視覚化は早ければ早いほどいい」

五十嵐が和久田の言葉にせわしなくうなずく。

「絵心のある奴を呼ぶから、似顔絵作成に協力しろ」

「はい、わかりました」

「よしよし、人間に戻るのはいいもんだろ？」

和久田は五十嵐の頭を子犬にするように撫でた。そして汚れた手を傍らに立っている熊谷のシャツで拭った。

◆

上客の和久田から、またコカインを売ってくれという電話をもらい、ロータスはふたつ返事でオーケーした。前回からのインターバルが短い気がするが、自分が気にすることではない。飼っている女か犬にでも分け与えたんだろう。

ロータスという商売名はもちろん蓮から取った。神秘的かつ官能的な響きが気に入っていた。

コカインその他の違法薬物で商売を始めたのは、あのチベット戦争で衛生兵として1年こき使われ、帰国したら社会が自分をゴミのようにのけものにしたからだ。国のために命を張ってすり減らした自分をだ。国が帰還兵の受け皿をきちんと用意して経済面でも精神面でも手厚いアフターケアを行っていれば、違法薬物の商売など始めなかった。

悪いのはすべて国や自治体の無策であり、またその無策を糾弾しないどころか目を向けようともしない国民どもも、あるいは自分さえ安泰ならそれでよしとして帰還兵に対するケアに税金を使うことにすら目を吊り上げて反対するような、自分中心主義の虚ろパーのシットヘッドなリベラルどもだ。

ロータスの主な客もまた帰還兵である。傷ついた帰還兵には、尖りすぎた神経を少し丸めたり、恐ろしい瞬間のフラッシュバックをうまくやり過ごしたり、突然乱れて暴走する自律神経をなだめたり、誰にもわかってもらえない絶望感を薄めてくれる、そんなクスリがたくさん必要だ。自分も帰還兵だから、あいつらのつらさがよくわかる。だから客は、患者のプライバシーを本当に守っているのか怪しい、国が用意した帰還兵メンタルケア指定精神科医に予約の電話をかけるよりも、つらさをわかってくれて必要以上に金を巻き上げようとしない同じ帰還兵である良心的なロータスに予約の電話をしてクスリを買う。共通の戦争体験が信頼関係の構築に大いに貢献しているのだ。

来年の東京オリンピックに向けて、東京は空前の解体&建設ラッシュだったが、福岡の小型核爆弾テロがそれに冷水をぶっかけた。ヒステリックな交通規制によって建設資材や廃材の運搬が困難となり、解体も建設も滞っている。

今、ロータスが溺愛中のホンダS660ムゲンで乗り入れた解体中のオフィスビルも現在作業停止中であった。相手が上客なので、待ち合わせ時間の数分前に着いた。シートをリクライニングさせ、待ちの体勢になる。

爆弾テロをきっかけにして不法投棄が爆発的に増えたというネットの記事を読んだ。解体中止と建設中止が増えて、ゴミをこっそり捨てられる場所が増えたからだという。迷惑な話だ。実際、この現場にも不法投棄されたテレビやプリンターや本棚や自転車など、いろいろなものが捨てられている。

中にはペットの犬猫や爬虫類を捨てていくどうしようもない人間のクズもいるそうだ。そんな奴こそ爆弾テロで吹き飛んでしまえばいいのに。

それにしても、東京オリンピックは無事開催できるのだろうか。参加国に東京オリンピックは安全安心だとアピールするには、でっちあげでもいいから福岡の爆弾テロの実行犯をスピード逮捕しなきゃならないだろう。

だいたい病んだアメリカに付き合ってチベット戦争なんてくだらないものに首を突っ込むからこんなことになったんだ。戦争に手を貸したらテロの標的にされるのは当たり前だろ。そんなの小学一年生だってわかるぞ。

「バカがっ」

まずい、イラついても仕方のないことでイライラしてきた。

「アイコスタイムだ」

ロータスはつぶやき、モバイルバッテリーでポケットチャージャーを充電した。終わるとホルダーを取り出してスムースレギュラーのヒートスティックを差し、ホルダーのボタンを長押しし、ランプが点灯するとようやく吸える。

この独特の匂いにもようやく慣れてきた。

——すべての東京都民は、外人テロリストからこの首都を守るため警察、自衛隊、ならびに不死鳥日本に全面的に協力しましょう！　近所に怪しい外国人がいたらすぐに警察に通報、または不死鳥日本に相談しましょう！

遠くで不死鳥日本の街宣車がわめいている。十分遠くても殺意を駆り立てるほど気持ちが悪い。

まったくあんなやつら、みんなでよってたかって殺しちまえばいいのに、あんな似非愛国の屑どもがのし上がっていばれる国なんて本当にどうしようもねえ。

「まぁでも、国はどうしようもなくても、俺はそこそこうまくやってるよ」

口に出して言ってみる。

「商売は強欲を戒めて健全にやってっし、なんせムゲンを手に入れたからなぁ、うんうん」

うなずいて外を見たら、犬がいた。

黒いパグだ。赤い首輪をしているが、飼い主の姿がない。

「あん？」

黒パグが、トレードマークの困ったような顔でじっとこちらを見ている。と思ったら地面をくんくんと嗅ぎ、顔を上げてまたこちらを見る。

飼い主に不法投棄されたのか。

パグがかまって欲しそうな目で見つめてくる。なかなかの眼力だ。

「しょうがねえな」

ロータスは呟き、アイコスをダッシュボードの上に置くとグローブボックスを開けて中から海鮮ミックスせんべいの袋を取り出した。中身が三分の一ほど残っている。

キーを抜いて車から降り、「おい」とパグに声をかけた。パグは逃げようとしない。

「どした？　こんなとこでなにしてる。捨てられたのか、お前」

パグが泣き出しそうな顔になったので、ロータスは不覚にももらい泣きしそうになった。

「腹減ってるんなら、せんべい食うか？　それとも水の方がいいか？　暑いもんなぁ」

パグが近寄ってきてロータスの足の匂いを嗅ぐ。

「よぉしよし」

しゃがみこんで頭を撫でる。パグはされるがままだ。

「せんべい食うか？　人間の食い物だからあんまり食べるなよ」

パグが、ロータスの手から直接せんべいを食う。

こいつ、可愛いな。ちょっと抱いてみたくなった。

「ここはくそ暑いだろ？　俺の車の中で涼むか？　俺は変態じゃないからいきなりアレを出したりしないぞ」

抱え上げてもパグは逃げようとしなかった。かなり人馴れしている。

「よぉし、行こう」

パグを抱いて車に戻ろうとしたら、和久田がムゲンの運転席のドアに寄りかかって、腕組みしてこちらを見ていた。

ぎくりとしてパグを落としそうになった。

「びっくりしたぜ、いつからいたんだ？」

「ちょっと前からな」

和久田はリラックスしているようで、その実まったく隙がない。毎回そうだ。

「なんだ、俺より早く来てたのか」

「その犬には……」和久田がパグに顎をしゃくって言った。「飼い主がいる」

「いるのか？」

「もういいぞ」

和久田がロータスの背後に声をかけた。ロータスが後ろを振り向くと、廃材の陰からいかにもビッチですという身なりの露出度の高い女が出てきた。胸は垂れ、下腹が出ていて、肌荒れが酷く、正直見るに耐えない。いかにもやりたくないことをさせられたという被害者面をしていた。

そのビッチが「チョコおいで、帰るよ」と言った。

するとロータスの腕の中のパグが、ロータスの胸を突き飛ばすようにして飛び降り、ビッチな飼い主の元へと走った。ビッチがパグを抱え上げ「よしよしいい子ちゃんいい子ちゃん、もう終わったからねぇ」とやたらにキスをする。

「お前のキスシーンなんか見せるな。消えろ」

和久田が不愉快そうに言うと、ビッチは怯えた顔で和久田に一礼し、たるんだ尻を揺らしながら走り去った。

「どういうことだ?」

ロータスは訊いた。

「こないだの取引でも、お前は車から降りなかった」和久田が言う。「お前はいつも取引の時に車から降りない。俺が怖いのか?」

「怖い? よしてくれよ、俺は愛車から離れたくないだけだ。それに外はクソ暑いしよ」

「実を言うと、コカインのほかに欲しいものがある」

その欲しいものを手にいれるために、ワン公の囮まで使って俺を車から降ろさせて逃げられないようにしたのかと思うとぞっとする。

良い客だと思っていたのに……。

「断ったら俺はまずいことになるのか?」

「クソ溜めに落ちて二度と這い上がれない」

和久田の返事は明快だった。

「あんたのこと、いい奴だと思っていたのに」

「俺は今でもいい客で、いい奴だ。ただ今日は少しばかりわがままなだけだ。たまにはそういうことだってあるだろう? 実は、人を探しているんだ。似顔絵を見て、お前から物を買った奴らの中に俺が探している奴がいるか記憶の棚を開けてくればいい」

「へえ」

用件を聞いたところで少しも不安は減らなかった。

「そいつは帰還兵だと思う。だからお前に訊くことにしたんだ。お前の客には帰還兵が多い。お前は戦争で衛生兵だった、だろう？」

ロータスは暗い顔でうなずき、訊いた。

「俺がその似顔絵とやらを見て、こんな奴は知らない、俺の客にはいないと言ったらどうするんだ？　その可能性はあるんだぜ？」

「いることを祈れ。まずは見るんだ」

ロータスはせんべいの袋を足元にたたきつけた。

「そういう激しくて急な動きをすると撃たれるかもしれないからやめておけ」

穏やかな口調で和久田が警告した。

「仲間か手下がその辺にひそんでるってわけか」

和久田は無言だ。つまりイエスだ。

「さぁ、こっちにきて見るんだ」

ロータスは奥歯をぐっとかみ締めながら、和久田に近づき、和久田が差し出したポストカード大の紙をひったくった。それを見る。

「ふう」と息を吐き、「こいつなら知ってる。こないだ初めて会った」

少なくとも「知らない」と言って「知っているはずだろ」と決めつけられ、不愉快な場所まで連れて行かれて会いたくない人間に会わされて尋問されいつまでも帰れないという最悪の事態にはならずに済みそうだ。

「こないだとはいつだ」

「待ってくれ、確認する」

ロータスはスマホで、そいつと売買した日付を確認し、和久田に教えた。

「名前はカトーと名乗ってたけど、まぁ偽名だろうな。偽名でも売買はできるんで、実質的にはケータイ番号しか知らないんだ」

「それで充分だ」

番号を教えると、和久田が訊いた。

「そいつは何を買った？」

「耳鳴りのクスリだよ。戦争から帰ってきてからずっと悩まされてるらしい。市販のものじゃ効かないし、大学病院で精密検査を受ける金もないって話してた」

「お前は耳鳴りに効くクスリも売ってるのか？」

「もってるわけないだろ、そんな特殊なもの。ストレス性の耳鳴りなんだろうと思ったから、ダウナーの安いミックスを売った。文句の電話がかかってこないところを見ると効いたんだろうよ」

「ふむ」

和久田が、今の話に矛盾や嘘くさい点がないか検証するように顔をうつむけて、それから顔を上げて言った。

「俺の探している男かどうかまだ１００％確かじゃないが、お前は役に立ってくれたよ」

「そうかい。じゃあ、今日のあんたの用事は済んだわけだな」

「金を払う」和久田が言った。「いくら欲しい」

「こないだと同じでいいよ」

「そうか」

金を払うと、和久田は「また連絡する」と言って不気味な笑顔を見せつけ、徒歩で去っていった。帰ろうとしてムゲンに乗り込み、キーを挿そうとしたら手が大きく震えていることに気づいた。

「……ファック」

あの耳鳴り野郎に警告してやった方がいいだろうか。勝手にケータイ番号を教えてしまった罪滅ぼしに。でも、そのことが和久田にバレたら？　あいつ、俺を殺しに来るぞ、きっと。

「ああ畜生！」

　戦争という、もっとも大きな争いごとに巻き込まれてなんとか生き延びて、俺は大小にかかわらずもう二度と他人の争いごとには巻き込まれず、誰の味方にも敵にもならず、静かにクスリを売って、貯金ができたら誰にも告げずに引退しようと思っていたのに。もっとももこのムゲンを買ったから貯金は今ほとんどないのだが、人生には楽しみが必要だからよしとする。

　そういえばひと月ちょっと前に古東と名乗ってコンタクトしてきた帰還兵の男も「今度帰還兵ぽい奴からダウナー系のクスリを買いたいという電話があったら俺に知らせろ」と言って仕方なく引き受けたものの、その後うやむやになっている。古東はどうしたんだろう。気にしても仕方ないが。

　もしも和久田が、カトーを殺すつもりなら、きっちり殺して欲しい。殺し損ねたら、俺がカトーに殺されかねない。なにせ殺されても仕方のない裏切り行為をしてしまったのだから。顧客の秘密を守ることはどんな客商売でも基本中の基本であるのに、それを愛車のドアに寄りかかられて「どいてくれ」とも言えない雰囲気に呑まれて、あっさり崩してしまった。違法薬物を売っていても、そこは守りたかった。それなのにできなかった。

「ああ〜あ」

ため息をついてエンジンをスタートさせた。

「まぁ、いいや」

本当はちっともよくないのだが、とりあえずそう口に出して、心が負のスパイラルに陥ることを防ぐしかなかった。

◆

敵が突き出した銃剣を弾いた時に右手を切ったが、傷の長さは６㎝ほどで浅い。スキンステープラーがあればすぐに治せるだろうが、今は無理だ。それより一刻も早く服装を変えて自衛隊の警務隊の捜索エリアの外に出ることだ。警務隊も相手が自衛隊員に限るということを除けば警察と同じように脱走兵を追い、逮捕することができる。時には警察とも連繋する。

迷彩服の上衣は走りながら脱ぎ捨てて、白のタンクトップのみになった。今が真夏で助かった。夏ならそんな格好でも不自然でない。次は迷彩ズボンをジャージか短パンかデニムに、ブーツをスニーカーかサンダルに取り替えたい。

私物の財布は持っているがコンビニに飛び込んでそれらを買いたくない。迷わず盗むことにした。狙うのは低所得者向けアパートの一階の部屋のベランダだ。どんなにダサくてもボロくてもかまわない。自衛隊員のビジュアルを捨てられれば。

身内の脱走は自衛隊にとって恥だから、警察にはきっと届けるまいという確信があった。もっとも俺が逃走の最中に一般人を傷つけたりすれば話は別だが。

さて、俺はまた孤立無援の絶体絶命になったわけだ。

自衛隊の中にいた不死鳥日本の構成員に命を狙われ、自衛隊から逃げ出して逃亡中の一般人に戻った。それもやぶれかぶれで非常に危険な戦争帰還兵。

不死鳥日本の連中に見つかったら、もう逃げ込んで身を隠す組織はない。あと何時間生きていられるだろうか。なんて、そんなことを考えても意味がないのはわかっている。今の俺は扁桃体が操縦桿を握った、今この瞬間を生き延びることだけが唯一の目的となったサバイバルマシンのような存在である。

永井さん、良くしてもらったのにすみませんでした。決して届きはしないとわかっていても心の中で彼に謝った。

「おっ！」

あそこにいい感じのダサい洗濯物がかかっているではないか。薄い白の丸首Tシャツ、茶色地に一本の白線のジャージ。いただきだ。

部屋主が外出中だったので、着替えはつつがなく終わった。生き延びられる確率がぐんと高くなったのを古東は実感した。そうだ、絶望するのは俺の趣味じゃない。

ブーツはやっぱり履いたままにしておくことにした。生き延びるには頑丈な靴が要る。ジッパーを開けて広げたジャージの裾で足首まで隠すことができたものの、妙ちくりんなファッションであることは否めない。だが、知ったことか。

「さあ、いくぞ」

古東は声に出していい、自分を鼓舞した。

俺にはもう二度と平穏な時間は訪れないのかもしれない。逃げて、逃げて、一人か二人、あるいはたくさん殺して、また逃げて。最後は殺されるのかもしれない。汚い路地裏で失禁脱糞してくたばってハエにたかられるのかもしれない。

「それがどうした、こわかねえよもう」

そう言った声が震えていた。

ふと、もしかしたら助けてくれるかもしれない人間が頭に浮かんだ。北岡謙太だ。そもそも自分がこんな境遇に落ちてしまったのは、チベット戦争で優秀な銃器カスタマイズ職人として名をはせた北岡が帰国後、米軍兵が彼に横流ししてくれる高性能サプレッサー付の拳銃の密売で金を稼ごうとして、同じ時期に徴兵されて知り合った古東に「私は取引相手とじかに会いたくないから、君に頼めないか？」と声をかけたからだ。

そして〝静かな銃〟を欲しがる闇世界の客との初取引が、同じ帰還兵の梅津という予期せぬ侵入者によって無残な結果に終わり、何よりも大切な愛犬二頭を失い、おまけに取引相手＝不死鳥日本から命を狙われた。自分が殺したわけでもない構成員を「お前が殺したんだろう」と決めつけられた。話し合いの余地などなかった。

恩人である北岡を巻き込みたくなかった。しかし彼は、古東が自衛隊に逃げ込むつもりだと話すと、防衛省の出張所までなんとか生きてたどり着けるよう、拳銃と散弾銃と自動小銃を渡してくれた。おかげで次々と襲ってくる敵どもをなんとか排除して目的地である防衛省にたどり着くことができたのだ。

もう一度助けを求めたら、北岡は助けてくれるだろうか。

古東は首を振った。

だめだ。前回と違って、今度はあまりにも絶望的だ。そもそも古東には目的地さえない。もう彼を巻き添えにしてはいけない。

他にいないか？

次に頭に浮かんだのは、ドラッグ密売人のロータスだ。あいつとは、不死鳥日本との取引を台無しにしたばかりか愛犬のベーコンとハムを殺した梅津という帰還兵を追っている途中で出会った。ロータスもまた元衛生兵の帰還兵で、主に帰還兵を相手にドラッグ商売をやっていて、梅津がロータスからドラッグを買わなかったか訊いたのだ。そしてもしも今度梅津らしき人間からドラッグを買いたいといってきたら真っ先に俺に知らせろと言って金も払った。しかしその後で古東自身に厄災が降りかかり、それどころではなくなった。

あいつがまだ俺との約束を覚えているのなら、もう一度会うことができるかもしれない。そして「不死鳥日本から逃げているから助けてくれ」などと本当の目的を知らせることなく、あいつの車に乗って東京から脱出するか、あいつのねぐらに忍び込んでほとぼりを冷ますことができるかもしれない。もちろんあいつにとったら迷惑至極だろうが、なぜか北岡さんと違ってあいつに迷惑をかけることにはためらいの気持がわかない。それが人徳ってやつだ。

この際、いちかばちかそのチャンスに賭けてみよう。

幸い、ロータスのケータイ番号は記憶している。あとはどこかで公衆電話を見つければいい。といってもそれが大変なのだが。

だが、どうやら今日の自分はついているらしい。

公衆電話ボックスがあっさり見つかったのだ。小学校とおぼしき旧い校舎の、車道を隔てた向かいにそれは設置されていた。

あわてず、周囲に目を配りながら電話ボックスに近づいて、ドアを開ける。ものすごい熱気と乾いた埃が充満していて、むせた。

さぁ、戦闘開始だ。小銭入れから10円玉と100円玉をあるだけ全部取り出して電話機の上に並べた。最初に10円玉を投入すると、心臓の鼓動がわかりやすく急上昇していく。

さぁ、お前はヒマな売人だろ？　すぐに出ろよ、ロータス。

—留守番電話サービスに接続します。

「くそっ！」

受話器をガツンとフックに叩きつけた。

待て、落ち着け俺、キレるな。もう一度かけろ、メッセージを残せ。このチャンスの細い糸をなんとか活かすんだ。活かして生き延びるんだ。

もう一度、慎重にボタンを押していく。

今度は接続音が聞こえた。古東はすかさず追加の100円玉を投入した。

相手は黙っている。もちろん、警戒しているのだ。

「ロータスだな？　俺は古東だ、覚えているか？」

—なんだ、あんたかよ！　公衆電話からかけてきたから警戒しちまったよ。

一度会っている相手だからか、砕けた口調であった。

「わけあって今ケータイが使えないんだ。お前、俺との約束覚えているか？」

—怪しい帰還兵からドラッグを買いたいっていう電話があったらあんたに知らせるって、そういう約束だったな。

ちゃんと覚えていたようだ。

「その件はもうどうでもよくなった。戦友は見つかったんだ」

―へえ、えがったじゃん。

「実は、クスリを買いたい」

―はっはっ、それこそ俺の本来の仕事だよ。で、何系がいい？

「アッパーもダウナーも両方欲しいんだ。量は少なくていい。1グラムくらいだ。でよ、俺が今いる場所まで来てもらうことはできるか？」

―それは場所によるな。都内か？

「九段下と飯田橋の中間辺りにある小学校の近くだ」

電話の向こうでロータスが舌打ちした。

―その辺って、検問が特に厳しいエリアだろ。

「そうかもな」

―爆薬探知犬にドラッグの匂いを嗅ぎ取られたら困る。もっと郊外にしよう。

「いや、それじゃまずいんだ。じゃあ、こういうのはどうだ、お前はドラッグを持たずにとにかく俺を迎えにくるんだ。で、俺はお前の車に乗って郊外に出る。どこかで俺を降ろして、お前はブツを取りに行く。その間そこで俺は待っている」

返答がくるまで少し間があった。

—ただあんたを迎えに行くのか？　俺は運転手じゃないぜ。

　機嫌を損ねたような声だった。

「もちろんちがう、ドラッグを買うからついでに迎えに来て欲しいって言ってるだけだ」

　古東は言った。そしていやな視線を感じた。電話ボックスの外に、汗だくの男が立っていて、血走った目でこっちを睨みながらカルピスをぐいぐい飲んでいる。

　不死鳥日本ではなさそうだが、気味が悪い。あいつも電話を使いたいのか？

—ドラッグを持たずにか？

　理解に苦しむという声でロータスが言った。

「そうだ、持っていたら検問で犬にくんくんされるかもしれないんだろ？」

—ああそうだ。

「だから、まず商売相手の俺を乗せて、安全に取引できる場所まで連れて行って欲しいんだよ。理にかなってるだろ？」

—それが目的なんじゃねえのか？　俺はフリータクシーじゃねえぞ。

　こいつ、勘づいたか？　まぁ、鈍い奴でもわかるか。

「じゃあ2グラム買うから。頼むよ」

　そんな金はないが、来させるためなら嘘だってなんぼでもつく。

—いいか、俺も商売はしたいけど、妙なことに巻き込まれるのはマジでごめんだぞ。
今日だって嫌なことがあったんだから。
「妙なことなんか起きていないし、お前に迷惑はかけないと約束するよ」
ごん、ごん。
血走った目のカルピス男が電話ボックスの扉をノックした。
さっさと電話を譲らないと殺すぞ、とでも言いたげな目をしていた。
だからといって譲る古東ではなかった。

カトーという偽名を使った男の名前はわかった。神谷臣太だ。娘がいるが離婚した妻に親権を取られたこともすぐにわかった。離婚の後、チベット戦争に徴兵された。特殊技能民間非戦闘員という肩書だから政府は「徴兵」という言葉を決して使わないが、事実上の徴兵であって、それ以外の何ものでもない。

神谷は生き残って、日本に戻ってきた。戻っても家族はいない。要するに災難続き負け続きで弱った男だ。

だが、弱っているとはいえ戦争に行く前に、敵に殺されないための殺す技術を教え込まれた男だ。自分は徴兵を免れているからわからないものの、それはかなり洗練された殺人術だという話も聞いている。

だが、世間的には注目に値しない。非国民狩りの標的としてはインパクトに欠ける。

「どうします？」

熊谷が訊いてきた。もちろん、神谷をどうするかというお伺いである。

「雑魚だ」和久田は答えた。

「雑魚ですか？　５人やられてますよ」

熊谷はその答えが不満らしかった。

「家族に捨てられた哀れな野郎だ。ほっとけば自殺でもするような負け犬だ」

和久田は断定して「あそこの病院の駐車場に止めろ」と運転手の秦野に命じた。

秦野がミラー越しに「そりゃまたなぜです？」とでも言いたげな視線をよこした。

和久田は答えなかった。

「知り合いが入院でもしているんですか？」熊谷が訊いた。

「黙ってろ」和久田は吐き捨てた。

車が駐車場に入ると、熊谷が唐突に言った。「奴を追うより、奴の娘を押さえましょう。時間も手間も省けます」

「貴様はロリコンか」和久田は言った。「警察を巻き込みたいのか」

「もし和久田さんがリスクを負いたくないのなら、俺に部下を任せていただければ、俺が全責任もって娘を押さえて、あいつを国家保安部に出頭させてみせます。それで手柄は和久田さんのものということにしてもらって構いません。ただ一言、俺の働きがあったことを上に報告していただければそれでいいです」和久田は返事の代わりに熊谷の顔に唾を吐きかけ秦野に「少し待っていろ」と言い置いて、車を降りた。ドアを閉める間際に熊谷が睨んだ。

和久田が睨み返すと、即座に目をそらした。

コカインの常習がもたらす弊害のひとつに慢性的な便秘がある。和久田はもう9日間も便通がなかった。

それがなぜか今、きたのだ。理由はわからない。医者に訊けば通報される。わからなくても、こないよりはいい。

便意を催したからといって必ずしも満足できる便通があるわけでないことを和久田は思い知った。脳が便意を感じただけで、大腸との連携は構築されていなかった。そういうことだ。

結局、一時間近く個室を占拠して格闘したのちにようやく、そこそこ満足できないこともない、という微妙な結果を得た。

自動ドアを抜け、駐車場に戻った。

車がなかった。

スマホで熊谷に電話をかけた。出ない。菅井にかけた。出ない。秦野にかけた。やはり出ない。

自分の車とともに、三人とも消えた。

これが何を意味するのかわからないほど自分はもうろくしていない。腹が減って徒歩圏内の飯屋やカフェに食いに行ったり涼みに行ったのなら、車をここに止めておいても構わないし、車で出かけたにしても三人とも電話に出ないということはありえない。

幸いというべきか、和久田の部下はあの三人だけではない。呼べば飛んでくる者はほかにも大勢いる。いわば二軍の待機選手だ。

その一人の番号を呼び出してかける。

ところがそいつも電話に出なかった。さらにもう一人。やはり出なかった。

体力を奪う日光から逃げるため和久田は踵を返し、病院に戻った。涼しいところで何が起きているのか考えたかった。

◆

12時57分。

内線電話が鳴ったので久米野は受話器を取った。もしかして、神谷からじゃないのかという予感がした。

——神谷臣太という方から電話です。

「やっぱり」

——はい？

「いや、なんでもない。つないでくれ」久米野は言って掌で額をさすった。

——了解。

接続音の後、紛れもない神谷の声が聞こえた。今度はどんな言い訳を用意していることやら。

——久米野さんですか？

「ああ、そうだよ」

——あの、急にこんなこと言うと、気が変になったと思われそうですけど、俺には娘がいるんです。離婚した妻の娘が。その娘の身が危ないんです。助けて欲しいんです。娘はまだ6歳なんですよ！

暑さで気が変になったかどうかの判断は保留して、久米野は訊いた。

「暴行事件のことで13時にこっちに来るという約束は忘れていないよね、神谷さん」

——もちろん忘れていません。だからこうして電話しました。

「電話じゃなくて、顔を出さないとダメだろう。相手の告訴が受理されてもいいのか？」

苛立ちを隠さずに久米野は言った。

―すみません、実は、信じてもらえるかどうかわからないんですが、俺は、不死鳥日本という団体に狙われているんです。

その団体名によって、久米野の脳内警戒信号が黄色からオレンジ色に変わった。

―まったく運が悪いことに、今日、奴らの構成員と揉め事を起こしてしまい、追いかけられているんです。殺されそうになったんです。

神谷の声が震えていた。

おそらく本当のことを話しているのだろうと思う反面、統合失調症の発病初期によくみられる巨大組織に狙われているという被害妄想ではないかという可能性も考慮する。相手はなにせ戦争帰還兵なのだ。そして不死鳥日本という団体の電波的性質が、実に「妄想のネタ」に都合が良い。病気の妄想も世につれだ。

「殺されそうなって、あんたはどうしたんだ？」

―だから、必死で逃げてるんです。

「ただ逃げてるだけか？　構成員の奴らに暴力を振るったりしたんじゃないのか？」

二秒ほど沈黙が流れ、やっと神谷が答えた。

―自分の身を守るために、仕方なかったんです。

まったく。久米野は小さなため息をついた。お決まりのフレーズだ。まんまとチベットに逃げおおせたあの梅津もまったく同じことを言っていた。

―こうやって正直にお話ししたのは、久米野さんが、なんていうか普通の警察官より
も話がわかる人のような気がしたからです。電話で話して、それを感じたんです。も
しかしたら、あなたも戦争帰還兵なんじゃないかと思ったんですが、どうなんですか？
　今度は久米野が沈黙を空けた。やはりそうか、こういうのは対面しなくてもわかっ
てしまうものらしい。
―そうなんですね？
「そのことと警察の仕事は関係ない」久米野ははっきりと言った。「俺が帰還兵だか
らって、帰還兵のあんたに同情して甘くするつもりなどこれっぽっちもないことはは
っきり言っておくよ」
―ケータイに奴らの一人から電話がかかってきたんです。どうしてだか、あいつらは
私のケータイ番号と名前を突き止めたんですよ！
　不死鳥日本なら、できなくもないだろうと久米野は思った。もちろん、この男の被
害妄想でなかったらの話だが。
　机に肘をついて、空いている方の手で耳の後ろを掻きながら訊く。
「電話してきて、なんと言ったんだい？」
―脅迫されたんです。今すぐ逃亡をやめて国家保安部に出頭しないとお前の身内に償
わせるって。

「出頭だと？」

――出頭という言葉を使ったんですよ。あいつら完全に警察気取りなんですよ、確保とか、連行とか、そういう言葉を末端の構成員が使うんです。秘密警察みたいですよ。

　あの組織がそういう自称警察じみた病的性質を帯びてきていることは、久米野も知っていた。つまり、より危険になってきているということだ。

――俺の名前とケータイ番号をこんなに簡単に突き止められたんだから、娘の名前と住んでる場所だって簡単に突き止められますよ、学校だって。どうしたらいいんですか⁉

奴らは一般市民に暴力を振るっていたんです、それを見て見ぬふりができなかったからやめさせようとしたら、こんなことになった。

　理不尽な状況に憤っている神谷に対して、久米野は質問をぶつけた。

「〝やめさせようとしたら、こんなことになった〟とあんたは言ったが、暴力を行使してやめさせたんだろう？　戦争仕込みの戦い方で」

――自業自得だって言いたいんですか？　弱い一般市民が一方的にやられているのをおとなしく見て見ぬふりをしていればよかったと言うのか？　え？

「もっともらしく正当化しようとしてるな。あんたは自分の暴力衝動を抑え切れなくて、良くないスイッチが入ってしまい、必要以上の暴力を行使した。だから奴らを敵に回したんだ」

—久米野さん！　あんた、奴らの味方するのか？

「馬鹿いうな」

その言葉に隠しようもない嫌悪が滲んでいた。

—ただ警察に出頭するのが嫌なだけなら、こんな凝ったつくり話はしませんよ。この際、正直に言いますけど、今朝、岡地町6丁目の歩道橋で起きた暴力事件、あれは俺がやったんです。

その事件なら知っている。今はまだ初動捜査の段階で、やたらと威張り散らす「鬼の機動捜査隊」が全力で動いているはずだが、久米野は詳しく知らない。

「それで？　あんたは自首したいのか？」

あまり刺激しないよう努めて穏やかに訊いた。

—何言ってんだ！　いま自首なんかしたら娘を助けられないだろっ！

神谷がわめいたので、久米野は受話器を耳から離した。

—助けて欲しいんだ。奴らはやるといったらきっとやる。やれるだけの人員と金とヒマがあるんだから。

それに関しては久米野も異論はない。ただ、児童の誘拐は数ある重大犯罪の中でも特に悪質だ。そこまでやるだろうか。

「俺があんたなら、まず離婚した奥さんと娘さんの通っている学校に連絡するね」

—とっくにしたよ！　娘の柚香は今日、補習授業で学校にいるから、まず学校に電話したんだけど、用務員らしい男が出て、俺が親権のない父親だとわかると切りやがったんだ。ひどいだろ⁉　きっと奴らが外で見張っている。家も見張ってるだろう。今、向かっているんだ、娘の学校に。

事態、もしくは神谷の精神状態が、どうにも嫌な方向に向かっていると久米野は感じた。

「奴らはあんたの娘さんや奥さんの顔なんか知らないだろう」久米野は言った。

—何言ってんだ、知ってるよ！　元妻はSNS中毒で自分と柚香の写真をインスタにアップしまくってるんだ。俺へのあてつけだよ。柚香の成績が悪くて今日補習を受けることまでツイッターに書いてたんだ！

久米野は一瞬笑いそうになったが、ここは笑うところではないと気づいてまた訊いた。

「奥さんとは連絡ついたのか」

—元妻は今仕事中なんだ、終わるまで電話に出られない。

「心配なのは理解できるが、元夫のあんたが元妻に断りもなく勝手に娘の学校に押しかけたら法的にまずいんじゃないのか？　電話を切られたくらいなんだから」

—そんなことかまってられるか、娘を、柚香を安全な場所まで連れて行かないと。刑事さん、力を貸してくれないか。

「俺にそんなヒマはない」と言うのは実に簡単だ。実際、ヒマではない。ヒマになる見込みもない。

―頼む、俺には味方になってくれる人間がいないんだ。でも娘を守りたいんだ。守る責任があるんだ。

「娘の学校と家は、どこなんだ」

―今から言うからメモしてくれ。

「わかった」

メモしていると、また小桜が刑事課の部屋に入ってきて久米野を見つけた。自分と小桜の共通の話題は古東功だけだから、また古東に関して続報を仕入れたのだろうか。

久米野が真剣な顔なので近づくのを遠慮しているが、報告したくてたまらないことがありそうな顔だ。

―刑事さん、俺は自分がやったことから逃げるつもりはないよ。本心だよ。だけど、何を差し置いてもまず娘の安全を確保しなきゃならないんだ。柚香の安全が確保できたら、取調べだって拘留だって裁判だって、いくらでもやるよ。

「その手のやる気宣言はどうでもいいから、何時にどこで待ち合わせすればいいんだ、あんたと」

―ありがとう。大至急娘の学校に来てくれ。なんならサイレンを鳴らしてきてくれるとさらにありがたい。

娘の学校の所在地をメモする。幸い千代田区なので覆面パトでならすぐに着けるだろう。とはいえ、一日二度も首尾よく覆面パトカーを確保できるかどうかはわからないが

「俺が着くまで、というか着いてからもだが、絶対に馬鹿な行動はするなよ。今、ケータイから電話するから一旦切るぞ」

受話器を置いて速やかにケータイで神谷のケータイにかけた。

「久米野だ。これが俺のケータイ番号だから、かけたらすぐに出てくれよ」

―わかった。拳銃を絶対に持ってきてくれよ。

「無理を言うな。携行許可が下りるわけないだろ、個人的な用事なんだから」

失望したのか、電話の向こうで神谷が露骨なため息をついた。

―まぁ、仕方ないか。

「ところでケータイのバッテリーは充分なのか？」

―いや、もう20%を切ってる。

「わかった。それじゃ、くどいが不安だからってくれぐれも無茶や馬鹿はするなよ。おとなしく待っているんだ」

ケータイを切るとすぐに小桜が「久米野警部」と話しかけてきた。それを遮って言う。

「ちょうどいいところにきた。また運転を頼めるか？」

小桜はそれには答えず言った。

「九段下警戒中の自衛隊でちょっとした騒ぎが起きたそうです」

「話は車の中で聞く。なんとしてでも覆面パトを確保しないと」

「了解」

二人して早足で車両部に向かう。歩きながら小桜に話した。

「例の神谷って奴が、不死鳥日本の奴らに娘のことを知られて、娘に危険が及ぶかもしれないって心配してる。そしてなぜか、俺が奴のためにひと肌脱ぐ展開になっちまった」

「まさに人助けじゃありませんか！　その話を聞いたら車両部の人間も覆面パトを優先的に回してくれますよ、きっと。で、その娘さんはいくつなんですか？」

「６歳だ」

「急ぎましょう」

小桜は言い、走ってはいけない署内の廊下を走った。

◆

「わかりました。それでは」

浜内公雄は電話の向こうの社長に一礼して通話を切ると、スマホをサマージャケットのポケットに入れようとしてメールが届いていることに気付いた。

開くと、二年前にウチの事務所に所属していた女優だった。歩きながらメールを読む。


浜内さん、ご無沙汰しております。以前お世話になった辰巳です。お元気でしょうか？

実は、折り入ってご相談したいことがあります。アリシアの後に所属した事務所でトラブルがあり、その後いったんはフリーになって舞台や何本かの映画に出たりしたのですが、今、役者として正直いって完全に行き詰まっています。ここから先へどこにも進めない空気が漂っていて……。

長ったらしくて全部読む気になれない。要するに俳優としてうまくいかなかったから、また所属させて仕事をくれないかと打診している。今すぐが無理ならしばらくマネージャー預かりでも良いと。

「……甘えるな馬鹿もん」

浜内は小声で吐き捨て、メールを削除した。それから小さなため息をついてスマホをしまった。

撮影スタジオの廊下は寒いほどに冷房が効いている。廊下の途中にある出演者用の控室ドアには出演者の名前を大きく記した紙が貼ってある。

ボンバー松田様、大杉蓮三様、平内美樹様、吉野李茄様、と大物もしくは中堅どころが続く。いろいろと余裕がない状況にもかかわらずウチの紗希にも一部屋まるごと貸してくれた製作会社とテレビ局には感謝しなければならない。なにせ半年前まではどこの現場でも大部屋だったのだから。

社長の判断で半年間通わせた俳優ワークショップで同期だった若者たちはいまごろさぞかし悔しかろう。「なんであんなセリフ棒読みですぐに視線が泳ぐ下手っぴ女が？絶対あのエロい体使って枕営業したよな」と思っているだろう。ＳＮＳに匿名で誹謗中傷も書き込んでいることだろう。そうやって時間を浪費してだんだんと〝かつて芸能界に迷い込んだ人間の屑〟になってゆく。

蓮見紗希様という紙が貼られた控え室のドアをノックすると、ドアの向こうから紗希が「どうぞお」と不機嫌そうな声で答えた。

浜内はドアを開け、閉めてから言った。

「そんな不機嫌な声出すもんじゃない、私だったからよかったものの」

いかにもひまそうに長椅子に寝ていた紗希が頭を起こし、言った。

「別に不機嫌じゃないよ、普通だよ」

「それでも不機嫌に聞こえる。それが問題だ。社長のオーケーが出たぞ」

メイクをすっかりすませた紗希の顔がぱっと明るくなり、一層豪華になった。

「うそマジっ⁉」

上品なメイクと言葉づかいにギャップがある。

「ああ、ただし条件がある。私と一緒だ」

私、を強調して言うと、一瞬で紗希の顔が曇った。

「冗談でしょ？　デートにマネージャーがついてくるの？」

「デートじゃない、営業だろ」

「どっちでもいいよ、大物と太いパイプができるんなら。で、社長は喜んでた？」

「ああ」

本当のことをいうと、今日社長は紗希よりもはるかに稼いでいて社長の愛人の一人でもある俳優の金に汚い身内の金銭問題と、抱えている複数のタレントの撮影スケジュールの調整で頭がいっぱいで、所属してからまだ一年足らずの若手タレント・蓮見紗希と不死鳥日本の広告塔である萩尾良平との密会についてさほどというか、ほとん

ど関心がなさそうだった。だが、それをありのまま紗希に伝えると敏感な紗希は「社

「社長に気にかけてもらえない」とまた落ち込んでしまう。今日の仕事にも影響が出てしまう。

「うまくやれってさ、利用されて捨てられるなよって」

「社長がそう言ったの？」

「要約するとそんな感じのことを言った。それにSNSなどに公表する時期は社長が判断するから勝手にやるなと釘を刺された」

「あたしそんなバカな女じゃないもん、すぐに萩尾さんにメールしないと。返事待ってもらってるんだ。すごくない？　不死鳥日本の高級幹部を待たせてるんだよ？」

紗希は自慢げに言って、メイク台の上のスマホを掴むと、両手でメールを打ち始めた。入力しながら「ねえ、あたしの出番てまだなの？」と苛だたしげに訊く。

「まだだ、撮影がだいぶ押してる」

「あたしはセリフ二つだけのために何時間も待ってんのに、どこのどいつが足引っ張ってんだか」

「そういうこと、間違っても現場で口に出すなよ。顔にも出しちゃいかん」

浜内は厳しい顔で警告した。

「わかってるよ。よし、送信。んふっ」

このあどけなさと、人を振り回すことをなんとも思わない奔放さと、それを帳消しにしてなお余りある男を虜にする顔と体。それが紗希だ。

浜内は20年以上にわたる芸能マネージャー人生でこういう男女を数え切れないほど面倒みてきた。彼らは自分が特別であることをよく知っていた。知らなかったのは、その特別な自分がいつまでも続くわけではなく、特別で居続けるためにはとてつもない努力とタフな精神力と強運と邪魔な相手を排除し踏みつぶす残忍性と、時には奴隷よりひどい扱いを受け入れるあきらめが必要だということだ。

話がとんとん拍子に進めば、紗希も不死鳥日本のメディア露出に乗って世間に認知されるかもしれない。一旦認知されると一気にそこから先の道が開けるかもしれない。

それにしてもいったい不死鳥日本というのは何なのだ。

暴力団？　ロビー団体？　ヘイトクライム集団？　武装カルト？　あまり努力せずにテレビに出たい連中の集まり？　なんにせよ、人種差別をしている。それもきわめて露骨な演出で。

社長は紗希が人種差別主義者として世間にバッシングされてもいいのだろうか。それともいざそんな事態になったらさっさと切ってしまえばいいと考えているのだろうか。徹底合理主義者だからそれもありうる。

「どしたの？　ぼんやりしちゃって」紗希が訊いた。

「なんでもない、それよりセリフは覚えたか?」

「あたりまえじゃん、〝見て、空に金色の光が!〟、〝ねえ、これってもしかしてエキト、エクテプ〟……あれ、やばい、なんだっけ?」

「エクトプラズムだっ、覚えてないじゃないか!」

「本番になればちゃんとできるもん!」

◆

バッテリー容量がありません。充電するか、新しい電池と交換してください。

赤い文字の警告が出て、神谷はあわてた。

まず考えたのは学校の近くでコンビニを見つけてチャージャーを買うことだった。

だが、コンビニこそ、不死鳥日本の構成員が学校を監視するのに都合よさそうではないか。鉢合わせする可能性が高い。

「それがどうした。バッテリーが要るんだよ!」

離婚する前は神谷も何度もこの学校に来たから、コンビニの場所はわかっていた。

店内は戦争で送り込まれたチベット高地の夜のように涼しくて、つかの間緊張が緩んだ。

しかも不死鳥日本の構成員らしき電波を放っている客もいない。ついている。

しかし肝心のモバイルバッテリーがなかった。ひとつもない。充電用ケーブルもない。

レジに駆けて行き、ほうきとちりとりで床を掃いている浅黒いアジア人の女の子に声をかけた。

「すみません、モバイルバッテリーか、充電ケーブルが欲しいんですけど、在庫ないですか？」

店員の女の子が憂鬱そうな顔を上げ、こなれていない日本語で答えた。

「すいません、さいきん、交通のキセイがひどくて、商品がニューカしてこないです」

神谷ははっとなった。そういえば店内の棚がどこもすかすかで、大震災直後のようなありさまだ。

「くそっ！」

思わず悪態をついてしまい、女の子の顔に怯えが浮かんだ。まずい。

神谷はあわてて笑顔を取り繕い、店員の女の子に微笑んだ。不気味に思われたのか、彼女が一歩あとずさる。神谷は彼女の名札を見て、話しかけた。

「あの、ナシームさん？」

「は、はい？」

彼女の声が上ずった。名前で呼んでさらに怖がらせてしまったらしいが、時間は戻せない。

「君に対して危害を加えようだなんてことはまったく思っていないんだ。ただ、どうしてもどうしても、どうしてもスマホの充電をしなくちゃいけないんだ。人の命がかかってるんだ。君のスマホはアンドロイドかい？　もしアンドロイドならお礼はするからちょっと貸して欲しいんだ、それだけだから……」

早口で話しつつ神谷が一歩近づくと、店員のナシームはほうきとちりとりを落とし、事務室に駆け込んだ。

「おいっ！　ちょっと」

ガチャリと鍵をかける音がした。

「おい、充電器を貸してくれよ！　頼むよ」

返事はない。店長に「変態に襲われそうになった」と電話しているのかもしれない。でなきゃ警察？

「娘の命がかかってるんだよぉ！　畜生っ！」

こうなったら公衆電話を探して久米野に電話しよう。飛び出そうとして、自分と娘の身を守るための武器があった方がいいと気づき、家庭用品コーナーでコンパクトなセラミック果物ナイフを選び取った。最後のひとつだった。ついでに水分補給しようと思い立ってドリンクコーナーに走っていったら、いかにも甘ったるくて飲む気がしない砂糖入りドリンクしか残っていなかった。なんとか飲めそうなカルピスを取って、財布から千円札を二枚取り出し、レジの向こうに投げつけて怒鳴る。

「金はちゃんと払ったからな！　万引きじゃないぞ」

店から出ようとマットを踏んだら、自動ドアの上に取り付けられている防犯カメラから「パンッ！」という大きくて甲高い音がして、暴漢捕獲用ネットが発射された。

くそっ、と思った瞬間にはもう全身をハイテク素材の白い網にくるまれていた。

「ふざけるなっ！　俺が何をしたあっ！」

もがくほどに網が絡まっていく。最悪だ。癇癪起こしている場合ではない。神谷は購入した果物ナイフをさっそくパッケージから取り出して、網を切り始めた。この件で警察に逮捕連行されてしまったら娘を守れない。

苦労して四箇所切ったら、なんとか脱出できた。貴重な一分を無駄にした。

「この店は最低だ！　本社に抗議するから覚悟しておけ！」

どうでもいい捨て台詞を吐いて店から飛び出し、公衆電話を探す。以前娘の送り迎えで公衆電話ボックスを何度も見かけたが、正確な場所は覚えていない。でも校舎の裏側だった気がする。

「たしかこっちの方だった」

角を右に曲がったら電話ボックスが見えたので駆けていく。

くそ、誰か使ってやがる。自分のスマホ使えよ。電話ボックスを占拠しているのは神谷と同年代とおぼしき男だ。坊主頭でゴリラのように筋肉がっちり、しかし出っ腹だ。それをよれよれの白い丸首Tシャツで覆い、ジャージもよれよれ、しかし靴は本格的なミリタリーブーツだ。違和感はなはだしい。

一瞬不死鳥日本の構成員かと思ってセラミックナイフに手が伸びかけたが、どことなく違うような気がする。まず、あいつらは基本的に単独行動をしない。意気地なしだから、そして怖くても逃げられないようお互いを監視しているから。だがこの男は一人だ。

神谷はカルピスのボトルのキャップを外し、男を睨みながらぐびぐび飲んだ。視線を感じ取った男が顔を上げ、目が合った。

だが男はすぐに顔をふせて会話に戻る。

どうやら不死鳥日本の構成員ではないらしい。もしそうならば、俺の顔を見て何も反応しないのはおかしい。奴らの間には俺の写真か似顔絵が出回っているはずだから。

とにかく、早く俺に電話を使わせろ。援軍と連絡が取れないじゃないか。

少し待ってやったが、相変わらず出っ腹男が話しているので、神谷はカルピスのボトルを足元に置き覚悟を決めて歩み寄り、電話ボックスのガラス扉をノックした。

殺意のこもった視線が返ってきた。こいつも相当重要な件で話しているのかもしれないが、俺のより大事ということはないはずだ。

「電話を使いたいんだ、いますぐ」

脅すようなニュアンスをこめて、神谷は言った。だが、すぐにこういう男にこの言い方はまずかったと気づいた。

男がミリタリーブーツでドアを蹴り開けた。もう少し力が入っていたらガラスが破れたかもしれない。

「順番を待て」出っ腹男が言った。その声は落ち着いているが、明らかに「邪魔すると怪我をするぞ」という警告であった。

だが、そんな警告にひるんでいる場合ではない。娘を助けなくてはならないのだ。

「電話が長すぎだ」神谷は言った。「いったん切って俺に使わせろ。すぐに済むから」

出っ腹男が電話の相手に向かって「ちょっと待ってくれ、うるさい奴を追い払う」と言った。

うるさい奴だと？　なにさまのつもりだ。

「きさまがどんな用事でどれほど緊急だろうが、俺の話が終わってからにするんだ。でないと嫌な一日になるぞ」

出っ腹男が左手の人差し指を神谷に向けて言う。

「それが最後の警告か？」神谷は訊いた。

「そうだ」

「じゃあ俺も警告する。今すぐ電話を切って俺に使わせないと、10年忘れられないくらい最悪の一日になるぞ、お前を傷つけたくない」

セラミックナイフをちらつかせることも一瞬考えたが、事態をより悪化させるかもしれないので今はやめておく。

警告はまったく効き目がなく、男に言い返された。

「きさまに俺を傷つけられるとでも？　俺は徴兵されてチベット戦争に行ってきたんだぞ。失うものはない」

恫喝めいた言葉に神谷はぐらついた。帰還兵か、こいつ。たしかにこいつにはどことなく俺と似通った空気というか匂いがある。

「俺もだ、特殊車両隊でＤ９のオペレーターだ」神谷は言った。

Ｄ９は装甲ブルドーザーの名称で、戦争に行った奴なら誰でもＤ９で通じる。通じなかったら偽兵隊だ。

出っ腹男が意外そうな顔をして、言い返した。「そうかい、俺は尋問犬のハンドラーだ」やや誇らしげに言い、それから「ちょっと待ってくれ。一、二分後にかけなおす」と電話の相手に言い、受話器をフックにかけた。

「ありがとう、恩に着る」

神谷は礼を言ったが、男はそこからどこうとしない。それどころか扉の枠に両手をかけて塞ぐ。

「お前が配属された小隊は？」と男が訊いた。

「166小隊だ」神谷は即答した。

「小隊長の名前は？」

「ホワイト・トラッシュのケネス・ジャクソンだ」

神谷は答えた。奴の顔が頭に浮かんで不愉快な記憶が蘇った。

さらに質問が続く。

「小隊にひとつずつ支給されているタフブックのケースの縁のゴムの色は何色だった？」

「ひっかけ問題だな、どこの小隊だろうとゴムの色は黒だ」

その答えに満足したらしく、口の端がわずかに持ち上がった。

「俺は古東だ」

驚いたことに男が自ら名乗った。俺のことを信用し、ささやかな敬意を払っているということだ。

「俺は神谷だ」神谷も名乗った。

「そんなに緊急事態か？」古東が訊く。

「娘の命が危ないんだ、俺の命も」

「娘の姿は見えないが？」

「学校で補習授業を受けている。俺と娘は不死鳥日本に狙われているんだ」

古東の目の奥がきらりと光った。脳内で太いニューロンがカチッと繋がったみたいだった。そして「お前、車でここにきたのか？」と訊いた。

「車じゃないよ、走ってきた」と神谷は答えた。

輝いた目が瞬時に曇った。よほど残念らしい。

古東がすみやかに電話ボックスから出た。神谷はすかさず駆け込んで受話器を取った。

「小銭、使っていいぞ。でも長話するな、俺も命にかかわる大事な通話の途中だったんだ」と古東が言った。

「恩に着る。すぐに済ませるよ」

飛んできたアルミニウムの矢が電話ボックスのガラスを紙のように易々と貫き、電話機に突き刺さった。

相手が本物の帰還兵でさらに不死鳥日本とトラブルになっているとわかって、つい気持が動いた。他の人間だったらこんな親切心は絶対に湧かないと断言できる。

「小銭、使っていいぞ。でも長話するな、俺も命にかかわる大事な通話の途中だったんだ」古東は男に言った。

「恩に着る。すぐに済ませるよ」

もしかしたら最初からこうすればよかったのかもしれないと古東は思った。

どこからか飛来したアルミニウムの矢が電話ボックスのガラスを貫き、緑の電話機にズブッと食い込んだ。

わかりやすく頭の足りなそうな男たちの喚声が聞こえた。古東がそちらに目をやるとわざわざ確認しなくても不死鳥日本とわかる目の狂った四人組が、原始的な武器を手に走ってくる。坂道のくだりなので加速がついている。金属バット、鉄パイプ、コンビレンチ。武器が日用品だということはおそらく下っ端だろう。フルサイズのクロスボウを持っている奴が小隊のリーダーということか。

「畜生っ！」神谷が受話器を投げ捨てた。

「あいつらはお前の敵か、俺の敵か？」

古東は思わず訊いてしまった。

神谷は答えず、ポケットから刃物を抜いた。白いセラミックナイフだ。戦闘準備は完了している。

「俺も武器が要る。出てくれ」

古東は電話機に刺さったアルミの矢尻を掴み、力任せに引き抜いた。頑丈な4枚ブレードで、これだけでも立派な武器になる。

「組むか？」

神谷が訊いた。一緒に戦うか？　という意味だ。

「組もう」古東は簡潔に答えた。

「倒したらスマホを取る」神谷が言った。

古東はうなずいた。

四人はいきなり殴りかかってきたりはせず、二人を取り囲んだ。

「マジかよおい、こいつ、古東だぜ」

コンビレンチを持った二十歳くらいの若造が、古東を指差して言った。

神谷がちらっと古東を見た。

「ＤＯＡが二人一緒だぜ」

鉄パイプのガキがうれしそうに言う。ＤＯＡとは到着時死亡（dead on arrival）のことではなく、生死にかかわらず捕まえたら懸賞金が出るという意味だ。

「俺は金持ちになるうっ！」

金属バットを持った20代後半のいびつなスキンヘッド男が叫び、バットを振り上げて神谷に襲いかかった。どう見てもまともな戦闘訓練を受けていない素人の動きだった。神谷が難なくバットをかわし、地面に叩きつけられたバットを足で押さえつけ、セラミックナイフで敵の上腕を突き刺し、縦に長く切り裂いた。そして大量の返り血を浴びる前にさっと飛びのいた。

神谷は殺したくはないのだと古東にはわかった。自分だったら腕ではなく素早く胸を二回刺して殺していたろう。

どこかからパトカーのサイレンが聞こえる。一台だけだ。こんなところを通りがかって欲しくはない。

古東には鉄パイプのガキがかかってきた。敵がパイプを充分に振り上げる寸前に古東は自分から距離を詰めて、左手で敵の左肩を掴むと同時に右足を敵の足にひっかけて倒し、起き上がろうとした胸にクロスボウの矢を突き立て、さらに左手の掌底で深く押し込む。刺されたガキが〝こんなはずじゃなかった〟とでも言いたげな泣き声を上げた。さぞかしショックだろうが、知ったことか。古東は矢をねじって傷口をこじ開けてから引き抜いた。

コンビレンチの男と神谷が2メートルほどの距離で対峙し、互いに攻撃の瞬間を探っていた。レンチの男は大振りしたりせずに神谷のナイフを叩き落とそうとしている。多少なりとも喧嘩馴れしているらしい。

しかし手助けの必要は感じないので、古東はクロスボウに第二の矢を装填しようとしている男に向かって重心を低くして突進した。

装填が間に合わないと悟ると敵はクロスボウを銃剣付ライフルのように両手で構え、迎え撃とうと両足を大きく開いて重心を落とした。

矢を敵の目に向かって突き出すと、当然それをよけようとして頭をのけぞらせた。それでいい。古東は右足を大きく踏み出して敵の左腿に矢を突き立てた。もちろん引き抜く前にねじって傷口をこじ開けることは忘れない。

刺された男は「うえっ！」と声を上げて脚を押さえ、クロスボウを捨ててあっさりと逃げ出した。大層な武器を持っていても肝心の覚悟が足りなかったということだ。追いかけてとどめを刺すべきか迷いが生じた。

「この野郎っ、逃げんのかあっ！」

コンビレンチを持って神谷と対峙していた男が突然吠え、逃げ出した仲間めがけてコンビレンチを投げつけた。レンチはくるくると回転しながら飛び、逃げ出した男の後頭部を見事にガツンとヒットした。逃げ出した男はどてっと地面に転がり、気絶と失禁と破れた皮膚からの大量出血を同時にこなした。

古東は金属バットを拾い、腕の出血を止めようとしている男の顎を砕いた。それから左手で胸を押さえながら右手で鉄パイプを拾おうとして泣いている敵に近づくと、ブーツの先で延髄に蹴りを入れて撃沈させた。二秒で完了した。

レンチを投げた男がカッとなって唯一の武器を投げてしまったことに気づいてはっとなった瞬間には、神谷はもう男の背後に回りこんで首にナイフのブレードを押し当てていた。地面に倒して首の皮膚にブレードを食い込ませ、訊く。

「この辺りに仲間はあと何人いるんだ」

「うるせえよ」若造が吐き捨てる。両目から涙があふれ、頰を伝う。

「答えないと動脈をぶったぎるぞ」

神谷が本気なのはもはや誰でもわかる。

「やれよ非国民野郎が！」

神谷がためらわずに男の顎の下にナイフの刃先をぐっと押し込んだ。

男が叫ぶと神谷は左手掌底で男の額を思い切り押してアスファルトに叩きつけ、悲鳴を封じた。

「へひえええっ！」

「学校を見張ってる仲間は何人いる！」押し込んだナイフをぐるぐると回しながら神谷はもう一度訊く。「真面目に答えないと目ん玉を抉り出すぞ、俺は本気だ」

「はひにぃん！」

「8人か!?」

口からごぼごぼと血をあふれさせながら敵の男が答える。

「お前や俺を探してるんだ」

古東は神谷に言った。神谷が古東を見て、目を剥いた。古東の背後を見てぎょっとしたのだ。古東が振り返ると、黒のトヨタ・アルファードがクラクションを鳴らすこともなくこちらに突っ込んでくる。

古東と神谷は左右に散った。

アルファードはクロスボウを持っていた男の体に乗り上げ、ひき潰して急停止して、それから高速でバックして、今度は金属バットの男の左腕に乗り上げてぐちゃっと潰してから電話ボックスに後ろから体当たりして大破させた。

◆

サイレンを鳴らして神谷の娘の小学校へ急行する。

久米野は必需品である降圧剤をペットボトルの水で飲み下してから、小桜に訊いた。

「それで、お前の話ってのは？　さっき自衛隊で騒ぎが起きたと言ってたが。まさか古東が何かやらかしたのか？」

「結論を急がないでください。私事ですが、私には機動隊員に知り合いがいるんです」

「ボーイフレンドか？」

「いいえ」と小桜が即答する。

怪しい。

「そいつとは、これまでになんにもないのか？」

そんな風に訊いてしまう自分の〝中年おやじ執着電波〟を自覚していない久米野であった。

「あるのかないのかはこの会話では重要ではありません。とにかく、その隊員があたしに教えてくれたんです」

「どうしてだ？　お前が好きだからか？」

小桜の容姿レベルを考慮すると、そういう奴がいても不思議ではない。

「わかりませんよ。とにかく、彼は九段下の警戒重点区域で、道を隔てて自衛隊とにらみ合うような形で警戒任務に当たっていたんです。そしたら自衛隊に妙な動きがあったそうです」

久米野は黙って先を促した。

「大勢が四つん這いになって何かを探していたそうです」

「誰かが大事な装備品をなくしたんじゃないか」久米野は言った。「それで、連帯責任ということで、皆で探していたんだろう」

「ええ、機動隊員の彼もそう言ってました」

「何をなくしたのか訊かなかったのか、そいつは」

「訊けるわけないじゃないですか、自衛隊と警察ですよ。近所のお向かいさんとは違います」

「小桜、俺はほんの冗談で言っただけだよ」

「あ、そうでしたか。すみません、鈍くて」

小桜はやや真面目すぎる。

「しばらく冗談は控えるよ、それで？」

「それで、その機動隊員は対岸の火事みたいな感じで自衛隊の動きをなんとなく見ていたんですが、20分ほどしたら、なんと隊員同士で喧嘩が発生したそうです」

「なくした奴が袋叩きにされたんじゃないのか？」

「確かに体育会系ならありそうな話ですけど、それにしてはかなり激しくて……」

「そりゃあ自衛隊だから、一般人の喧嘩よりは迫力あるだろ」

「倒れた隊員が複数、担架で運ばれたそうです」

それもいかにもありそうな話だ。

「……で、以上か？」

「以上です」

「古東と関係あるかどうかわからんが、続きが気になるところだな」

話している間に、神谷の娘が通う小学校に近づいた。

「神谷に電話してみる」

スマホを抜いて久米野は言った。

電話したが、つながらなかった。バッテリーが20％を切ったと言っていたから、単にバッテリーがなくなっただけならいいのだが、嫌な予感がする。

「まず正門に行ってくれ、神谷がいなかったらゆっくり辺りを流してくれ」と小桜に頼んだ。

◆

「小学校の正門前に白のエルグランドが止まっています」小桜が言った。

車は足立ナンバーだった。

「かなり怪しいな。追い越して前にぴったりつけてくれ」

「了解」

覆面パトカーが高級ミニバンを追い越す瞬間に久米野が運転席を覗くと、運転席にも助手席にも人相の悪い男が座っていた。遮光ガラスで見えないものの、後ろにもさらに乗っているかもしれない。

小桜が覆面パトカーをミニバンのまん前に停止させ、少しバックさせてからまた停止し、サイレンが止まった。

「ナンバー照会しますか?」

小桜が言ったが、久米野は小さく首を振って言った。

「基本のバンカケをしてくる」

シートベルトを解除すると、小桜に頼む。

「もしも俺が轢き殺されたら、奴らを全員轢き殺してくれ。挽肉にしてもいいぞ」

小桜は無表情でうなずき、「気をつけて」とだけ言った。

近づくと、ドライバーが露骨に見下すような腐った目で睨んだ。久米野のスマホがホルダーの中で振動したが、後回しだ。

ポリスバッヂを見せて、ウインドウをさげるよう指示した。ウインドウがさがったが、ドライバーは挨拶もせずにただ睨み続けている。その目は虚ろだが充分危険を感じる。帰還兵の古東や梅津とはまた違う、個性をなくした歯車人間の狂気とでもいうものが宿っている。

「なぜここに停まってる」久米野は単刀直入に訊いた。

「車道は充分余裕がありますよ」ドライバーが言った。

「そうだが、なぜ停まっているんだ。素直に答えたほうがいいぞ」と威圧的に問う。

「テロ警戒中ですか？　刑事さん」

助手席の男が訊いた。人相の悪さはドライバーと互角だ。あばた面で、若いのに白髪が多い。

「あんたは黙っててくれ」

久米野は助手席の男に鋭く言い放ち、ドライバーに質問を続ける。

「後ろの席にも仲間がいるな？」

「同乗者のことですか？」

気に入らない答えだった。

「全員車から降りて身分証を見せてくれ。これはテロ警戒のための正当な職務質問だ」

ドライバーがちらっと後ろの席に目配せしたのを久米野は見逃さなかった。

「早くするんだ、でないとテロ等準備罪の疑いをかけられるぞ」久米野はさらに圧力をかけた。

「わかりましたよ、刑事さん」

ドライバーがつまらなそうに言い、今度は助手席の男に目配せする。目に見えない緊張が高まる。

「お前たち、不死鳥日本の構成員だろ」久米野は言った。

ドライバーはその問いには答えず、ドアを開けた。

その時、学校の裏手から大きな音がした。車が何か重たいものを撥ね飛ばしたような音だった。

なぜか久米野と運転手の目があった。運転手は何かを知っているような、そうでないような、目ではわからなかった。

続いてさらに大きな激突音がしてガラスの砕け散る音があたりに響いた。小桜がエンジンをかけた。

「すぐにここから失せろ。戻ってきてまだいたら逮捕するぞ」

久米野は言って、覆面パトカーに駆け戻った。乗り込んでドアを閉じた瞬間に小桜が急発進させた。

◆

電話ボックスを破壊したミニバンは、今度は古東を破壊すべく追いかけてきた。

俺のほうが懸賞金の額が高いということなのか。まぁ構成員を20人くらい殺しているから当然か。

いくら全力疾走したところですぐに追いつかれてひき潰されるのはわかりきっている。逃げ込めるのは鉄柵の向こうの小学校だけだった。もちろん、学校に侵入するなんて罰当たりなことはしたくないが、そうしなければ死ぬというのならやるしかない。持っていた金属バットをまず柵の向こうに投げ入れてから両手両足でよじ登る。徴兵されてアメリカ軍に仕込まれなければオーバーハング形状の鉄柵をよじ登るなんて芸当はできなかったろう。つまりひき殺されて死んでいたということだ。

「うおおおっ！」

疲れている体の全細胞をフル活動させるため、古東は雄叫びを発した。

殺す気満々でミニバンが迫ってくるのを背中でビリビリと感じる。だが振り向いたら恐怖で固まってしまう。登りつづけるんだ！

柵の向こう側に右脚が出た瞬間にミニバンが柵に激突し、古東は学校の裏庭の地面に墜落した。首と肩をひどく痛めた。先に投げ入れた金属バットを探すが、視界が狭まっていて目に入ってこない。

ミニバンのドアが開いて、包丁、特殊警棒、マチェーテ、金槌をそれぞれ手にした不死鳥日本の兵隊が四人、飛び出してきた。ミニバンのルーフにもたもたとした動きでよじ登り、鉄柵を飛び越えようとしている。学校に侵入することに対して何の罪悪感もためらいもなさそうだ。さすが国益のためなら何しても許されて当然と考えている異常者どもだ。

古東は立ち上がってもまっすぐ走れず、転んだ。

「うらあっ！」

最初の一人が、どさっと鉄柵の上から飛び降り、特殊警棒を振り上げた。もう金属バットを探す時間の余裕はない。

こい！

古東は打撃を避け、左足で敵の腰を全力で蹴った。敵が後ろによろめいた。そこへ二人目が飛び降りて二人は激突した。古東は背を向けて逃げ道を探す。校舎の裏手から校庭へとつながっている通路があるはずだ。すぐに見つかったのでそちらに向かって走る。

「待てこらああっ！」

安い雄叫びを上げて残りの兵隊が追ってくる。ちらっと振り返るとマチェーテが見えた。あのでかい刃物には特に追いつかれたくない。

兎小屋を通り過ぎ、卒業生の作ったトーテムポールを通り過ぎた瞬間、咄嗟にひらめいてトーテムポールに引き返す。

腹筋に力をこめて出っ腹をできるだけひっこめ、トーテムポールの陰にへばりつく。

頭に血がのぼった敵をやり過ごそうと思ったが、残念ながら気づかれた。

「古東てめえこの出っ腹があっ！」

敵が吠えた。やはり自分は誰が見ても出っ腹らしい。

敵とトーテムポールを隔てて対峙する。敵が右に動けば古東も右に、左に動けば左へ。まるきり小学生の鬼ごっこだ。こういう状況でなかったら笑い出してしまいそうだ。

初めて敵とまともに目を合わせた。どうやら自分のことを人間とみなしていないらしいとわかった。こいつにとって俺は懸賞金そのものであり、一段上の生活とリスペクトへの鍵なのだ。

子供じみた鬼ごっこでキレた敵がマチェーテをトーテムポールにほぼ真横に叩きつけた。剣の達人による真剣斬りみたいにスパッと切り倒せるとでも思ったのか。刃が木に食い込んだ瞬間に古東は一歩踏み出し、マチェーテのグリップ近くを拳で殴りつけた。バネとなった刀身が大きくしなり、グリップが敵の手からすぽっと抜け、刀身は勢い良くかつせわしなく上下した。

敵がそれをつかみ直そうとして失敗し焦る。古東はトーテムポールを両手で掴んで地面を蹴って跳び、両膝を胸に引き寄せてから蹴りを放った。

敵の肋骨が四本ほど折れた手ごたえを感じた。

追っ手を一人倒したらすみやかにその場を離れるのが鉄則である。古東はまた走り出した。小さな花壇を飛び越える。

飛び越えきれずに着地してから尻餅をつき、花をたくさん潰してしまった。罪悪感が頭をよぎるが、立ち上がってまた走る。

前方がぱっと明るくなり、校庭に出た。トラックは茶色、サッカーグラウンドは緑色のアーバンコートだ。

古東は校庭の真ん中を突っ切って正門を乗り越えるつもりで走った。学校の滞在時間は短いほどいい。

アーバンコートのクッションのおかげか走りは快適で、足が速くなったような錯覚を覚えた。

「古東おおおおっ！　ぶっ殺すううう！」

振り向くと四人が追っかけてくる。さきほど沈めたと思ったマチェーテ野郎もしぶとく復活している。

金槌と特殊警棒の二人はなかなかの俊足だ。しかもちゃんと飯を食っているからなのか、元気いっぱいだ。不死鳥日本は今、こういう活きが良くて狂った若造を日本で一番たくさん抱えている組織だろう。もっとましな活用法はないのかと言いたい。

こういうだだっ広い場所での、一人対複数の戦いは米軍も教えてくれなかった。「ババンと銃で倒せ」ということなのだろう。だが銃はない。

銃が欲しい。自動小銃が欲しい、この際拳銃でもいい。自衛隊の中の構成員に襲われた時に拳銃を奪わなかったことを後悔した。

正門に着く前に特に足の速い金槌男に追いつかれるだろう。非常に面倒かつ疲れることだが戦って排除するしかない。

いくぞ！

いよいよ金槌男が距離を詰め、ちらっと振り返り金槌を振り上げたのを見てから古東はいきなりアルマジロのように丸くなった。もちろん、こんなことを米軍は教えない。古東のオリジナルだ。

「あだっ！」

金槌男が、丸まった古東につまずいて転倒した。ベチッという音と共に敵は顔から地面に突っ込んだ。

その瞬間、学校の校舎から笑い声が聞こえた。なんと、小学生に教室の窓から見られている。子供を楽しませるつもりなどないのに楽しまれている。

敵の金槌が落ちている。残りの三人の敵は間もなく追いつく。

古東も敵も同時に金槌に手を伸ばす。わずかに古東が早さで勝った。拾い上げ、がっちりとグリップを握る。

ここから先はR—18だ。

「見るなああっ！」

古東は子供たちに向かって叫び、同時に敵の側頭部を金槌でへこませた。

◆

久米野と小桜が学校の裏手に回ると凄惨な光景が目に飛び込んできた。車に胴体をひき潰され内臓が破裂した男、左腕が千切れかけ顎が砕けている男、頭から流した大量の血の中に横たわっている男、鉄パイプを持ってうつぶせになりぴくりとも動かない男、一人だけまだ動いている男は、顎の下にナイフが柄まで深々と刺さっていて、口からごぼごぼと血を噴いている。

そして電話ボックスが破壊され、それを破壊したとおぼしき黒のミニバンが学校の裏の鉄柵に突っ込んで停止していた。

「小桜、応援を呼ぶんだ」久米野は言った。

小桜は三つの死体と一人の重傷者を魅入られたように見つめている。

「小桜っ！」

小桜がハッと我に返り言った。

「わかりました、久米野さんは？」

「あのバンをチェックする」

「危険ですよ、丸腰なのに」

「とにかく応援を呼ぶんだ。これは不死鳥日本がらみの事件だ」

「そうなんですか?」

「奴らでなきゃここまで狂ったことはしない。車から出るなよ」

久米野は言って外に飛び出した。心臓の鼓動が急激に早まるのを感じつつ、神経は研ぎ澄まされていく。

車の中には誰も乗っていない。

道に転がっているこの四人が、車に乗っていたのか?　ひき潰したり刺したりした人間がいるはずだ。もう逃げたのか?　まさか、小学校に侵入していないよな。

「あうぅ、わうぅ……」

声にぎくりとして振り向くと、顎の下にナイフの刺さった男がぼろぼろと涙をこぼしながら、血まみれの右手を久米野に向け、まるで手繰り寄せようとするかのように指を曲げたり伸ばしたりしていた。

「あうわうおええ……」

男が何事か久米野に訴えた。まぁ、助けて欲しいんだろう。

「そのナイフ、痛くても抜くなよ。抜いたらたぶん死ぬ」

久米野は男に忠告してから鉄柵に近寄り、裏庭の土を見た。多数の大人の足跡と尻から落下したとおぼしきクレーターを視認できた。

「くそっ」

ミニバンのルーフにのぼってそこから学校に侵入したのだ。久米野がミニバンの開け放たれたドアに足をかけてのぼりルーフを確認すると、ルーフがへこんでいた。もう間違いない。

「待てこらああっ！」

学校内から学びの場には不適切な叫び声が聞こえた。

「古東てめえこの出っ腹があっ！」

古東という名に、久米野の脊髄が反射し、易々とルーフによじ登った。それからルーフの上で助走をつけ、跳んだ。

着地して足首を痛め、思わず悪態をついた。小桜が心配そうにこっちを見ている。

「大丈夫だ」

久米野は言い、立ち上がって走り出した。その瞬間に、学校の教室から子供たちの大きな笑い声が聞こえた。その笑い声が泣き声や叫び声に変わってしまわないことを久米野は祈った。

◆

「柚香ああっ！」

神谷は娘の名を呼びながら校舎内をさまよった。補習授業が行われている教室がどこなのかわからない。廊下の掲示板を見たが、やっぱりわからない。

「神谷、じゃなくて伊勢谷柚香どこだああっ！」

元妻の姓で呼ぶのは癪だが仕方ない。自分の声だけが、ひんやりとした廊下に虚しく反響する。自分がとてつもなく場違いな人間であることを感じる。事情を知らない人間が見たら俺こそが子供をさらいにきた悪党だ。

不死鳥日本の狂った兵隊どもは、神谷ではなく古東に狙いを定めた。おかげで神谷は奴らの後から学校に侵入できて、今、娘を探していた。

古東の方を優先したということは、あいつのほうが自分より重要な獲物だということだ。古東はあいつらの上級幹部でも殺して逃げていたのだろうか。たしかにあの電話ボックスで出会った瞬間からあいつはただならぬ気配を放っていた。

廊下の真ん中で階段を見つけた。二階に行ってみるか。駆け上ると足首が痛んだが、かまっていられない。

こんな血まみれの俺が教室に飛び込んだら、柚香も他の児童も教師も仰天して泣き出すかもしれない。だからといって服を洗っている時間もないから仕方ない。

廊下の先の教室から大きな笑い声が聞こえた。

あっちだ！　神谷は駆け出した。

空き教室を走りすぎる間際、大きなナイフを持った男が教室から飛び出してきて進路を塞いだ。急に立ち止まった神谷はつんのめって転倒しそうになりながらもなんとか踏みとどまった。

戦いは避けられなかった。そして自分は丸腰だ。こういう状況での戦い方も徴兵されチベットに送られる前に教わった。相手がナイフの達人でもない限り、落ち着いて素早く対処すれば敵を排除できてナイフも手に入れられる。大切なことはあわてず、しっかりと目を見張り、敵の動きを読んで無駄なく素早く動くこと。

それにしてもこの野郎、いつからここに潜んでいた？　俺が娘を連れにくることを見越していたのだ。俺が顎の下にナイフを突き刺して尋問した男は仲間があと八人いると答えた。あの状況でウソがつけるような度胸のある人間じゃないだろうからたぶん本当なのだ。その直後にミニバンに乗った四人が襲ってきて、そいつらは古東を追いかけていった。ということはこのナイフの男を除いてもあと三人敵がいるということだ。その三人はどこだ？

ナイフを持った30歳くらいのあばた面の敵は、狭い場所での戦い方をある程度心得ているようだった。決して大きくナイフを突き出したり、上から切りかかったりしない。無言で、ほとんど瞬きせず、下から執拗に突きを繰り出してくる。暗い執念をびりびりと感じる。

二組の靴底が床をこする音とナイフのブレードが空を切る音だけが廊下に響く。

神谷は肘を切られ、上腕も切られたが、致命的な一撃はまだこない。

敵は少しずつ傷つけて相手を消耗させ、疲れてきたと見るや大きくしかけてくるつもりだ。このままではずっと劣勢だ。せめてイコールに持ち込まなくては。

神谷は敵の懐に飛び込むようなステップを見せてから急に背を向けて逃げた。フェイントにひっかかった敵は一拍遅れをとった。

神谷は空き教室に飛び込んで小さな机を持ち上げると、敵が追って入ってきた瞬間に顔に机を投げつけた。だがあっさりかわされ、間をつめられた。神谷は机の上に飛び乗り、たくさんの小さな机を飛び越えて逃げた。すると敵も同じように飛び乗って迫ってくる。

実は中学生の頃に悪友たちと放課後に何度もこの机飛び遊びをやった。担任のみならず教頭に説教されるほどやりまくった。20年以上経ってまたやることになるとは夢にも思わなかった。いつどこで何が役に立つかわからないものだ。

神谷と敵の間にはあと机三個分の距離しかなかった。

神谷は身をひねり、向かってくる敵と対峙すると、自分が立っている机のひとつ手前の机を足の先ですくい上げて横倒しにした。敵はふたつ手前の机を蹴って飛んだ。

飛びながら初めてナイフを肩の上まで振り上げた。神谷は自分が立っている机の縁を足の裏で蹴って、机を倒しながら横に飛んだ。着地点であるはずの机を倒され、敵は横倒しになった机の足の一本の先端に、右足から着地した。倒れた机が勢い良く起き上がり、敵はバランスを大きくくずし、他の机に首から倒れ、いくつもの机と椅子をなぎ倒した。

神谷は手近の机を一つ持ち上げ、タイミングを計った。立ち上がろうとした敵の頭が見えたか見えないかという瞬間に机をぶん投げた。

机の角が敵の頭にガツンとヒットして、裂けた頭皮から大量の鮮血が噴き出して教室を汚した。

◆

腰のホルダーの中でスマホがまた振動し始めたが、構っている場合ではない。

久米野は刃物で傷つけられたトーテムポールの脇を走り抜け、誰かが尻餅をついたのがはっきりとわかる花壇も走り抜け、ようやく校庭に飛び出した。

校庭の真ん中のグリーンに塗られたサッカーコートに、二人の男が倒れていた。二人とも頭から血を流していて動かない。

そして、あの古東功が、血のついた金槌を手にして、二人の男と戦っていた。二人はそれぞれ特殊警棒とマチェーテを手にしている。

古東の服装はなぜか丸首白Tシャツに茶色いジャージで、靴だけが自衛隊のミリタリーブーツだ。

「古東……」

神谷の娘が補習授業を受けている学校の校庭になぜ、古東がいるのか。なぜ自衛隊にいないのだ。もちろん、今考えてわかるはずもない。奴がこんなところにいるということが問題なのだ。

古東は特殊警棒とマチェーテの両方から同時に攻撃され、必死に防戦している。三人ともかなり疲れていることが動きの遅さでわかる。

三人とも容疑は盛りだくさんだ。やっと古東を逮捕できる。だが、さすがに丸腰ではこっちがやられる。何か武器が要る。奴を生け捕りにする武器が。首都全域がテロ厳重警戒中なのに私服警官に常時拳銃を携行させない警視庁はまったくどうかしていると久米野は思った。

校舎の外壁に沿って設置された手洗い場に、青色の古いモップ絞り機が置いてあった。モップはなく、なぜか絞り機だけがある。

久米野はそれに飛びついて持ち上げ、逆さにして水を捨てると抱えて走り出した。

すでに古東は三人目の敵の鼻を潰して倒し、残ったマチェーテの男と対峙して互いに攻撃の瞬間をうかがっている。

久米野が割り込むことではたしてどうなるのかまったくわからない。下手すると自分だけが死ぬという事態も考えられた。しかし応援が到着するのを待ってはいられない。

「二人とも武器を捨てろっ！」

走りながら久米野は叫んだ。

◆

神谷が教室に駆け込むと、まず床に倒れている小柄な中年女性が目に飛び込んだ。目立つ外傷はない。教師だろう。

黒板には割り算の式がたくさん書かれていた。このような緊急事態のさなかではあるが、俺も割り算が苦手だったなと神谷は思い出した。

子供は八人いて、全員が大きなショックを受けてぽかんとしていた。皆、6歳か7歳くらいだ。

「伊勢谷柚香は？」

神谷は子供たちに訊いたが、喉が引きつっているのか頭の中が白くなっているかで答えられない。

「俺は、柚香のパパなんだ、柚香はどうしたんだ！　どうしていないんだ⁉」

全員の目を順番に見ていく。

「男の人が連れてった」

一人の男の子がやっと、かすれた声で答えた。

「無理やり連れて行ったのか⁉」

男の子がこくんとうなずいた。

「大きな男の人が柚香ちゃんを、持ち上げて、走っていった。先生のおなかを蹴って……」

あのナイフ野郎と空き教室で戦っている間にやられたのだ。さらわれたのだ。

神谷の全身の血が、大津波の前触れのようにざーっと引いていった。

柚香が、不死鳥日本の兵隊の車に積み込まれる光景が頭に浮かんだ。走り去ってしまったら、もう二度と柚香を取り戻せないかもしれない。白昼子供を学校から連れ去るなんてことを本気で考えて実行してしまうくらい、不死鳥日本は狂っていたのだ。

でも、まだ間に合うかもしれない。きっと正門側にもう一台奴らの車があって、柚香はそちらに積まれたのだろう。

「柚香あっ！」

神谷は娘の名を叫び、教室から飛び出すと階段に向かって廊下を走った。その途中に学校用務員とおぼしき小柄な老いた男が仰向けに倒れ、脱糞していた。

俺が親権のない父親だとわかるなり一方的に電話を切ったのはこの男だ。

放置するのは気の毒だが、今は娘が最優先なので仕方ない。老いた男を飛び越えてさらに走った。

◆

「警察だっ、二人とも武器を捨てろ！」

古東と不死鳥日本の兵隊が、ちらっと久米野を見た。だが二人とも武器は捨てない。捨てたら相手に殺されると思っているからだ。

「捨てろバカ野郎！」

拳銃を持っていれば「撃つぞ！」と言えるが、久米野はモップ絞り機しか持っていない。そんな刑事など怖くないだろう。

「やろぉっ！」兵隊がマチェーテで古東を突く。古東は金槌でマチェーテのブレードを叩くが、落とせなかった。

もう一度、突いてくる。古東が後ろに飛びのく。そこへ久米野が割って入った。マチェーテの刀身がモップ絞り機に入ると、久米野は手でスクイーズペダルを押し、刀身を2本のローラーで挟んで、ぐいっとひねった。

兵隊の手からマチェーテのグリップが抜けた。そこへ古東が素早く背後に回りこみ、兵隊の後頭部に金槌を振り下ろした。鮮血が真上に向かって飛び散り、久米野の顔にも服にも血がかかった。

これで古東逮捕に集中できる。久米野はスクイーズペダルを開放してマチェーテを落とすと、そのまま古東に突っ込んでいった。突進を止めようとした古東が反射的に突き出した左手をスクイーズペダルで挟んで全力で締めつけた。

古東が金槌を振り上げて久米野を殴ろうとしたので、久米野は顔の前にモップ絞り機を持ち上げた。

金槌が絞り機をガツンと打ち、側面に亀裂が入った。古東は間髪入れずにまた殴りかかってくる。何度も殴る。その内の一発は腕時計で受け止めた。

久米野はモップ絞り機を回して古東の左手を外側にねじった。古東の顔が歪む。と次の瞬間に古東が久米野の左足の甲に金槌を投げつけた。激痛が足から脳天にズガーン！　と突き抜けた。一本取られた。地味だが強烈な攻撃だ。思わず呻きがもれた。

続いて古東の鋭い蹴りが脇腹に炸裂して、久米野は倒れた。古東が落ちたマチェーテを拾い上げる。そのそばを、シャツに血のついた男が駆け抜けていった。駆け抜ける際、男は名前を叫んだ。

「柚香あああああっ！」

柚香。神谷の娘の名は確か柚香だったはず。

するとあいつが例の神谷なのか？　何がどうなっているんだ？

なぜか久米野と古東の目があった。

古東が、マチェーテを持ってその男を追いかけ始めた。神谷となにがしかの縁があるのか。帰還兵仲間なのか？

久米野は脇腹を押さえつつ立ち上がって走ろうとしたが、左足が地面に触れた瞬間「いでっ！」と叫んで倒れた。この状況で走れないというのは致命的だ。

悪態を連発して足を引きずりながらようやく正門にたどりついて外を見たら、小桜が仰向けに倒れていて、古東がその脇にかがんでいた。神谷の姿はない。

「この野郎、離れろっ！」久米野は古東を怒鳴りつけた。

しかし古東は小桜の肩に手を置く。

「貴様殺すぞ！　離れろっ」

もう一度怒鳴りつけ、正門をよじ登ろうとして失敗した。

「彼女は失神しているんだ」古東が言い、それから「深刻な外傷はないみたいだ」とつけくわえた。

「手を貸せ、この野郎」

久米野が言うと、古東がゆっくりと立ち上がった。そして言う。

「俺はあんたを殺すかもしれないぞ」

「それでもとりあえず手を貸せ」

古東が門のところまできて、無言で右手を差し出す。久米野はその手を握り、古東が引っ張った。ようやく正門を乗り越えられた。

「で、神谷はどこ行った」

久米野は訊き、顔にこびりついた血を手のひらでぬぐった。

「あいつは娘をさらったミニバンを走って追いかけていったよ」

古東は道の一方を指差して答えた。

「もしかして、白のエルグランドか?」

「まさにそれだ。この女刑事は、人さらいを止めようとしてやられちまったんだろう」

久米野は小桜の傍らに膝をつき、「おい、小桜、起きてくれ」と声をかけて揺すった。

「あわてるなよ。一、二分すれば血液が脳に行って目が覚める」

古東はいい、アスファルトにできた木陰の下に行ってあぐらをかいた。そして得意げに訊く。

てやった。

「うるさい」久米野は吐き捨て、直射日光に顔をあぶられている小桜の日除けになっ
「効いただろ？　金槌」

「いやぁ、くっそあちいなまったく」

古東がのんびりとした口調で言い、ごろんと横になった。

「なぜこんなところにいる。自衛隊の仕事はどうした」

古東が「ふん」と鼻を鳴らした。

「あんたがおっしゃったとおり、自衛隊の中に不死鳥日本の兵隊がいて、殺されそう
になった。脱走したよ」

「自業自得だ。もうお前に逃げ場はない」

久米野が言っても古東は黙っている。

「逃げるなよ、俺と一緒に署まで来るんだ」

久米野の言葉を無視して、古東が道の向こうへ顎をしゃくって言った。

「神谷が戻ってきたぜ」

見ると、神谷が究極の絶望を全身で表しながら、とぼとぼとやってくる。転び、ゆ
っくりと立ち上がり、またよろよろと歩いてくる。

「娘は取り戻せなかったようだ」古東がぼそりと言った。それから久米野に訊く「警

察でなんとかできそうか？」

「どうせすぐ検問でひっかかる。首都厳重警戒中だからな」

久米野の楽観的意見を古東はまた鼻で笑い、一瞬で険しい顔に戻り言った。

「検問はあくまでテロ防止のための検問であって、さらわれた子供を見つけるための検問じゃないだろ」

「それでも少しでも不審な点があれば車内捜索する。ドライバーが不死鳥日本とわかれば特に念入りにだ」

「それはどうかな、警官にもいろいろなタイプがいる。こんなクソ暑い中じゃあ怠け心も湧くってもんだ」

「大抵の他人はお前よりも勤勉だ」久米野は言い切った。

古東が無言で中指を突きたてた。

ようやく神谷が、顔がはっきり見えるところまで来た。久米野は声をかけた。

「あんたが神谷だな？　俺が岡地町署の久米野だ」

神谷の頭が、いかにも重たげに持ち上がった。

「やっと会えたな」久米野は言った。

「来るのが遅い」

魂の抜けてしまったような無表情で、神谷が責めた。

「遅すぎた」もう一度言う。

「きっと奴らから電話がかかってくる。娘は取り返せる」古東が言った。

「お前は黙ってろ」久米野は古東に言い、それから神谷に言う。「さらった奴は遠くにはいけない。すぐに検問にひっかかる」

その言葉に突然神谷がキレた。

「楽観的なこと言ってる場合かよっ！　さらったけど怖くなってすぐに殺して道路に投げ捨てるかもしれないじゃないか！　殺しはしなくたって面倒になって車から放り出して別の車に轢かれるかもしれないだろ」

今、神谷の頭の中には、この誘拐事件の最悪の結末のイメージが充満しているのだろう。そう、確かにそういう最悪の結末で終わった誘拐事件も過去にある。

「あんたが古東やチンピラどもとやり合ってる近くを柚香をさらった奴が通ったはずだ！　気づかなかったのかよ！」神谷がなおも久米野を責める。

「こっちは殺されそうになってたんだ！　周りを見る余裕さえなかったんだ！」久米野は怒鳴った。

神谷が両手でこめかみを押さえて呻き、「チベットだ、チベットのせいだ」と吐きそうな声で言う。

「あの村の女どもが、仕返しに俺から柚香を奪おうとしてる」

「あんた、何を言ってるんだ？」久米野は声をかけた。

神谷が久米野を見たが、その目は久米野ではなくその遥か彼方の地を見ているようだった。

「俺は命令されたからトンネルを埋めただけなのに！　上官まで正義の味方ぶって俺を責めやがったんだ、畜生があっ！」

「落ち着け、あんたは今日本にいるんだ。チベットじゃない！」

「そうだ神谷、落ち着け。お前は何も悪くない」古東も彼をなだめようとした。

「女たちが俺を呪ってるうう！」

そのかすれた叫び声から神谷の凍りつきそうな恐怖が伝わってきた。

正気を失い狂気と人格崩壊の底なし沼に引きずり込まれようとしているのがわかったので、久米野と古東はなんとかなだめたり励ましたりしてこっちの世界に引き止めようとした。

「女たちが俺の柚香を……」

突然、小桜がガバッと起き上がったので三人の男はぎくりとした。小桜が久米野の汗で濡れたシャツの襟をがっちりと掴んで訊いた。

「もう検問は敷きましたか？」

目の焦点が完全に合っていないように久米野には思えた。久米野は小桜の手をそっと掴んで自分から離し、言った。

「もう何日もずっと検問してるだろう？　それで、なにがあったんだ？」

「私は……応援を要請してから、なんていうか急に勘が働いて、正門の方に戻ったんです。白いミニバンの連中がやっぱり気になって」

記憶を掘り起こすように小桜の黒目が右を向く。

「それで、戻ったら、白いバンがこっちに向かってバックしてきて、私は進路を防ぐように停止させて、そしたら、運転席からさっきのドライバーが降りてきて〝刑事さん大変だ、子供がさらわれた〟っていうから、私は車から降りて……」

一人かつ丸腰でパトカーから降りたらダメだろう、と責めたところで仕方ないので久米野は黙っていた。

「ドライバーの話を聞こうとして近づいて、背後に殺気を感じて振り向こうとした瞬間、延髄のところが燃えるようにカッと熱くなって、それで、それで、えっと、なんだ、あの」

どうも様子がおかしい。

「すみません、いきなり言葉が出てこなくなって……どうしちゃったんだろうあたし」

「頭を殴られたからだ。子供の姿や声は聞いたか？」

「いいえ」

残念ながら誘拐犯に関する有力な情報とは言えなかった。だからと言って彼女を責めても仕方ない。久米野は「そうか」とだけ言った。

「いったい何をもたもたしてるんだ！　柚香がさらわれたことは確かなんだから早く緊急手配しろよ！」神谷が癇癪を起こした。

彼をこっちの世界にひき戻したのはやはりさらわれた娘の柚香なのだろう。

「落ち着け。いますぐやる」

久米野は言い、足の痛みに顔をしかめながら覆面パトカーの助手席まで行く。またスマホが振動し始めた。これで三度目だ。

「ううっ」と呻いてシートに沈み込んだ。刑事はつらいよ、だ。

手配要請はいったい誰が電話をかけてきたのか確かめてからでも遅くはあるまい。

上司である刑事課長の宮脇だ。三回とも宮脇からだった。メッセージが残っていた。気になるので聞いてみる。

—久米野、大至急俺に電話するんだ、お前、まずいことになっているぞ。

久米野に対する怒りが15％、心配が15％、残りの70％が自分のポストの心配、そんな本音が透けてしまうような声だった。

俺がまずいことになっているだと？

小桜の視線を感じたので振り向くと目が急かしていた。古東も神谷も何をもたもたしていいるんだという目で睨んでいる。

「宮脇課長が大至急電話しろと言ってる」

「そんなの後だろ！」神谷が泣きの混じった声で怒鳴った。「柚香が最優先だ」

「わかってるから、少し落ち着くんだ」久米野は言って、宮脇に電話をかけた。コール一回で出た。

―お前、やったのか？

いきなり宮脇が詰問してきた。なんなんだ。

「はい？」

―イエスかノーではっきりと答えろ、やったのか、やってないのか。

「何の話ですか？」

とぼけていない。本当にわからない。

―何の話ですかだと⁉　曽我山だよっ！

今この状況でまたあいつの名前を聞くとは思わなかった。そしてその名前はいまだに久米野の中に、半減期が数百年の放射性物質のごとく堆積していた。

「あいつがどうしたんです？　死んだんですか？」

―お前にぼこぼこにされたと言って、弁護士三人と一緒に告訴しにきたぞ。車椅子に乗ってな。

「なんですって⁉　俺が奴をボコるヒマなんてあるわけがないでしょっ」

―やってないと言うんだな⁉

「俺がやったとでもいう証拠があるんですか⁉」

―お前は過去に奴を本気で殺そうと企んで、実行した。失敗したがな。

「あの日以来奴には会ってません！　それに俺だったらぼこぼこにしたりなんかしないで確実にぶっ殺す」

―言葉に気をつけろ久米野。曽我山に付き添っている弁護士三人のリーダーは日弁連の超大物なんだぞ、都知事選にも出馬したことのある榎木謹太郎だ。

その名前をここで聞くのもまた意外すぎて現実味に欠けた。おかしい、自分のあずかり知らないところで大きなシステムが動き出している。

「なんでそんな大物があんなレイプ殺人鬼の弁護士に？　絶対に何か裏がありますよ。で、証拠は？」

―充分揃っているそうだ。分厚いファイルをいくつも持参している。

「ウソだ、そんなものあるわけがない！」久米野の声が半オクターヴほど上ずった。

―とにかく曽我山は被害を主張していて、証拠を山ほど持参してメディア受けのいい大物弁護士を連れてやってきたんだ。門前払いにするわけにもいかんだろ？　どこをほっつき歩いているんだ、お前は。

「不死鳥日本の暴力事件ですよ。あそことトラブルになった男の小学生の娘がたった今、学校からさらわれたんです！　すぐに検問を敷かないと」

—夏休みだろ、今。

「補習授業を受けてたんですよっ」

—なんでお前がそんなことに首を突っ込んでいるんだぁ？

〝どうしてお前はそう馬鹿なんだぁ？〟とでも言いたげな口ぶりだった。実際そう思っているだろう。

「小桜もですよ」久米野は言った。

—なんだとおっ、会計厚生係の小桜を勝手に連れ出したのか？

「そもそも課長が前回強引に俺とペアを組ませたからじゃないですか！」

—とにかくお前は署に戻れ！　お前は特別公務員職権濫用罪と暴行陵虐罪の容疑者なんだぞ。チベット送りにされたのにまだ懲りてないのか？

「ぜんぶ曽我山のでっち上げなんですよ！　なぜ今頃そんなことするのかさっぱりわからない」

—ごたごたぬかしてないでさっさと戻って来い。戻らないと今以上に立場が悪くなるぞ、お前を庇ってやるにも限度がある。

最初から庇うつもりなんかないだろと言ってやりたかった。

「課長、俺の言ったこと聞いてないんですか⁉　ほんの数分前に、白昼堂々小学校から女児が不死鳥日本の構成員にさらわれたんですよ。大事件なんですよ！　いずれ学校からも正式な通報がいくはずです」

—それならお前にやることはない。戻れ！

「今すぐ検問を敷かないと逃げられます」

宮脇が鼻で笑った。

—逃げられるもんか。首都厳戒中でいたるところ検問だらけだ。

「検問はあくまでテロ防止のための検問であって、さらわれた子供を見つけるための検問じゃないでしょう」

さっきの古東とまったく同じことを言う自分がなんだかこっけいであった。

「小さな子供なんですよっ、折りたたんだり丸めたりして車内に隠すこともできますよ。あるいは怖気づいたり面倒になったりして車から放り捨てて殺してしまうかもしれない」

「貸せっ！」

いきなり神谷が飛びつき、久米野の手からスマホを奪い取った。そして宮脇に話す隙を与えず一気に説明する。

「おい、聞いてるか？　俺がさらわれた娘の父親だ、神谷臣太だ。不死鳥日本の構成員とトラブルになって暴力を振るった。そのことで報復として娘を狙われて久米野刑事に相談していたんだ！　６歳の娘はさらわれちまったんだよ、どうして動いてくれないんだよ！」

―一般人と話すつもりはない。久米野とかわってくれ。

「娘が愛国サイコどもにレイプされたらどうするんだ！　あんたは責任取れるのか！」

―久米野とかわれええっ！

「馬鹿野郎おおっ！」神谷が宮脇を怒鳴りつけ、「なんとかしろ！」とスマホを久米野の手に押しつけた。

「おい、神谷。お前、自分のスマホはどうしたんだ」

古東がいち早く頭が冷えたような顔で訊いた。

「バッテリー切れだ」と神谷は答えた。

「車のソケットから充電できないのか？　きっと奴らから電話がかかってきてるぞ。落ち着くんだ」

神谷は固く目を閉じて掌で自分の額を五回パシパシと叩き、それから深呼吸して言った。

「わかった。そうする」

「充電ケーブルならありますよ」

小桜が言った。やや温かみのある声だった。

「もう少しだけ待ってください。別に逃げる気はないんで。あとでちゃんと署に戻りますから」久米野は説得を続ける。

――それは『逃亡する容疑者の常套句ランキング第1位』だぞ。

「ほんとに逃げませんてば。俺には逃げ場なんてないんですから。ただ、さらわれた子供をすぐに取り戻さないと取り返しのつかないことになる」

――今すぐ戻らないと、お前が使用中の覆面パトカーを手配する。俺にそんな面倒をかけるな、久米野。

「3時間でいいです。3時間ください、そしたら飛んで帰ります」

――ぐだぐだ言わずに今すぐ戻るんだ、久米野おおっ！

「くそったれ」久米野は小さく吐き捨てた。

――今なんと言った⁉

「あんたはわからずやのくそったれ野郎ですよ、課長」

久米野はスマホの主電源を切った。

「いったい何事ですか、久米野警部」

小桜が運転席に乗り込んできて厳しい顔で訊いた。

「聞いただろう？　俺が、容疑者になってる」

「すみません、気絶したせいなのかなんだか耳が遠くて、よく聞こえなかったです」

小桜が真顔で答えた。

「お前、ほんとに大丈夫か？　この指何本だ？」

久米野は彼女に右手の指を見せた。

「ええっと、13本」

「なにっ⁉」

「冗談ですよ、2本です。ちょっと神谷さんのスマホを充電しますね」

小桜は言い、シガープラグにＵＳＢポートを差し込んだ。

古東が後部座席のドアを勝手に開けて乗り込んできて、言った。

「おい、のんびりしてないで早くここから離れたほうがいいんじゃないのか？　警察が到着したら拘束されちまう」

それから久米野と小桜を見て「お前たちも警察だけど、それは別だ」とつけ加えた。

「そうだ、拘束なんかされてる場合じゃない。出してくれ」神谷も乗り込んできて小桜に言った。

「久米野警部、どうしますか」小桜が訊いた。

「出すんだ」

「どこに行けばいいんです？」

「ウチの署の縄張りの外なら、どこでもいい」久米野は答えた。

「じゃあ、とりあえずってことで」

小桜は言い、覆面パトカーを発進させた。久米野は後部座席の二人に言った。

「二人とも知らないようだから教えとくが、この覆面パトカーの後部席は、内側からドアを開けられないんだ。逮捕した容疑者が破れかぶれになって走行中に飛び出さないようにな」

古東と神谷が顔を見合わせた。

「つまりお前たちは自分から檻に入ったんだ」

「そんなもん、いざとなったらあんたを蹴りだして助手席から出るさ」

古東が不敵な顔でぬかした。


ビルやマンションの名前に「麹町」が見られるようになった。テロ最重点警戒エリアではないものの、ここも九段下と同じくらいの静けさだ。皆、不死鳥日本の異常者どもや、わずらわしく威圧的な職質やテロの巻き添えを嫌って家に閉じこもっている。

普通に犬を散歩させたり、買い物袋をぶら下げて歩いたり、立ち止まって談笑したりする人々がまた見られるようになるのはいったいいつなのだろうか、と久米野はふと思った。

久米野はシガープラグに接続した神谷のスマホを見た。40%ほど充電できていた。スマホからプラグを抜き、神谷に言った。

「確かめてみろよ」

神谷は具合の悪そうな顔でスマホを受け取った。そして「メッセージが残ってる」とつぶやいた。

「俺にも聞かせてくれ」と古東が言った。

「すっかり仲間気取りだな」

久米野が嫌味を言っても古東は無視した。神谷が留守番電話サービスに接続すると、突然勇ましくも不穏な軍隊調音楽が流れ出した。

「不死鳥日本の『外人殲滅のテーマ』だ。いつも街宣車から垂れ流してやがる」古東が胸糞悪そうに言った。

音楽が小さくなり、陰気でいがらっぽい男の声が流れた。

—神谷臣太に告ぐ、貴様は不死鳥日本治安維持法第2条の8に違反した。よって大至急、不死鳥日本・国家保安部に出頭して、構成員・熊谷を指名して取調べを受け、しかるべき処罰を受けなければならない。出頭時刻は明日、マルハチマルマルで、それまでに出頭しなければさらなる処罰が加えられる。

—メッセージは以上です。このメッセージをもう一度聞くには1を……。

神谷はメッセージをもう一度再生した。

「これだけか⁉」神谷は大いに戸惑った。「さらった柚香のことを一言も言わない」

「言えば犯行の証拠になるからだ」久米野は答えた。

「勝手に独自の治安維持法をつくったり、午前8時じゃなくてマルハチマルマルと言うところとか、完全に軍隊国家気取りだな、この変態ども」古東が吐き捨てた。

「構成員の熊谷って奴を知っているのか？」

久米野は訊いたが神谷が「知るわけないだろ、そんな奴」と即答した。

「元奥さんに連絡しなくていいですか？」小桜が誰にともなく訊いた。

久米野ははっとなった。神谷の妻のことをすっかり忘れていた。法律上、娘の親は母親だけなのだ。

「学校から知らせが行ってるはずだ。でもあいつには何もできやしない。柚香を取り戻せるのは俺だけだ」神谷が言う。そして「バカみたいに何でもかんでもＳＮＳに書いたり載せたりするからこんなことになったんだ、ナルシストめ」と恨みがましくつぶやいた。

「自分を過信するな」久米野は釘を刺した。「敵が誰だかわかってるだろ？」

「この覆面パトカー、乗り心地は最高だけどそろそろ乗り換えた方がいいんじゃないのか？」古東が、両手を頭の後ろで組んでシートに沈み込んだ姿勢で言った。

「どうして？」神谷が訊く。

「オマワリは自分の縄張りに神経質だ。よその署の覆面車両がうろついているのを見たら、ちょっかい出してくる。相手にしてる時間はないだろ、特にあんたには。ところで不死鳥日本の国家保安部ってのはどこにあるんだっけ？」

「千駄ヶ谷だ。新宿御苑と明治神宮にはさまれている辺りだ」久米野は答えた。「三年前に潰れた老舗の左翼系出版社のビルを買い取って、前面にローマ帝国じみた列柱をおったててナチス党本部みたいに旗で飾り立ててやがる」

久米野は一度、その本部の前を歩いて通り過ぎたことがあるが、あまりの醜さと空虚さにぞっとし、この国は確実に悪い方向へ向かっていると確信したものだ。

「空爆して吹き飛ばしちまえよ、そんなもん。更地にしてから公園を作ったほうが都民のためになる」古東が吐き捨てた。

「それができたらとっくにやってる」

小桜が減速して路肩に止め、久米野を睨んで言った。

「久米野警部、どうするんですか、これから」

非常に良い質問だ。

「俺はわからないが、お前は署に戻ってから病院に行って検査を受けるんだ」

「まさか、戦争帰還兵の男三人で不死鳥日本の国家保安部とやらにおしかけて何かやらかすつもりじゃないでしょうね」

「そんな馬鹿するわけないだろ、俺は刑事だ」

「もう少し付き合いますよ」小桜が言った。

「どうしてだ」

「子供の誘拐事件はとにかく時間勝負だと、警察学校で教わりました」

「その通りだ」

「私がいたほうが、時間を節約できる気がするんです。いろいろな局面で。怪我の方はそれほど心配要りません。もう大分調子が戻ってきましたし」

「頭の怪我の影響ってのは、あとになってふいに現れることがある。今大丈夫だと感じてるからって、本当に大丈夫なわけじゃない」

「あんたのことが可愛くって心配してるんだよ、このおっさん刑事は」古東がからかうように言ったので久米野は「貴様はその汚い口を閉じとけ」と警告した。

「病院に行くのはもう少しあとでもいいです」

小桜の口調には〝譲るつもりはない〟という意志がこめられていた。

「そうか、そういうことなら……」

久米野は腕時計を見た。そして舌打ちし、古東を睨んで言った。

「お前、金槌で俺の時計壊したな。弁償しろ」

◆

結局セリフを8回もとちってなんとか撮影を乗り切った。紗希と浜内は撮影所を後にして、タクシーに乗り込んで新宿にある不死鳥日本の国家保安部に向かっていた。

浜内の中で次第に不安感が増していた。

なぜ密会の場所に高級ホテルでなく国家保安部を指定してきたのかという疑問に関しては、萩尾がこちら以上にプライバシーを重んじているからという理由に一応納得している。

本当に、あの団体と関わってしまって大丈夫なのだろうか。その不安を紗希が感じ取った。

「なに？　怖いの？」紗希が唐突に訊いてきた。

「怖くはない。ただ、用心が必要だと思う」

「そんなのどこと仕事する時でも同じじゃん、いまどきこの世界に完全ホワイトなスポンサーなんかいないって」

知った風な口をきく。だが、おおむねその通りだ。

「私も自分なりに調べたが、不死鳥日本は、どんどん黒くなっていってる」

「黒くたって、あたしがキャリア積めないで終わるより百億倍いい」

紗希が言いきった。

「事務所はあたしを有名にするのが仕事なんだと思ってたけど、そうじゃないの？」

紗希が尖った声で言うと、浜内は咳ばらいして、言った。

「もちろんそうだ。でもどんな手段を使ってでもというわけじゃない」

「社長はどんな手を使ってでもって言ったよ。利用できるものは利用して、利用できないものも利用できるようにしてって」

「あの時は酒が入っていたからだ。社長が許可を出しても、私個人は必ずしも賛成していない。こういうことは」

「力のある男が気に入った女を引き立てるのはどんな時代のどんな国でも当たり前のことじゃない。萩尾さんていい人だよ、優しくて頭が良くて面白くて、女の子も扱い方もうまいんだよ」

コンパクトの鏡で先輩女優から今日のために特別に貸してもらった豪勢な天然石イヤリングを眺めながら紗希は言った。

「声が大きいよ、紗希」

しかし紗希は声を落とさずに続ける。

「これのどこが間違っているっていうの？　ねえ」

これ、とはもちろんこのなりゆきのことだ。

「いや、べつに間違ってはいないよ、ただ……」

コンパクトをパチンと閉じて浜内を睨む。

「ただなに？　早く言ってよ」

「やっぱり、あの団体は気味が悪い」

「どこが？　言いにくかったことをハッキリ言ってるだけじゃない。ロビー団体ってやつだよ。あたしも治安を乱す外国人はホント大っきらい。あたしが小中学生の時に何度も近所に住んでる大陸人グループのゲスどもにキモいいたずらされた話、覚えてる？」

「もちろんだ、覚えてるよ」

その話は紗希がウチの事務所に入るかどうかという微妙な時期に接待して下品に酔っぱらった紗希の母親から何度も聞いた。どれほど紗希が幼いころから男たちの欲望の対象として見られ、そのことが紗希の女としての早熟すぎる体をつくったかということについて、あの下品な、だが昔は大層美人だったと思われる母親は得意げに語ったものだ。

「あたしはただ萩尾さんがのぼり調子でそれを利用するためだけに付き合ってるんじゃないの。あの人たちの考え方っていうか、思想にちょっと共感しているからだよ。

もちろんあたしも暴力は大嫌いだけど、世の中嫌いって言ってるだけじゃ解決しないことだってあるじゃない」

それに関してはいかなるコメントもせず、浜内は意を決して言った。

「やはり私も今晩付き添う」

紗希の顔に嫌悪が浮かんだ。

「やめてよ、あたしのプライベートにまで立ち入る気⁉」

「紗希、お前は売り出し中のタレントなんだぞ、完全なプライバシーなんてものはない。それに明日は11時から『夕刊クライム』の撮影だ」

「わかってるよ、『トーキョー犯罪的美女』でしょ」

浜内はうなずき、言った。「撮影前夜にハメを外しすぎて寝坊されたら困る。それに福岡の爆弾テロのせいで朝の交通規制が酷いから、のんびりしてると間に合わなくなる可能性がある。だから朝8時前には必ず出る」

「それって早すぎない？」

「いいやちっとも」

「ねえ、まさか、あたしと萩尾さんを二人きりにしないつもり？」

紗希はそれを本気で警戒していた。

「いや、別にそこまで言ってないぞ」

浜内はあわてて否定した。

「じゃあ二人きりにしといてのぞき見でもする気？」

「私はそんな変態じゃない。だが、お前をあそこに残して帰って翌朝また迎えにくるのは、やはりいかんと思う。マネージャーとして残る。彼らも私のために一部屋くらい用意してくれるだろうよ。金持ちのロビー団体ならば」

二人はしばしにらみ合ったが、ふいに紗希が苦笑して言った。

「ほんと、時々お父さんみたいだね」

「私はマネージャーだが、父親のようなものでもあるんだ。わかってるだろう？」

紗希は「うん」とうなずき、言った。

「でも、さっき気味悪いって言ったじゃん」

「もちろん、あの団体は気味悪いし、それに怖くもある。でもお前をとことん守るのが私の務めだ」

「さっすがお父さん」紗希は笑って、浜内の肩を軽く手で突いた。

「嫌なことを要求されたら、ちゃんと断れるか？」浜内は大事なことを訊いた。

「嫌なことってどういうこと？」

とぼけているとしか思えない訊き方だ。

「私の口から言わなくたってわかるだろう。つまり、度の過ぎた要求だ」

「あたし、萩尾さんのすることで嫌なことなんかないもん」

紗希の言い方は自慢げだった。

「……そうか」

浜口は言い、紗希に聞こえないようにため息をついた。

◆

「なんなの？　この女の子は」

当然すぎるほどの質問を琴美が発したものの、それにきちんと答えている時間が熊谷にはない。

「寝ている。しばらくは起きない」

熊谷瑛太は革財布をポケットから抜いてテーブルに放り、それから汗で肌に貼りついている衣服を次々と剥ぎ取るように脱いでいく。トランクスを脱ぐ時によろけて悪態をついた。

「そういうことじゃなくて！　なんであたしが知らない女の子の面倒見なきゃいけないのよおっ！」

「大声出すな。お前はもう共犯なんだぞ」

靴下も脱いでようやく全裸である。脱いだものはそのままでシャワー室に向かう。

「なんでそうなるのっ⁉」

シャワーの栓を捻り、生温い水を頭からかぶる。髪をぐしゃぐしゃと掻きまわしながら琴美に言う。

「つべこべ言わないで、俺の言われたとおりにするんだ。せいぜい24時間で終わる。そしたらすべてが良くなるんだ。俺の待遇も、この暮らしも、お前との関係も、なにもかもだ」

口を開け、暖かくなってきた湯でゆすぐ。「うべっ！」と吐き出すと石鹸を手にとって泡立て、まず股間に塗りつける。

「でも……これ、犯罪じゃない」

「何言ってんだ、犯罪なんかじゃない。一時的に預かっているだけだ」

大ウソをついて泡だらけの手を尻に伸ばす。

「でもさっき共犯って言ったじゃない」

「あれは、言葉のあやだ。気にすんな」

「誰の子なの？」

熊谷は腋の下を洗いながら「行方をくらませた男だ」と答えた。それは嘘ではない。

「その人と知り合いなの？」

「まぁ、知り合いってぃやぁ知り合いだ。迷惑なほうの」

　答えながら右足を上げて洗う。

「心配するな、俺はあの子供を危険な父親から保護しているんだ。絶対に傷つけたりしない」

　熊谷は約束したが、本当のところどうなるかは成り行き次第だ。今度は左足を洗う。もう一度全身を流してからシャワーを止め、ドアのバーにかかっているバスタオルを取って体を拭くが、タオルが湿っていた。

「バスタオル取り換えとけよ！　頭回んねえ女だな」

「ごめんなさい」

　まぁいい。体を拭きながら「これからまたすぐに出かける。アイスコーヒー出せ」と命じた。

　琴美はソファでぐったりしている娘を気にしながら熊谷のためにアイスコーヒーを作り、全裸で居間に戻った熊谷に差し出した。熊谷は脱ぎ捨てた自分の服を踏みつけ、左手を腰に当てて、右手でグラスを呷った。途中でむせ、また飲む。飲みながら左手でへそのあたりを掻く。全部飲み干した。他の部分とくらべるとやけに白い腹がぽっこりと膨れた。

　グラスを琴美に突き返し「あとで電話する」と言って唇をぬぐった。

「電話じゃなくて戻ってきてよ！」

たっぷりと潤んだ目で琴美が言った。

「当たり前だっ。必ず戻る。その時に詳しい事情はちゃんと話す」

どすどすと足音を立ててクローゼットに行き、新しい下着と服を出す。迷ってる暇はないし、迷うほど持っていない。黒のTシャツにまだ若干濡れている頭を通す。

「とにかくお前が想像しているようなことじゃないんだから安心しろ。もし子供が起きちまったら〝傷つけるつもりはないし、いい子にしていたらすぐに終わるから恐がらなくていいと言うんだ〟って言って安心させてやれ」

トランクスに足を通し、次は靴下だ。

「なんでそんなに急いでるの？」

「仲間、じゃなくて部下が外で待っているんだ。これからまた仕事だ」

「あの子が目を覚まして泣いたり、いろいろ訊かれたらどうするの？」

「お前は元保育士だろ⁉　子供の扱いは得意だろうが」

「あたしは就学前の子供しか扱ったことないの！」

「子供は子供だろっ、〝あなたのお父さんが悪いことをして危険な状態になっているから、娘のあなたを傷つけないよう仕方なく保護した〟というんだ。言えるか？」

「それ本当なの？」

「あぁ本当だ。お父さんの心が落ち着いたらこれは終わると言っとけ。もしも腹が減ったと言い出したらなんか適当に食わせてやれ、それからテレビ見せるとか俺のファミコンをやらせとけ。泣きわめくようならこの薬を飲ませろ。ええっと」

熊谷は自分が踏んづけているズボンの尻ポケットから小銭入れを取り出して、その中から薄いピンク色のタブレットを取り出し、「ほれ」と琴美の手に押しつけた。

「睡眠薬？」

「ああ。お前が飲んでたものよりは弱いから安心だ」

ズボンをはいて、脱ぎ捨てたズボンからベルトを引き抜いて新しいズボンに通してパチンと留めて準備完了だ。

「おっと財布」

テーブルから財布を取ってポケットに突っ込んだ。

「くそ、腹減った」

またドスドスと大きな足音を立ててキッチンに行き、冷蔵庫を開けて手早く食えるものを探す。

フィッシュソーセージがあったので30秒で二本食い、牛乳で流し込んだ。これからはもっともっといい物を食って、艶々と太ってやる。そして俺の顔に唾を吐いた和久田に、今度は俺が奴の顔に小便かけてやる。

牛乳を飲み干すとパックを流しに放りこみ、「はぁ、はぁ」と荒い息をつく。玄関に行って靴に足を入れようとして蒸れていることに気づいて、黒いメッシュのスニーカーに履き替えた。

その様子を琴美が今にも吐きそうな青白い顔で見守っていることに気づいた。熊谷は「心配すんなよ。いい気分転換になるぞ」とわざとらしい笑顔を作り、安心させてやろうと試みる。

「本当に、これ、犯罪じゃないの？」

しつこい女だ。

「だから違うって言ってるだろ。済んだら久しぶりに飯をおごってやる。おい、冷蔵庫の中のチューハイは飲むなよ。もし子供が目を覚まして知らない女と一緒で、そいつが酒臭かったら余計おびえちまうだろ？」

「…………」

「じゃあ、また後でな！　あぁ忙しい」

◆

芦田会長はもはやごく一部の最上級幹部を除いては構成員と直接会うことはない。

和久田は薄暗い部屋の隅に据えられた二台のビデオカメラを通じてモニターされ、会話はマイクとスピーカーを通してのみ行われる。

会長が天上の人間であるという演出は外部の人間よりむしろ内部の構成員に対して徹底している。ほんのひと月たらずの間に不死鳥日本は指数関数的な急激さで神秘性と機密性を増した。

この組織は、都市伝説レベルの陰謀論で語られるフリーメーソンや、大戦末期のオカルトナチスのようなイメージを与える秘密結社的組織へと変質しつつある。もはや、数多いヘイトクライム団体を次々と吸収して肥大していった頃の不死鳥日本とはまるで違う。その頃の破竹の勢いに惹かれて組織に飛び込んだ和久田や、祖国を蝕む不良外国人に対する純粋な怒りに駆られた若者たちの多くが、現在の不死鳥日本の秘密結社化に対して戸惑いを感じている。しかしそれを口にできない空気がいつの間にか出来上がっていた。まるで黒い魔法にかけられたかのように。

その「空気」が、下の者たちの覇気や団結にも影響を与え始めている。

—それでは、お前が指示してやらせたことじゃないというんだな？

天上人の一人である会長の側近・碑村の声が、高い天井に埋め込まれたスピーカーから響いた。人工的な残響がたっぷりと効いていて、大聖堂の中にいるような荘厳な感じを与えようとしている。

こんな小細工はやめて、面と面を突き合わせて話し合ったり怒鳴り合ったり、場合によってはつかみ合いした方が組織はうまく回ると思うのだが、上の人間はそうは思っていない。下の者との距離を大きく開けることで組織がより強大になると信じている。

「断じて違います」

和久田は即答した。しかし決してうろたえている感じにも開き直った感じにも聞こえないよう細心の注意を払った。いまや返答時の声のトーンすら気を遣わなければ、すべてを失うことになりかねない。

―しかし、神谷の娘の誘拐を一度は検討しただろう。

「熊谷が私に提案しましたが、それを本当に実行すれば警察が本腰を入れて介入してきます。たとえテロ警戒中であっても学童の誘拐事件には手を抜けませんから。神谷は数人の構成員を殺しはしましたが、すべてなりゆきで、それほど重要な敵対人物ではありません、ただの戦争帰還兵です。その神谷にそこまでのリスクを冒すのは組織にとって得策ではないと考え、その案は即座に却下しました」

淡々と話しながら、〝あいつの顔に唾を吐きかけなければこういう事態にはならなかったのでは〟と考えていた。しかし時間は戻せない。

―それでも神谷の娘はさらわれたぞ。

「熊谷の暴走です。あいつは自分が部下を持てないことに以前から不満を抱いていました。大きな手柄を立てて上から認められたがっていて、幹部になりたがっていました。上昇志向が強いといえば聞こえは良いですが、浅はかです」

―つまりお前は、その浅はかな部下に謀反を起こされたということだ。

「それは違います」とは言えなかった。言えるわけない、その通りなのだから。

「そういうことになります」

―お前より熊谷のほうに部下はついた。

「派手に暴れられると思ったからでしょう。お祭り気分というやつです。それに、奴をしとめれば報奨金がもらえる」

―自分よりも熊谷のほうが人望があったと認めないのか？

なんと陰険な質問だ。慎重に答えなければいけない。

「奴の方により人望があったということではなく、暴れて派手なことをして認められたいという幼稚な連中の思惑が、一致した結果だと考えています」

―その幼稚な連中を抑えておくことができなかったということは、つまりお前に上に立つ者としての威厳が足りなかったということだ。下の者から恐れられていなかったということだ。

決めつけて責めるだけか。

さぁ、どう返すか。どう言えば碑村は俺を葬らないか。俺は今日ここで死ぬわけにはいかない。なぜならまだ死にたくないからだ。

「示しをつけます」和久田は誠実に聞こえるであろう声を作り、言った。「暴走した熊谷と、熊谷についていった連中を全員死刑にします」

口で言うほど簡単にはいかないだろうが、とにかくそう答えた。

返答まで間が空いた。認めるのは悔しいが、生きた心地がしなかった。もし、今の答えが碑村のお気に召さなかったら？

—**それだけか？**

何を求められているか、和久田にはわかった。

「いいえ」咄嗟に答えた。「さらわれた子供も処分して、この件そのものを存在しなかったことにします」

—**お前には幼い子供も殺せるということか。**

「組織にとっての障害除去のために必要であるならば、できます」

和久田は答えた。

—**処分するなどというあいまいな表現に逃げないで、はっきりと言え。**

サディストが。この俺を追い込むとはなにごとだ。俺は追い込む側の人間だぞ。

「さらわれた子供も殺して、この件をなかったことにします」

——今回の件で、お前は外見を飾り立ててスカしているくせに、肝心の人望がないことを露呈させた。つまり見かけ倒しということだ。

言ってくれるじゃないか、碑村。お前なんか、ついこないだまでアメ横辺りで売っている昇り竜が刺繍されたジャンパーを着た勘違い右翼おやじだったくせに。会長の尻にくっついてフィリピンまで行き、射撃場で嬉々として自動小銃で紙の的を撃ってはしゃいでいたくせに。

そう、信じられないことにそんな奴が、殺された保坂の後釜にちゃっかりと座っている愛国秘密結社のいまやナンバー2だ。いったい何がこいつをここまで押し上げたのか和久田にはわからない。自分にはない政治力とやらがあったのだろうか。

——見かけ倒しの人望なしが「示しをつけます」だの「今すぐとりかかります」などと言ったところで説得力はない。そこでスカしたお前には監視役をつける。

ふざけるな、と言いたかったが、もちろんこの状況でそんなこと言えるわけがない。和久田は黙っていた。

いきなり室内が暴力的なまでに明るくなったので、和久田は目を細めた。部屋の隅のドアが勢い良く開いて、白衣を着た三人の男女が大股かつ早足で和久田に向かってきた。二人の男の片方は手に緑色の工具箱を提げていた。

和久田は反射的に腰を浮かせ、戦う姿勢になった。

「馬鹿もん立つなあっ！」

肩幅が広く背の高い中年女が恫喝した。15年ほど前までは人並みはずれて優れた容姿と、ほんの少しだけ高い知性がなによりの誇りであったであろうタイプだ。

「座れこのスカし者が、座るんだ早くっ！」

和久田は自分の威厳を損なわない程度に速やかに椅子に座りなおした。唾をごくりと飲み込む。

「じっとしてろ！　こっちを見るな馬鹿！」

だれが貴様のような病んだ劣化美人を見るものか。

「背筋をぴしっとのばせ、この人望ナシのスカしが」

「俺に恨みでもあるのか」

和久田はつい言ってしまった。白衣の女が平手で和久田の後頭部を思いきり叩いた。

「あたしに口を利くな馬鹿もん！　みっともない失敗をして偉大な不死鳥日本に迷惑をかけておきながらなんだその態度はぁっ、今すぐここで殺されて鼠のえさになりたいか⁉　どうなんだ貴様あっ！」

そういうことを言うということは、その気になればそうできるし、碑村の了承も得ているということだろう。それにしてもこの尋常でない攻撃的態度からすると、この女もまたコカインか何かのアッパードラッグをやっていると考えていいだろう。

和久田は三人の着た白衣の胸部分に赤いステッチで不死鳥日本のロゴマークと、SCIENCE R&Dと記されているのに気づいた。いつのまにかこんな部署までできていたとは。不良外人だけを破壊する殺人光線などの秘密兵器開発や日本人をただひとつの優性アジア民族とする人類改造計画を本気で練っていそうな病んだ電波を感じる。こういう奴らをのさばらせ威張らせるだけの資金が、不死鳥日本にはあるということだ。

和久田は言われたとおりに背筋を伸ばし、白い壁をまっすぐ見た。

「よし、立て」

早く座れと言っておきながら今度は立てか。

次の命令が飛んだ。「両足を肩より少し広げろ」

言うとおりにする。立つと、二人の白衣の男がすかさず左右の脚を押さえた。

何するつもりだ、この白衣ども。

二人の男の手が同時にベルトとパンツのジッパーにかかった。危険を感じたが耐えた。まだ大丈夫だ、いよいよ差し迫った危険を感じたらこの三人を三秒で殺してやる。その後で自分も死んだって構うものか。

パンツを膝のところまでずり下げられた。黒いボクサーブリーフが露出した。まさか、俺を今ここで去勢するつもりか？

「じっとしてろ、スカし馬鹿」女が吐き捨てる。

白衣の男の片方が工具箱を開け、何か取り出した。

「前を見てろおっ！」

怒鳴った女の唾が顔にへばりついた。

かなり限界に近づいてきた。だがあと少しなら耐えられる。それを超えたらこいつらを殴り殺す。特にこのババアは一息には殺さない。

チベット戦争において支給されたインターセプターボディーアーマーの股間部分だけのような代物が、股間の前部分に押し当てられ、四本の幅広の金属ベルトが、尻と左右の太股に回される。

「なんなんだこれは」

「黙ってろ！」

女がバックハンドで和久田の顔を張り飛ばそうと右手を振り上げた。

目が合った。間違いない、こいつもドラッグをやっている。

殴れ。殴ったら殺す。１００％確実に貴様を殺す、残りの奴に殺されても構わない。貴様を道連れにする。それでもいいんなら、殴れ。

女は和久田の眼球から発せられたメッセージを受け取った。そして、振り上げた手でわざとらしく鼻の脇を掻き、おろした。

カチッという音が二度続き、ベルトがきつく締まった。白衣の男二人がさっと和久田から離れる。和久田は自分の下半身を見下ろした。股間用ボディーアーマーそっくりだが、違うのは表面の一箇所に小さなLEDライトが点灯していることだ。

そろそろ説明してもらいたい。

女が鼻で笑ってほうれい線をくっきりと刻み、言った。「お前のようなスカしてばかりで人望のない馬鹿な兵隊にこそお似合いだ」

お前のような怒鳴ってばかりでくだらない劣化中年女の感想など要らないから、早く説明しろ。

「それは小型爆弾だ。爆発すれば下半身が千切れ飛んで、はらわたがどばっとこぼれる。いい気味だ。今すぐ爆発させてやろうか」

女が言い、「ひひっ」と乾いた声で短く笑った。和久田は何も言わず説明の続きを待った。

「そのユニットを無理やり取り外そうとすれば起爆装置が作動する。こちらが設定した電波の圏外に出ればやはり爆発する。そしてお前が妙なことを企んでいると私が感じたなら私の権限によりボタンひとつでいつでも爆発させられる。それを解除できるのは私だけだ。もっとも私はお前が仕事をやり遂げて起爆装置を解除してやるより、失敗して爆発させるほうがはるかに見ごたえがあって、なおかつ日本のためになると信じている」

この爆発するおむつが俺の「監視役」ということか。

「ひとつ訊いていいか」と女に言った。「排尿排便は普通にできるのか」

白衣の三人がにやついた顔を見合わせたので和久田の殺意が大いに募った。

「できるよ、スカシ野郎」一番若い男が答えた。「ただし、ブリーフに穴を開けないとな」

「ぷっ！」もう一人の男が吹いた。

女は最高に壊しがいのある人間玩具を見つけたサイコパスのような目で和久田を無遠慮にじろじろ見ている。容姿の衰えにより皆にちやほやされなくなったことが本来のサイコパス気質をより濃くしたのは間違いないだろうと和久田は確信した。

和久田は無言でずりおろされたズボンをはき直した。爆弾おむつのせいで一気にウエストがきつくなったが、替えのズボンがないので今はこれで我慢するしかない。

「かっこいいぞ」

男の片方が言い、またぷっと吹いた。

和久田は何もかも失って悲嘆にくれた中年おやじのようなうめきを漏らして額に右手をかざし、それからその手を一瞬で凶器の手刀に変えてそいつの右目を真横から打ち据えた。頭蓋骨側頭部が3ミリほど陥没し、そいつは何が起きたのかもわからないうちによろけて仰向けに倒れ、後頭部を床に打ちつけて頭皮と鼻と口から同時に血を噴いた。

女と、もう一人の男に目を転じると表情がなくなり、男の方は顔が青ざめていた。女は厚化粧のせいで血の気のほうはわからない。

「お前らにはなかなか信じられないだろうが、俺にも感情がある」和久田は落ち着いた声で言った。「だから、面白半分に俺を追い詰めたり、要らないちょっかいを出すな」

二人は黙っている。倒れた男が失禁し、死の痙攣を始めた。

「お前らの用事はもう済んだろう？　俺は今から、俺をナメた熊谷と、熊谷についていった連中を殺しに行く」

—貴様の得になることを、ひとつ教えてやる。

とっくにいなくなったと思っていた碑村の声が聞こえたので和久田は、顔には出さなかったものの驚いた。そして一部始終を見聞きしていたであろう碑村に殺意を抱いた。

—ついさきほど、熊谷が明日の朝8時から国家保安部の取調室使用許可を申請してきた。恐らく7時過ぎにはここに来ているだろう。つまり貴様は明日、労せずして熊谷と再会できるということだ。

感謝しろといわんばかりの恩着せがましい口ぶりだった。

国家保安部の取調室は警察の取調室と名は同じでも異なるものだ。不死鳥日本の取調室では拷問も無制限に許されるために血や糞尿その他を洗い流すための強力な排水設備が整っている。シャワーは心臓が凍りつくような氷水から皮膚がただれる熱湯まで温度調節ができる。そして壁は完璧な防音仕様。

一度入れられた者が、出る時にもまだ同じ人間でいることはまず不可能だ。もしも構成員が取調室への出頭を上から命じられたら、即座に逃亡するか自殺するかすべきである。

熊谷の奴、子供をさらってから神谷に対して国家保安部に出頭するよう脅しをかけたのか。では、子供はどこに隠しているのか。すでに殺して生ゴミ置き場にでも不法投棄したのだろうか。リーダーの俺を裏切る熊谷なら平気でやりそうだ。

奴が子供をどうしたのであろうと、自分がそれに対してできることは何もない。自分はただ、のこのこと国家保安部にやってきた熊谷とその部下たちが取調室に入ってきたところを襲いかかり、全員抹殺するのみである。神谷が出頭してきたのであれば、ついでに殺して一緒に地下の処理室に捨てるだけのことだ。だが、殺す前に神谷の子供をどうしたのか熊谷に白状させ、その裏を取る必要がある。

「それでは、取調室で奴らの到着を待ちます。部屋番号はいくつでしょうか」

——3号室だ。

碑村がやけに誇らしげに答えた。

そうきたか。取調室3号室は、もっとも多くの拷問器具をそろえた拷問博物館のような部屋だ。この6階建てビルの3階フロアはほとんどすべて取調室3号室なのだ。国家保安部の暗い心臓部と言っていい。

博物館と違うのは、拷問器具が展示されているのではなく実際に使用されるというところだ。設計主任は碑村で、中世の拷問の権威と呼ばれる歴史研究家の大学教授を金の力で全面協力させて完成させた自慢の空間なのである。

和久田もかつて一度だけ入室を許されて内部を見たが、ダンスの発表会ができそうなほどに広く、上の階の床を一部ぶち抜くという強引なリノベーションによって高くした天井は泣き声や絶叫や命乞いの声が心地よく響きそうな高さで、一度に複数の人間を拷問できるよう拘束具が豊富に備わっていた。もちろん高圧シャワー完備で、シャワー温度の最高は人間の皮膚をただれさせることもできる90℃である。排水口は不気味なほど大きい。

他の拷問部屋が情報を引き出すという機能性を優先した無機的なつくりであるのに対して、3号室だけは拷問大好きな狂人が潤沢な資金という武器を得るとこうなるという見本のような空間であった。ある意味娯楽性が高い。

熊谷を待ち伏せして殺し損ねて返り討ちに遭えば、神谷と一緒に中世拷問フルコースを味わったあげく一緒に地獄へ落ちるという展開が充分ありうる。

「それでは、私を先に、3号取調室に入室させてください。そこで奴らの到着を待ちます」

和久田は声しか聞こえない碑村に頼んだ。

—**お前が示しをつけるところを録画録音するために、今、部屋に機器を設置しているところだ。あと半時間ほどで完了する。そしたら入室を許可してやる。**

録画録音などしてどうするつもりなのかわからないが、和久田は「ありがとうございます」と言い、深々と頭を下げた。

碑村が念を押す。

—**あの部屋から出てくる人間がいるとしたら、それはお前一人だけだな?**

「はい、私一人か、いつまで経っても誰も出てこないか。そのどちらかです」

◆

爆弾テロ厳重警戒のせいで、普段はなかなか止めることができないこの通りの路肩駐車スペースも今はほとんどが空いていた。そこに止めたというだけで殺気だった警官たちに囲まれて面倒な職質を食らい、ちょっと反抗的な口をきいただけで連行されて半日ないし一日を失うリスクが高いので当然ではあるが。

「あの人に会う前に、あんたに言っておく」

古東は久米野に指を突きつけた。久米野がその指を不潔なものでも見るような目で睨む。

「その尊大な警察面で、あの人が俺と一緒にかつておこなった違法行為について、少しでも咎めたり裁いたりするような口をきくなよ。そんなことしたら俺が拳で口を叩き潰す。あの人は、俺の命の恩人なんだ」

「お前がそいつを大好きなんだってことはよくわかった」久米野がドアにもたれかかって、古東の熱い言葉を冷やかした。

「そういう軽口をたった今から慎め」

「俺に命令するな。それに俺は尊大な警察面などしていない」

「命令じゃなくて、警告したんだ。一刻も早く神谷の娘を助けたいんなら、今は俺の指示に従うんだ」

にらみ合いが2秒ほど続いた。

「わかったよ」

久米野が言い、自分の腕時計を見て、また舌打ちした。時計を古東に壊されたからだ。

「15時17分」

女刑事の小桜が久米野に教えた。結局小桜は署に戻らず、病院にも行くことなく、自らの意思で古東たちに同行している。自分が救えなかった神谷の娘をもう一度救いたいからだ。変な言い方だが、そこに「古臭い男らしさ」を古東は感じた。美人ではあるが、古東が嫌いな「女の病み電波」を放っていないところが好ましい。

一分後、およそ駐車違反以外の罪とは無縁に見える練馬ナンバーの白のハイエースが古東たちの視界に現れた。

あの北岡のことだ。あの地味なハイエースが見たままなわけがないと古東は確信した。きっと車体もすべての窓も防弾仕様で、乗員スペースはロールケージで守られているに違いない。

「あれか？」さきほどから親指の爪を噛み通しだった神谷が、口から爪を離して誰にともなく訊いた。

「あれだ。間違いない」古東は答えた。

一人で行く、と言っていたので疑ってはいなかったが、北岡謙太はやはり一人で現れた。

古東に気づくと北岡がクラクションを短く二度鳴らした。古東はそれに応え、手を挙げ軽く振った。

北岡が車を駐車スペースに止め、ドアを開けて出てきた。笑顔だった。引きつった作り笑顔でもなく、予想したほど古東がひどい状態でなかったのでほっとしたとでもいう感じの笑顔だった。

古東は彼にゆっくり近づくと深く頭を下げ、「お久しぶりです。そしてまたご迷惑をおかけして本当にすみません」と詫びた。

「そんなことはいいから、とにかく乗りたまえ」北岡が言い、乗車を促した。

古東は助手席に乗り込んでドアを閉めた。やはり車内はロールケージでしっかりと防護されていた。

さっそく北岡が訊いてきた。「電話で話したことは本当かい？」

「ええ、本当です」と古東は答えた。

「後部席の足元にＴＭＰが置いてある。撃ちまくって逃げるなら今しかないぞ」北岡が覆面パトカーに乗り込んだ久米野たちをちらりと見て、言った。

古東は目を剥いた。ＴＭＰとは、ステアー社の９ミリパラベラム弾を使用するマシンピストルのことである。チベットの戦場でも多くの兵士がバックアップ用として携行していた。

「マジですか？　検問で引っかかったら一巻の終わりじゃないですか？」

「そうでもない」北岡がこともなげに言った。「在日米軍のお友達が奮発して、本物と見分けがつかないＭＬＣ（在日米軍正規職員証）のＩＤカードと、本物の機密性物資運搬証をプレゼントしてくれたんだ。だからこの車の捜索には在日米軍の許可が要る」

チベットの戦場で多くの特殊部隊員のＰＤＷ（個人携行火器）や狙撃銃のカスタマイズを驚異的な丁寧さで行い、絶大な信頼を得た北岡だからこそ、帰還後もこうして便宜を図ってもらえるのだ。仕事を嫌悪し、上官に逆らうどころか、激高した通訳のチベット人に刺されて死にかけている上官が助けを求めているのに放置して死に至らしめた自分とはレベルが違う。

「お気遣いありがとうございます。でも俺の話したことはぜんぶ本当なんです。自衛隊から逃げ出したあと、なりゆきで出遭った神谷という帰還兵の娘が、不死鳥日本に連れ去られて、娘を返して欲しければ、明日の朝8時に新宿にある奴らの国家保安部に出頭しろと命じられたんです」

「出頭したところで奴らが娘を返すわけがない」北岡が言い切った。「そういうヒューマニズムはあいつらの思考回路にはないだろう？」

「おっしゃるとおりです」

「一緒にいる刑事はあまり役に立たないか？」

「久米野は、過去に自分が殺そうとして失敗したレイプ殺人鬼に傷害で訴えられていて、署にも戻れないありさまです。新米の女刑事は、まだなんとも……ところでなんですか、この音楽？」

「ん？　ああ、ブライアン・イーノだ。落ち着くだろう？」

「ええ、まぁ……」

「戦地で仕事している時もイーノと吉村弘を流していたんだ。ところで電話じゃ詳しく聞けなかったが、神谷は不死鳥日本の奴らに何をしたんだ？」

「何というか、奴らの横暴をみかねて、衝突が起きて、追いかけられて返り討ちにあわせたら、身元を特定されて娘をさらわれたということです。まぁ、俺のケースと同じようなものですが、神谷には娘という最大の弱点があったってわけです」

　北岡が小さく首を振って言った。

「まったく、不死鳥日本というより、アホウ鳥日本だな」

「おっしゃるとおりです」と古東はまた言った。

「まさかその神谷、愚直に国家保安部へ出頭するつもりじゃないだろうな？　あそこに入った一般人が無事に出てくるなんてことはありえないぞ。無一文になるか、精神を破壊されるか、でなければ薬品で溶かされて排水口から垂れ流されるか、そのどれかだ」

「娘が国家保安部に監禁されているならば、神谷は自分が死ぬこと覚悟で飛び込んでいくと言っています」

「死んだらもう娘を守れないじゃないか」

「俺もあいつにそう言いました」

「国家保安部は、元は出版社のビルだったんだろう？」

「ええ、久米野もそう言ってました。場所は千駄ヶ谷です」

「ならどこかにビルの見取り図があるはずだ。それが手に入れば具体的な作戦を立てやすい。あるいはその出版社に勤めていた人間に描かせるという手もあるな」

「いい考えだとは思いますが、その時間がありますかね。タイムリミットは明日の朝8時なんです」

「こういう時こそ警察権力が役に立つんじゃないのか？」北岡が言って、覆面パトカーを指差した。「警察には左翼活動家の個人資料がはいて捨てるほどあるはずだ。まして大手の左翼系出版社の社員の情報がないわけがないと、私は思うんだがね」

古東と北岡は互いの顔を見合わせ、にやりとした。

◆

「本当に、俺を逮捕しにきたんじゃないんだな？」

白髪の中年男・高峰が小桜と久米野に念を押した。

高峰は50代後半。ゴムサンダルに短パン、丸首白タンクトップで、首には東電ロゴの入った白手ぬぐいという姿だった。

「はい、違います。ただ、あなたがかつて勤めていた出版社のビルについて詳しく教えていただきたいのです。理由は教えられないのですが」小桜が言った。

「あそこは今、不死鳥日本のクソ国家保安部だ」

高峰が吐き捨て、東電ロゴ手ぬぐいで顔を拭った。

「もちろん知っています」小桜が言う。

「33年間働いた、というか戦った職場が、愛国者でもなんでもない、汚れた金だけはうなるほど持っている人種差別狂人組織に買い叩かれたと知った時の、俺たちの気持がわかるか？」

高峰が言い、たるみきった二の腕に止まった蚊をぴしゃりと叩いたが、しとめそこなった。俺たちとは、ともに権力と戦った編集者仲間たちのことだろう。

「心中お察しいたします」久米野は重たい声で言った。

「どうして警察はさっさとあいつらをテロ組織として認定し、強制解散させないんだ？」

「もちろん、そういう意見は警視庁内にありますが、警視庁も足並みがそろっていないのです」久米野は言ったが、そんなの認めんとばかりに高峰は首を激しく振った。「違う、警察庁の中に、不死鳥日本の人種差別思想に共鳴し、便宜をはかっている人間のクズが大勢いるからだ！　そういう奴が上のポストにいるからだ」

「おっしゃるとおりだと思います」と久米野は素直に認めた。

「警察庁こそ本当の革命が必要だ！」

高峰が声を荒げ、拳を振り上げた。

「高峰さん、もうしわけありませんが、今ここでゆっくり話をしている時間がないのです。ある人の命に差し迫った危険があるんです」小桜が言って急かした。

「そうなんです、高峰さん。あそこで33年も働いたあなたなら、あのビルについては誰よりも詳しいでしょう？　あなたの記憶が頼りなんです」

「確かに俺なら全フロアの完璧なマップを描けるが、不死鳥日本の連中が内部をすっかり作り変えてしまったかもしれないぞ」高峰が言った。

「その可能性はなくもありませんが、それでも元の地図があればありがたいんです。描いていただけませんか？」久米野は言って、サインペンを取り出した。

「なんだその安物は、そんなちゃちなモノ見せるな！　俺は愛用のカランダッシュの万年筆しかつかわん」

「失礼しました」と久米野は素直に謝っておいた。

「万年筆を取ってくる。ちょっと待ってろ」

高峰は言い、出てきた時とは打って変わって堂々とした足取りで木造アパートの錆びた階段を登っていった。そのアパートの開け放した一階の窓からは、東南アジアのどこかの国言葉で喧嘩している男女の声がさっきからずっと聞こえている。

33年間も言論の最前線で戦い続けたあげくにこの粗末なアパート住まいとは、報われなさすぎだと久米野は苦く思った。

だが、自分だってそうなるかもしれないのだ。いや、かもしれないどころではない。あの曽我山が、有名弁護士を味方につけて俺の社会的生命を踏み潰そうとしている。あいつを殺さない限り、あいつに殺される。

「……くそっ」

◆

決着は明日の朝8時につく。その前に対決の場となる国家保安部第3取調室の内部を自分の目で今一度よく把握しておき、戦いを自分にとって有利になるべく準備をしておこうと考え、和久田は入室許可を申請した。

申請はあっさり通ったのだが、部屋は使用中だった。「業務の邪魔をしない」という約束のもとに入室を許可された。

空気は冷えてかつ苔が生えてきそうなほど湿っている。入ってすぐに禍々しい電波のようなものを感じて全身の産毛が逆立った。

霊感などない自分がこのような反応を示すほどに、この部屋は異様なのだ。ここで日夜行われていることを考えれば当たり前だが。

「すすす……」

薄暗い部屋の奥から突然笑い声がしたので和久田は硬直して、声の主を探した。

「え〜へへへ……へへっ、ひひっ」

俺を怖がらせてからかうつもりなら、目玉のひとつでも抉ってやるか。

和久田はいつどこから飛び出してくるかわからない相手に警戒しつつ部屋の奥へ進む。

「すすす……しししし……うふっ」

乾いた笑い声は動いていない。ずっと同じ場所から発せられる。

部屋の壁際に設置されたステンレスの台に男が、体の三箇所を幅広のナイロンベルトによって縛り付けられた状態で横たわっていた。頭部は蝋のように白く、薄汚れた薄手の白いシャツごしにもあばら骨がくっきりと浮き出ているのがわかる。

その男が、笑い声の主だった。

「んふふふ、んふふふふふ」

男の額の真上30㎝ほどの高さから、約3秒ごとに水滴が落ち、額に落ちて弾ける。それがずっと続く。水滴を落とす装置の細い管には『Do Not Disturb』と赤字で記されたプレートがナイロン紐でかけられていた。

「うすす……」

和久田は男の頭の横に立ったが、男は気づきもしない。精神がすでにこっちの世界にないと思われる。目は開いているがおそらく何ひとつ意識に入っていないだろう。何の容疑でいつからこのような状態で放置されているのかわからない。糞尿はステンレスの台の股間の辺りに開いた穴から下に落ちて自動的に流れる仕組みになっている。

ふと興味が湧いて、和久田は水滴の下に右の掌を差し出した。掌に水がたまっていく。

「しししし、し……」

男の笑い声が止まった。

そのまましばらく男の顔、特に目を観察していると、少しずつ精神がこちらに戻ってくるように黒目に意識が宿り始めるのを見て取れた。

中央部分に寄っていた男の黒目が動き出した。なかなか焦点が合わない。瞬きが多くなる。

三十秒ほど経って、やっと男の精神がこちらに戻ってきた。男の喉仏が動き、唾を飲み込もうとして、咳き込んだ。それから遂に声が出た。

「……終わったのか？」

それが第一声だった。

「いや、残念ながら」和久田は答えた。「俺が気まぐれで中断しただけだ」

「頭に穴が開いてるか？」

「いいや」

「ウソだっ」

「本当だ。穴は開いていない。水飲むか？」

「うん」

「じゃあ口を開けろ」

男が口を開けると、その中に掌にたまった水を流し込んだ。それからまた掌で水滴を受ける。水を飲み下して男が訊く。

「今日は何日だ？」

和久田が答えると「何年のだ？」とさらに訊く。

「２０１９年だ。お前はいつからこの状態なんだ」

「わからない、思い出せない」

　頭の中の記憶倉庫がいつのまにか何者かによって持ち去られてしまったかのように男は焦った。

「ここに連れてこられた理由とか、誰にやられたとか、覚えてるか？」

　おそらく無理だろうと思いつつ和久田は訊いてみた。

「ええっと……おかしい、思い出せない。考えられない。装置を止めて、俺を自由にしてくれ！」

「俺にその権限はない」

「頼む！」

「装置を止めれば、次は俺がこの装置のお世話になってしまう」和久田は言った。

「お願いだ。水滴が額に落ち始めたら、俺はまた狂っちまうよ！」

「だろうな」

「いやだ！」

「俺にはどうにもできないんだ」

「だったらなんで水滴を止めたりしたんだあっ！」

　男は涙を浮かべて和久田を責めた。

「もう一度狂うくらいなら死んだ方がましだっ、殺してくれえっ！」

「それもできない」

「中途半端なことするくらいならほっといてくれよ！」

「まったく、お前の言うとおりだな、すまなかった」

和久田は謝って、掌をひっこめ、また水滴が男の額に落ち始めた。

「やめでぐれえええええ！　お願いだやめてぐれえええ！」

喚き続けていた男が再び正気を失ってくすくすと静かに笑い始めるのに20分ほどかかった。

現在、第3取調室ではいかなる容疑かわからないが、不死鳥日本のある部署の構成員が、別の部署の構成員によって取調べを受けていた。というか拷問されていた。

被疑者は両手両足の指を粉砕されて、枯れ切った声で命乞いの真っ最中だった。なおかつ頭部には「異端者のフォーク」と呼ばれる器具が装着されている。これはわずかでも頭を下げると器具に取り付けられたフォーク状の刃物が顎の下と胸の皮膚に刺さるためにどんなにつらくてもずっと頭を上げていなくてはならないという、地味だが強力なブツである。

いまや部屋に糞尿と汗の臭いが濃厚にたちこめていた。つまりかなり不快ということである。

「本当なんです！　キャバクラには自分の金でしか行ったことありません！　不死鳥日本の公費は一銭たりとも使っていません！」

公費とやらで是非とも空気清浄機を購入し、この部屋に設置して欲しいものだと和久田は思った。

「まいみというキャバ女は、お前にシルクの下着を5セット買ってもらって、お前が予約した横浜のホテルのスイートルームでそれらをとっかえひっかえ身につけて窓際でくねくね踊らされたと証言しているぞ」

尋問官の男は脂ぎったオールバックのヘアスタイルで、もはや被疑者が有罪だろうが無罪だろうがどうでもよく、立場の弱い人間をいじめぬいて追い込んで肉体と精神を崩壊させることを純粋に楽しんでいるように見えた。

尋問官の手伝いをしている若い構成員二人はもっと露骨に楽しんでいる。リアル残酷ショーに目をきらきら輝かせている。ほんの些細なきっかけで自分が嬲られる側に落ちるかもしれないという考えが浮かばないくらいに単純らしい。

「ウソですっ！　まいみは虚言癖なんです！　あいつは現実と妄想の区別がつかないくらいの馬鹿で、先天的な精神異常者なんです、母親もそうだったんです！　だから場末のキャバクラでしか働けないんです、他の女の子たちもみんな陰でそう言ってました。まいみを連れてきてください、ここに連れてきて指の一本でも潰せばあいつは本当のことを吐きます！　俺がやってやりますからあいつを連れてきてください」

「まいみは今閉鎖病棟にいる。父親が措置入院させた」

尋問官が両手を腰に当てて勝ち誇ったように言う。

「ほらね！　やっぱりあいつは頭おかしいんですよ！　不死鳥日本の権限で退院させられるでしょう⁉　お願いですからあいつを連れてきてください、私に潔癖を証明させてください！　お願いします！　チャンスをください！」

いやはやまったく眠くなるような茶番が続く。まるでかつて疫病のように地球を覆った幾多の共産国家の末期にタイムスリップしたかのようだ。

和久田は、どこに隠れて待ち伏せするのが最良か考えようとしたが、茶番がうるさくていまひとつ集中できない。

拷問部屋は初めて和久田が見物した日からさらにパワーアップされていた。その最たるものが高さ3メートルの巨大なセラミック製の「肛門直撃タワー」と幅2メートル半のやはり巨大な「スウィング三日月ギロチン」であった。

今、茶番の被疑者がその肛門直撃タワーの真上につるし上げられつつあった。モーターが不気味に唸って被疑者の首と胴体と鼠径部に巻かれたロープを巻き取っていく、被疑者の体が持ち上がっていく。潰された両手両足がぷらんぷらんと揺れる。

「ちょっと待ってください！　待ってください！　私は本当に無実なんです！　公費

の使い込みなんかしていません！」

「まだわからんのか⁉　もはやそんなことはどうでもいいんだ」

　尋問官が頭上に向かって芝居口調で言う。どうやら和久田というギャラリーを多少意識しているらしい。こっちは少しも興味を抱いてないというのに。

「罪の有無に関係なく、およそ貴様という人間には不死鳥日本の構成員として必要な精神の高貴さ、己の行動を客観視できる冷静さと慎重さ、安い色欲に溺れない意志の強さ、そのいずれもが致命的に欠けている。組織の金だろうが、貴様のポケットマネーだろうが、異国の風俗病気女にのめりこんだというその一事だけでも万死に値する」

「異国⁉　あいつは日本人ですよ、すくいようのない馬鹿でも一応日本人です」

「違う。まいみの本名は……」

　尋問官が本名を告げると、被疑者の男がか細く長い悲鳴を上げた。

「そんなあっ！　知らなかったんです！　あいつが敵国からの出稼ぎだったなんて！　本当に知らなかったんです！　あの売女を連れてきてください、俺が7日間かけて嬲り殺してやりますからあっ！」

　尋問官は渾身の訴えを完全に無視している。

　コンピューターが被疑者の肛門の位置とタワー先端を1ミリ単位で微調整する。その時に発せられる電子音がいかにもレトロフューチャーで、設計者である碑村の趣味

『１９８４』嗜好を感じさせる。奴はきっと『未来世紀ブラジル』が好きで、そのくせ『１９８４』や『メトロポリス』は認めないだろう。

「お願いですううっ！　一度だけでいいから私にチャンスをくださいいい！」

ピコーン！　良いアイデアがひらめいたかのような明るい電子音が轟いた。

支えがなくなり、被疑者の男が約４メートルの高さからセラミックタワーの先端に向かって尻から垂直自由落下した。

和久田は、そいつの尻がタワーの先端に突き刺さる瞬間を見物して面白がるつもりなどまったくなかったので床に注目していた。床は以前このビルを所有していた出版社が敷いた茶色のリノリウムがそのままになっている。剥がしてコンクリート剥き出しにしなかったのは完成を急いだからなのかコストをけちったからなのか。碑村という男の詰めの甘さを感じた。

ここに大量の血がぶちまけられたら、どれくらい滑りやすいだろうかと考える。敵が足を滑らせるのは大いに結構だが、自分が滑るのはなんとしても避けたい。あらかじめ砂をまいておいたほうがいいかもしれない。砂を手に入れることができればの話だが。靴はタクティカルブーツに履き替える。それは必須だ。

「くそ、この馬鹿死にやがった！」

尋問官が怒鳴ったのでそちらに目をやると、尋問官は死亡した被疑者の恐怖で凍りついた顔を、革靴の踵で何度も踏みつけていた。二人の部下もこれからもっと楽しくなるはずだったのにそれが終わってしまい、いかにも不満そうだった。いつか自分もこうなるかもしれないという思考はやはり浮かばないらしい。もっとも浮かんだところでその不安を顔に出すこともできないのだが。

タワーの先端には大量の赤黒い血がねっとりとまとわりつき、ゆっくりと滴り落ちていた。これまで何人が直撃を受けたのか知らないが、あの高さから落とされれば即死というケースも少なくないだろう。もはや情報を引き出すための拷問具ではなく、処刑道具である。実際、被疑者の有罪無罪はもう知りようがない。

「おいバカ、これくらいで死んでんな！　悔しくないのか！」

和久田はなおも死体を怒鳴り続ける尋問官に近づいて、声をかけた。

「用が済んだのなら、目障りだから出て行ってくれ」

尋問官が、殺意の爆発しかけた目で和久田を睨んだ。そして違和感をおぼえたのか和久田の下半身に目をやる。

「なんだそのおむつは」

ほっとけ。

「そいつ、死んだんだろ？　お前たちがここにいる理由はなくなったということだ」

和久田はさらに言った。

「きさまなんだぁコラ！　おむつっ！」

部下の一人が目を吊り上げて和久田のディフェンスゾーンに踏み込んできた。

組織が急速に肥大化した弊害のひとつが、敬意を払ったり恐れなくてはならない人間はたくさんいるのに自分の直属の上司しか知らない雑魚が、他のハイランクの人間に対しうっかり失礼な口をきいたり無礼をやらかしてしまうことだ。

和久田は必要最小限の動きでそいつの右膝の皿に破壊的な蹴りを入れ、あっさり戦闘不能にした。そいつはおそらく残りの一生を走れないどころか、杖か歩行補助機にすがることになるだろうが、和久田にはおととい食った昼飯と同じくらいどうでもいい。

「さっさと血を洗い流して、つまらん死体と一緒に出ていって欲しいんだ。５分で終わらせないと貴様ら全員殺す」

最後通告のつもりで和久田は言った。

うるさくて女々しい奴らが出て行ったので、ようやくじっくりと拷問部屋を見て回れた。

天井は高いものの長い刃物を振り回すには不向きな部屋だ。また銃を使って撃ち損じれば弾が跳ね返って危険この上ない。となるとやはりナイフだ。

新しく設置された巨大三日月振り子ギロチンに近づいて、その威容をとくと観察する。こんなしろものが21世紀の日本に作られたことを考えると、歴史が不可逆であるという説に疑問を抱かざるを得ない。

　ブレードの重さは、おそらく400kgはくだらないだろう。中世であれば三、四人の屈強な男が持ち上げてセットしたであろうギロチンブレードは21世紀の今日、リモコンのボタンひとつで操作できるようになっていた。緑色のSETボタンを押すと、モーターが唸りを上げ、スチールワイヤーが巻き上げられ、ブレードが速やかに持ち上げられていく。

　SETボタンを押してからセットが完了するまで10秒だった。

　赤いRELEASEボタンに親指を乗せ、押した。

　ガキン！　という硬い音が響き、ギロチンブレードが空気を切り裂いて飛びだした。

　充分離れているにもかかわらず、和久田はおもわず一歩あとずさった。顔に風を感じた。

　ギロチンブレードはみずからの重みで加速していく。

　ガキン！　また金属音がしてブレードの位置が一段、約30cmメートル下がった。リモコンには何cmずつブレードが下がっていくかを調整できるプラスマイナスボタンもついていた。今、デジタル表示計は25cmに設置されていた。

身動きできないよう縛られてこいつの真下に放置されたらどんな気分になるだろうと想像してみる。

自分の腹の上をブレードが横断し、皮膚がスパッと切れて鮮血があふれ、ブレードが横切るたびに次第に深く抉られていく。正気を保てないのは確かだ。はらわたが本格的に露出してこぼれ落ちる頃には生きていないだろう。

ギロチンには恐ろしいのに、荘厳さと美しさがある。結局、ブレードが一番下に止まるまで観察し続け、再びセットしなおした。リモコンを自分の上着のポケットに入れたが、思い直して取り出し、自分にしか見つけられない場所に隠した。

30分後。次の茶番が繰り広げられていた。

今度の被疑者もまた構成員でしかもクラス3の幹部だった。六本木の高級焼肉屋の個室内において、はべらせた三人の半裸女たちに酒に酔った勢いで不死鳥日本のレベル4の機密を漏らしたという容疑で、告発者はその幹部の高級外車の運転手兼付き人だった。

被疑者は容疑を全面否認している。敵対しているクラス3幹部による政治工作だと主張している。

取調室に連れてこられた時点ですでに両手と股間を強力な酸で溶かされていた。別の取調室で前戯的な拷問が行われてから、いよいよここで本格的な処刑が始まるのだ。

処刑道具は『鉄の処女』が選ばれた。

高さ2メートルほどのステンレス製の人形で、前半分が扉になっている。中は空洞だが、つま先から頭までびっしりとステンレスの針が植えられている。扉の内側も然り。現存するオリジナルがないために実際に使用されていたのかどうか疑問視する声もあるものの、歴史上もっとも有名な拷問具であるのは間違いない。

かつては誰もが恐れたはずの幹部が、小便をちょろちょろ漏らしながら鉄の処女まで引きずられていく。女の子のような細い泣き声を漏らし、無実を訴える。

「これは罠なんだ、俺はハメられたんだ。全部野村が仕組んだんだ、俺じゃなくて野村を連れてきてくれえ、俺は機密を漏らしてなんかいないんだ」

「ほらさっさと入るんだよ！」

尋問官がスタンロッドで裸の尻を突き、電気を流す。

「やめてくれぇ、こんなことしないでくれぇ」

被害妄想と疑心暗鬼と自己中心主義と暴力中毒と軍国主義が、この不死鳥日本を内部から蝕んでいる。

わずか二年と少しで活動資金の獲得、構成員のリクルートおよびヘッドハント、対外イメージ作り、メディア露出のやり方を洗練させることで日本最大の武闘愛国者組織までのぼりつめたが、今やそれと同じくらいかそれ以上のスピードで瓦解が始まっている。

組織の頂点にいて、少なくとも相手が自分より格下の構成員ならば指を一本動かすかわずかに顎をしゃくるだけでこの世から消し去れるような連中は、そんな腐敗に気づいてもいないだろう。いざ身の危険を感じたら、肥やした私腹で東南アジアにでもさっさと逃げるのだろう。後に残るのは、濃硫酸でも溶かしきれなかった無数の腐乱死体と、もはや何人殺したか数えることもできない虚ろ目狂人の人殺しだけだ。

瓦解の原因はまだ他にもある。コカイン汚染だ。

和久田自身もこの汚染にとらわれた。数えたわけではないので確かなことは言えないが、おそらく幹部クラスの構成員の半分以上がコカインもしくはコカインに似た効果を得られる合成ドラッグをやっている。もはやコカインなしでは会議が進まない。大事な政策が決定できない。そして決定できても内容がお粗末である。それくらい深刻に汚染されている。

和久田はコカインをロータスという売人から買っていたが、調達ルートはいくつもある。幹部連中は他の幹部になめられて出し抜かれて煮え湯を飲まされないよう、コカインに手を出して脳みそをギンギンに尖らせて他の奴より輝こうとしたのだ。

「待ってくれ！　ちょっとだけ待ってくれ！　重大な情報がある！　俺を殺したら大

事な情報が最高会議に届かない」

どうみても助かりたい一心もしくは地獄への道連れが欲しくてでたらめを言っているようにしか和久田には見えないが、尋問官は鉄の処女の中に蹴りこむために振り上げた右足をおろして、訊いた。

「なんだその情報とは、話せ、今すぐ全部話すんだ」

「そいつだ、情報をリークしたのはそいつだ！」

男がいきなり和久田を指し、声の限りに叫んだ。

尋問官がぎろりと和久田を睨んだ。何の根拠もないのに真に受けて疑っている目だ。すがすがしいほどの馬鹿だ。もはや人間とも呼べない。

相手にしたくないが、飛んでくる火の粉は払わなくてはならない。

「俺は明日の重要任務のためにこの3号室についてよく把握する必要があるからここにいる。碑村総監の許可を得ている」

和久田は明瞭な声で言った。

「ウソじゃないだろうな、貴様」尋問官が凶悪な三白眼でなおも睨む。そしてさっきの奴とまったく同じように言った。

「なんだそのおむつは」

和久田は二歩で間合いを詰め、尋問官にバックハンドで張り手をぶちかました。この唐突さが相手を動揺させた。

「貴様っ！」

また貴様呼ばわりしたので今度はフォアハンドをぶちかます。

「いいぞ殺せ、そいつを殺せええっ！」被疑者が血混じりの唾を飛ばして叫んだ。

うるさいので和久田は鉄の処女の扉を蹴って閉めた。

「づえあああああああ！」

くぐもった絶叫が哀しげに響いた。

和久田は尋問官が放った鈍重な拳をあっさりと掌で弾いてから、睾丸を掴んで握りつぶした。尋問官が和久田の手を掴んで離そうとすると、逆にその手を掴んでねじり上げた。

拷問部屋に二人の男の情けない泣き声が反響した。

「きさまのようなクズは、自分がよっぽど痛い目に遭わないと弱い者いじめをやめられないんだ」

自分のことは一時的に棚に上げて和久田はそう言い、さらにねじり上げる。

「いたいいたいいたいいたいいたい！」

「犬のくそがっ」

和久田は吐き捨てて、ねじり上げた手を離すと尋問官を突き飛ばして床に転がした。

そいつを見下ろして訊く。

「どうする、上に告げ口して俺を抹殺してもらうか？　弱い者いじめしかできない犬のくそが」

尋問官はのっそりと立ち上がり、よろめいたがなんとか踏ん張って答えた。

「もういい」

「なにが、もういいんだ？」

「もうどうでもいい、俺は帰る。被疑者が死んだら仕事は終わりだからな」

真っ青になり歪んだ顔で腕の付け根を揉みかつ股間をおさえながら、尋問官は言った。

気がついたら鉄の処女の中に閉じ込められた男の悲鳴はやんでいた。鉄の処女の周囲に血の池が広がり、ゆっくりと排水溝へと流れていっている。

「裏側に排血用の穴が開いてるんだ」と尋問官が教えてくれた。「俺の楽しみを奪ってくれやがって、ありがとうよ」

尋問官は呻きながら、3号室のドアまで言って、テンキーを使って開けた。ドアが開くと振り向きざま「おむつ馬鹿がっ！」と吐き捨てて逃げていった

◆

秘密を守るために久米野と小桜は目隠しをされ、北岡謙太が所有している郊外のガレージに連れて行かれた。白のハイエースは駐車場に置いてきた。ドライブを始めてから久米野の体内時計で約一時間経ったころ、車が停止し、外で電動シャッターの上がる音がして、また車が動いて、目隠し布の外の世界が暗くなるのを感じた。車がまた止まり、エンジンも止まると背後でシャッターが閉まった。

照明が点いたのか、うっすらと明るくなり、ようやく古東が声をかけた。

「二人とも、目隠しを取っていいぞ」

北岡が外からハイエースの後部席のドアを開け、「ようこそお二人さん」と温かみのある笑顔で言った。

小桜が先におり、それから久米野も外に出た。

自動車整備工場だった。銃器の存在を匂わせるものは何もなかった。三台のセダンが、昇降機に載せられ持ち上げられてシャーシを露出していた。

「副業で自動車整備工をしているのか？」

久米野が質問を投げると北岡は小さく肩をすくめ、答えた。

「もとは自動車整備工場だったが経営不振で潰れて、ゆったりと仕事できるスペースの欲しかった私が、社長から設備ごと格安で買い取った。はじめのうちは自動車整備用の設備は無用だったんだが、つい最近、元特殊部隊の隊員経由でアメリカの大使から愛車を隠れバトル仕様にしてくれと大真面目に頼まれてね。いい額と、納期までに充分な期間を提示されたから引き受けた」

「バトル仕様というのは？」

興味ありげな顔で小桜が訊く。

「言葉通りさ。一見ごく普通の高級セダンだが、万一爆弾テロや銃撃戦や暴動に巻き込まれても戦って勝って無傷で家に帰るための車ということだ。あのダークブルーのジャガーだが、7・62ミリのFNマシンガンが車体の前後に格納されている。前側のマシンガンはドライバーが運転しながら撃ちまくれる。そんなものが必要になる事態が起きないに越したことはないが、今の日本はかつてなくぶっそうだからね」

暗い話題なのに北岡の口調は朗らかだった。

「青の㊇ナンバーがついている以外は、どう見ても普通のジャガーにしか見えないが」

久米野が言うと、北岡が「私がたくみに仕込んだからね。外からは絶対にわからないさ」と誇らしげに言った。

「これで不死鳥日本の国家保安部に突っ込んだらどうかな」

思いつきで言った久米野の言葉に、北岡はゆっくりと首を振った。

「大切なお客さんの商品を納品前に私用で使うなんてとんでもない」

「そう言うと思ったよ」

「急かして悪いが、作戦を練りたい」

高峰からもらった出版社ビルの見取り図を手にした神谷が言った。

「こっちにきてくれ」

北岡が言い、すたすたと奥へ歩き出した。古東、神谷、小桜、久米野も黙って彼のあとについていく。

新たにペンキを塗り直したとおぼしき、やけにそれだけ新しげな薄水色のドアがあり、北岡がそのドアを開け、全員に向かって「さぁ、どうぞ」と言った。

地下へと通じるコンクリート剥き出しの階段があった。階段は柑橘系洗剤の匂いがした。

「この地下室があったからこそ、買ったんだ」階段を下りながら北岡が後ろを振り返って言った。「整備工場の社長は地下に旧車のパーツを大量にストックしていてね。特にスバル・アルシオーネSVXの部品を。だからスバル愛好家の間では知らない人がいないほどだった。古東君、アルシオーネは知ってるかい？」

「いえ」

「私も十代の頃に街で三回ほど見かけただけだった。でも、とてもいい車だよ」

北岡が地下室の出入り口でなぜか靴を履き替えた。一見スリッパにも似ているその幅広の靴に靴好きの小桜が反応した。

「それ、オッツィですよね」

「ほう、刑事さん詳しいんですね。姿勢が良くなるっていうんで、試しに買ってみたんですよ」

「充分姿勢いいじゃありませんか」

「他人の目を気にしてる時だけですよ」と北岡が言った。そして「あなたも姿勢がいい」と小桜をほめた。

小桜が素直に喜ぶのを久米野は複雑な気持で見た。

床にはほどよい硬さの目が粗めのゴムマットが敷かれていて、ほとんど足音がしない。

壁際には全長25メートルほどのシューティングレンジがあり、イヤプロテクターや携帯掃除機などがフックで壁にかけられている。三脚には着弾点を確認するスポッタースコープが据えられている。

当局に見つかったらどう頑張ってもとぼけられない設備である。とはいえ、この施設を捜索するにも在日米軍にお伺いを立てなくてはならないようちゃっかり根回ししている可能性はある。

シューティングレンジの奥の壁は粘土のようなもので塗り固められていて、また数種類の紙ターゲットが吊り下げられていて、他にもドラム缶、それに赤と白のマネキン人形が置いてあった。どれもぽつぽつ穴が開いている。

ずらりと整列した金属製ロッカーに入っているのは私物と掃除用具だけではないはずだ。数が多すぎるし、すべてがコードキー付で用心が過ぎるほどだ。ロッカーの扉は赤・青・グリーンに色分けされている。

シューティングレンジと向かい側の壁にはカフェかと見まがうような空間があった。カウンター、スツール、ガスレンジとコーヒーメーカー。北岡の淹れるコーヒーならきっと美味いだろうと思えた。

「勤勉」「愚直」「規律」「調和」「おしゃれ」が粒子となって部屋に充満しているような気分になった。この部屋を見て、久米野は北岡という男がわかったし好感と尊敬の念さえ湧いてきたが、同時に困惑もした。

こんなにも真面目で誠実な男が、どうして銃の密売なんかに手を出したのだろう。やはりそこに社会の機能不全と怠慢があるからなのか。

北岡ほどの有能な人材がチベット戦争に徴兵されて、帰国したら社会に居場所を見つけられなかった。また社会も用意していなかった。用意しておきサポートしてやれば、将来きっと社会に大きな利益を還元しただろうに。

「残念だ」

思わず呟きが漏れてしまったのを古東に聞かれた。

「なにがだよ」と古東が訊く。

素直に答える気はなかったので久米野は「平和な時にここに来たかった」と答えて濁した。それはそれで嘘ではなかった。


「これが使えると思うんだ」

北岡が掌に載せた極小部品のようなものを久米野たちに見せた。

「皮膚の下にこの追跡シリコンチップを埋め込む。そして速やかに縫う。チベットでも実際にすくなからぬ兵士が試験的にこれを埋め込まれていた。負傷した際に何も告げられずに埋め込まれた者もいた」

「怪しまれないですか？」神谷がカウンターにマグカップを置いて訊いた。

「君はあの胸糞悪いチベット戦争に行っていたのだから、ひとつ縫い傷があったところで誰も気にはしないだろう」

「マイクは？　皮膚の下に埋め込んだら何も聞こえないんじゃないのか」

久米野が疑問を投げた。

「マイクはまた別だよ。簡単な外科手術で、耳の中に仕込むのさ。ごく小さなやつをね。医療技術は日々進歩しているし、私は指先が器用なんだよ、久米野さん」

「万一ユニットが見つかったら、殺されますよ」心配した小桜が言う。

「見つからなくても、彼は殺されてしまうよ」北岡が平坦な声で言った。それから神谷の目をまっすぐに見て、穏やかな声で話す。

「君を取調べという名の処刑にするのは、熊谷という男だ。会ったことはないが、病的で根は臆病なサディスト気質の変態だろう。娘さんがどこにいるのか知っているのはおそらくこの男だけだ。なんとか熊谷から情報を引き出さなければならない。そしてわれわれは熊谷という苗字だけしかわからないから、警察が握っているであろう奴の個人情報にアクセスすることもできない」

北岡がそれから皆に向かって言った。

「こんなことを言うのは気が進まないが、神谷君が拷問されている間にわれわれはこの熊谷という男の情報を、神谷君の耳を通して集め、なんとかしてフルネームや住居や出入り先や友人知人を見つけるしかない。神谷君も、さぞかしつらいだろうが奴がボロを出すように頑張ってもらいたい。もっといい方法があるというのならば、是非聞かせて欲しい」

「そんな面倒なことしないで、国家保安部に攻撃をしかけて熊谷を捕まえて拉致できないんですか?」古東が提案した。

「正面玄関にRPGを撃ち込むのか」久米野が訊く。

「まぁそれも悪くない。スカッとしそうだし」

「テロリストとみなされて、駆けつけた警官と自衛隊の合同部隊に蜂の巣にされたいならどうぞって感じだな」久米野が言った。そして続ける。「不死鳥日本の構成員をこっちのスパイにするか、国家保安部に頻繁に出入りしている一般人をこっちの味方につけることができれば状況は俺たちに有利になるだろうが、時間が足りない」

北岡がうなずき、言った。「スパイは一日にして成らずだ」

神谷が生還できる確率はかなり低いといわざるを得ない。というかほぼ自殺行為と言ってもよい。

部屋には暗くて重苦しい沈黙が満ちた。その沈黙を破ったのは神谷だった。

「俺は、死んでも構わない」清々したような声だった。「もちろん、柚香を取り戻せるということが前提だけど。そうだ、娘の写真を見てくれ」

神谷のスマホに保存された娘の柚香の写真が久米野たちに回された。

「あんたにそっくりだな」と久米野は言った。

「天使みたい」と小桜は言った。

「こんな可愛い子は見たことない」と北岡は言った。

最後に見た古東がスマホを神谷に返して、約束した。

「お前の生死にかかわらず、お前の娘は必ず取り戻すよ」

「もしも君が死んだら、娘さんには私ができる限りの援助をする。責任持って大学まで行かせる」北岡が真剣そのものという顔と声で言った。

「あなたなら、安心して柚香を託せる」神谷は言い、嗚咽を殺そうと口と鼻を覆った。

「状況は芳しくないが、それでもどんなタイミングで何が起きるかわからないのが戦争というものだ。突入して神谷君を救出し脱出できるだけの装備を整えておいてから、ことに臨もうじゃないか」

北岡の発言に誰も異論はなかった。それから北岡が久米野に訊く。

「不死鳥日本の国家保安部には当然、銃はあるだろうね？」

「正直、俺に訊かれてもなんともいえない」久米野が素直に答えた。「こないだ古東が防衛省の出張所前で構成員たちを殺しまくった時、あいつらは旧式のＡＫやらトカレフで武装していた。あの数日後に本部に家宅捜索が入ったが、武器弾薬は見つからなかった」

「警察が家宅捜索の情報を奴らに流したからだ」古東が言い切った。

久米野は古東を睨み、訊く。

「お前がそう言い切る根拠はなんだ」

「構成員には警察のＯＢもいるそうだ」

「ＯＢと現役をごっちゃにするな。それにどうせ週刊誌か何かの記事だろう？　今どきのメディアの記事なんて裏を取ってるかどうかもわからない。見出しで売るための憶測ばっかりだ」

「まぁ、ここで喧嘩はよそうじゃないか」北岡が穏やかに止めに入った。

久米野が咳払いして、続ける。

「本部には捜索が入ったが、国家保安部は捜索されていない」

「それはまたどうして？」不可解そうな顔で北岡が訊く。

「福岡の爆弾テロで、それどころじゃなくなったんだ。だから銃は保管されていると考えていいだろう」

久米野が話し終えると、北岡が頷き、言った。

「では、この作戦に使えそうな武器を見繕うから、みんな付き合ってくれ」

◆

確かに不死鳥日本は紗希のマネージャーである浜内にも一晩部屋を貸してくれるほどに気前がよかった。

ただ、あてがわれた部屋には窓もベッドもなく、革張りの二人がけソファが寝床である。文句は言えない。小さな冷蔵庫にはペットボトルのお茶も入っている。もちろんエアコン完備だ。

「この部屋とトイレ以外には、絶対に立ち入らないようお願いします。トイレに行きたい時は若いのが付き添いますんで、廊下にいますから一声かけてください」

丁重な言葉を使っても暴力電波の放出が抑えられない20代前半の構成員に釘を刺された。事実上の軟禁だ。浜内は「了解いたしました」と答えた。そんな自ら命を縮めるようなことをするわけがない。

腕時計のアラームを7時にセットし、電気を消して、上着と靴と靴下を脱いでソファに横たわり、目を閉じた。

今頃紗希と萩尾は密室で何をしているのか、想像するのは難しくない。萩尾にはせめてコンドームを使ってくれと頼みたいが、紗希が先手を打ってピルを飲んでいるかもしれない。17の時に堕胎をした経験のある紗希が避妊対策をすべて相手まかせにすることはなかろう。心配なのは性病だが、クラミジアくらいならよしとする。

「まったく……」

なにがまったくなのか、自分でもよくわからない。

スマホでまた不死鳥日本のことを調べてみようと思って愕然とした。

電波圏外なのだ。

なぜだ？　ここは渋谷区だぞ。この部屋が丸ごとシールドされているのか？　それとも電波妨害機が隠されているのか？　見たところ普通の部屋だが。

エアコンが効いていても、いやな汗がにじんできた。

落ち着け、別に殺されるわけじゃない。明日の朝にはここから出られる。そもそも俺が自ら押しかけて部屋を貸してくれと言ったんじゃないか。別に俺を殺そうってわけじゃない。ただ、むやみに外部と連絡を取って欲しくないだけだ。だからって部屋ごとシールドするのはかなり病んだ発想だが。

目が冴えて眠れない。何か読むものはないかと、ソファから降りて壁際の机に近づいた。ずいぶんと年季の入った机だ。だからといって高級なものではなく、酷使された事務机だ。

四つの引き出しの最初に開けたものの中に本を一冊見つけた。

『**不死鳥日本のあゆみと飛翔**』

裏カバーにはバーコードがある。￥５４００。つまり、アマゾンとかで売られているのだ。不死鳥日本に入りたい者はまずこの本を買わなければいけないのだろうか。なかなかえぐい商売だ。

パラパラとめくる。要するにゴリゴリの典型的プロパガンダ誌である。

第一章「あゆみ」、第二章「飛翔」。ぱらぱらとめくって眺める。

「うう、電波が……」

あわてて本を閉じ、元に戻した。

二番目の引き出しは空っぽ。三番目も空っぽ。そして最後、勢いよく引きあけたら引き出しごと抜けておどろいた。危うく落っことして大きな音を立ててしまうところだった。ストッパーが壊れているらしい。

静かに戻そうとしてあることに気づいた。

「ん？」

なんと金属製の引き出しの裏側に、小さな文字で何やらびっしりと隙間なく文章が書かれていたのだ。

裏返した引き出しをそっと机の上に置いて、スマホの光でそれを読む。

私の名前は新原征夫《にいはらいくお》である。

私はもうすぐ死ぬ。せいぜいあと数時間の命だ。この部屋で、上の階の拷問部屋が空くのを待たされている。名目は取り調べだが、事実上の処刑である。

いったい、誰が、いつ、この文を読むだろうか。私にはわからない。構成員に見つかったら消されてそれでおしまいだ。

だが、もし、これを読んでいるあなたがわずかでも良識と理性のある人間であるならば、私にとって幸いである。少なくとも一人の人間に、私のような末路を歩ませなくて済むかもしれないからだ。

私は不死鳥日本の構成員だった。不良外人から国を守るという大義名分の下、アジア系外国人と、左翼活動家、そして「内部の敵」に何人も唾を吐きかけ、踏みにじり、血祭りに上げてきた。そのことに対してはいかなる言い訳もできない。どんな謝罪の言葉も虚しいだけだ。

そして今、私自身が複数の容疑で逮捕拘束された。もっとも重い罪は私の上司である男の悪口を外部の者に言ったことである。

誓ってもいいが、そんなことは言っていない。確かに上司というか、上層部のやり方に不満はあった。そしてそれを隠すのが下手で、ひそかに組織からの逃亡を企てた。そして実に簡単に企てを見抜かれ、逮捕された。

人間は時に取り返しのつかない失敗をしてしまうものだ。私の取り返しのつかない失敗とは、組織から逃亡し損じたことではなく、不死鳥日本の過激な人種差別電波思考に「伝染」してしまったことである。この伝染に対しては有効なワクチンがないのだ。

いざ自分が虫けらのように排除される番になって、ようやく目が覚めた。間違っていたことに気づいても手遅れだ。

時間は戻せない。けれど、かつての仲間に逮捕されて以来「11カ月前に戻れたなら」と願わない日はない。

組織に入ろうと決意したあの日の自分の肩を掴んで怒鳴りつけてやりたい。「ほかにもっとマシな考えがあるだろう！」と。

仲間に拷問されて死ねば、魂になって過去に戻れるだろうか。過去の自分に警告できるだろうか？　いやそれは無理だろう。私にできることは、これを読むかもしれない未知の人間に警告することだけだ。

私は警告する。不死鳥日本には絶対かかわるな。外国人が憎くても、不死鳥日本には入るな。この組織は有益なものを何も生み出さない。ただ良識と理性を腐らせるだけだ。私はそのことがやっとわかったが、手遅れだった。だからどうか、どうか、これを読んだあなたには、自分の人生を自分で破壊するようなことはして欲しくない。もっとましなこと、ましな考え方、ましな人間たちに目を向けるんだ。

油断していると、人間の視界やものの考え方は、すぐに狭くなり偏っていく。『鉄腕アトム』の主題歌の二番を知っているか？

あの歌で真に大事なことが書かれているのは二番なのだ。

油断せず、目をみはり、耳をすませ、狭い考えや偏った考えや、わかりやすくてスカっとするだけの考えがお前の心に忍び込もうとしたら、お前自身が全力でストップをかけるんだ。「ストップ！　少し頭を冷やせ！」と。

私はもうすぐ死ぬ。それは止められない。でも、これを読んだあなたが考え方を変えて、その結果もう少し命を先に延ばしてもっとましな人生を歩むことができるのなら、最後にひとつだけ私は良いことがで

長い文章は途中で終わっていた。インクがなくなったのか、それとも廊下から自分を連行しにきた者どもの足音が聞こえてやむなく切り上げたのか。

読み終えた時、浜内の全身はぶるぶると震えていた。頭がくらくらして、吐きけもひどい。

これは、見つかったら、俺がこれを読んだことを奴らに知られたら、大変なことになる。

震える手で引き出しをそっとはめ込み、閉じた。

「くそ……タバコが吸いたい」

自分が担当したタレントが首吊り自殺したことをきっかけに17年間どうにか禁煙できたのに、狂いそうなくらいタバコが吸いたい。一瞬、廊下で見張っている構成員に「タバコをくれ」と言おうかとさえ思ったが、なんとか抑えた。

「畜生」

早く朝になれ！　ここから出ていかないと。

◆

神谷が飲みかけのココアを脇に置いた時に彼の顔は特に重大な決意をしたというほどのものではなかったが、大事な話をするということがなぜか久米野には直感でわかった。

神谷が話し出した。

「チベットで……俺はある日、軍曹から、森の中に掘られたゲリラの連絡用トンネルを埋めろという命令を受けたんだ。そういう仕事は何度もやってた」

「俺もそういうトンネルを一度見た。中には腐乱死体や白骨死体がいくつもあった」

そういう死体を火炎放射機で焼くのも久米野の仕事だったが、思い出したくないので久米野は先を促した。

「そのトンネルはもう使われていないようで、またいつか再利用されないように埋めてしまえと言われた。俺はＤ９に乗って、淡々と仕事をこなした。仕事中に何度も地雷を踏んで寿命が縮まったことがあるから、大音量で音楽を聴きながら仕事するようになっていた。本当は規則違反なんだが、あの戦争ではいろんな奴がいろんなところで規則違反していた」

久米野は頷き、言った。

「俺はブルドーザーの運転をしたことはないが、気持はわかる」

「それで、何事もなく仕事をやり遂げたんだ。その夜、軍曹が俺のところにきて質問したんだ。〝今日、例の森でトンネルを埋めた時、村の子供を見かけなかったか？〟って。俺は正直に、子供も大人も人間の姿はまったく見かけませんでしたと答えた。もっとも見たけど意識に入ってこなかったのかもしれないが、とにかく俺は見なかったと答えた。その場はそれで終わった。ところが翌朝、また軍曹が、今度は俺と同じD9オペレーターのホセを連れてやってきた。軍曹の顔が変わっていた。軍曹は俺を見て言ったんだ。〝お前、村の子供を生き埋めにしたな〟って」

久米野はその先を聞くのが辛かったが、神谷に吐き出させてやることが大事だと考え、遮ったりしなかった。

「村の女たちが、自分たちの手で、ブルドーザーで埋められたゲリラのトンネルを夜通し掘り返して、子供たちを掘り出したんだ。子供はみんな死んでいた。お前とホセが殺したんだって責められた」

久米野は自分の身に起きたことのように腹が立った。

「その軍曹は最低だな、というか典型的な臆病者のクソ野郎だ。自分で命令しといて状況が悪くなったら検事面で部下であるお前やホセを責めるなんて、人の上に立つ者の素質に欠けている」

「俺も、クソ野郎という言葉は使わなかったけど、こっちはお前の命令でやっただけで命令したのはお前だろっていう態度で応じたよ」

「……で、どうなった」

「処罰は受けなかったよ。予想できなかった事故として処理された」

「当然だ」

この件では久米野は100％神谷の味方をした。

「でも村の女たちが俺たちの小隊の野営地に押しかけてきたんだ。子供殺しの兵隊を引き渡せっ、八つ裂きにしてやるって叫びまくった。出発しようとしてたのに、ゲートの前に座り込んで動こうとしないんだ。下手すると金網を倒して侵入してきそうなほど怒り狂っていたよ。その状況でブルドーザーに乗って御出勤だよ」

久米野はその時の様子を自分なりに想像し、やりきれなくなった。

「……最悪だな」

他にもっとましな言葉があるような気もするが、今はそれしか見つからなかった。

「俺にどうしろと？　俺が死んで子供が全員帰ってくるんなら、そりゃあいいさ。最高さ。でも、そんなことは起こらない。奇跡なんか起こらないんだ」

久米野は二度、深く頷いた。

「日本に帰れば忘れられると思った。悪夢だったんだと思えるかもしれないと思った。でも忘れるどころか、俺の頭の中で大きくなっていってる。俺が死ぬまでずっと村の女たちは俺を責め続けるんだ。子供殺しって」

「子供を殺したのはお前じゃない」

久米野ははっきりと言った。言ったら涙が出そうになり、喉に力を入れて奥歯をかみしめた。

「お前は行きたくもない戦争に行かされて、やりたくもない仕事をやらされたんだ。殺したのは、自分は安全な所にいる位の高い職業軍人と、てめえの功績に酔いたい政治家どもだ」

神谷が平手でテーブルを叩いて言った。

「くそ、銃を撃ちたい。撃ちまくりたい」

「北岡さんに頼もう。俺も付き合うよ」

一足先に休息していたところを起こされても、北岡は何も訊かず、苦い顔もせずに言った。

「銃も弾もたくさんあるよ」

二人はシグやグロック、ベレッタなどの9ミリ拳銃から始めて、ヘッケラー&コックMP7やステアーTMPなどのマシンピストル、それからM27自動小銃と次第に威力の大きなものを撃っていった。

途中から古東と小桜も加わり、四人でかわるがわる3000発以上を撃ちまくった。M1014オートマチックショットガンを撃ち始めた頃には、神谷はうっすら笑みさえ浮かべていた。

同じ銃を皆でかわるがわる撃つことで、連帯感が生じてきたのを久米野は感じ取った。

◆

午前0時。明日の対決に備えて、和久田はそろそろ眠ろうとした。

四肢を引き伸ばして激痛を与え最終的には引きちぎることもできる処刑具は、四肢を捉えられてさえいなければそこそこ快適な寝具になった。台の上に仰向けになり、暗い天井を見つめる。

「えひひひ……うふふふふ……」

あの男はまだ笑っている。そもそもあの刑に処されて以来あいつは眠ったことがあるのだろうか。

「さて……」

和久田は呟いた。現状分析と近い未来の予測を始める時の癖だ。

俺より熊谷についていくことを選んだ連中、それにのこのこと出頭してきた神谷を殺すのはそれほど難しくあるまい。おそらく8時20分には片がついているはずだ。それから熊谷を軽く拷問して神谷の娘をどこに監禁しているか聞き出す。娘を一人にして放置しておくとは考えにくいので監視役がいるはずだ。

数多の誘拐事件の事例から推測すると、誘拐した人質の監視役を任せられるのは誘拐犯の妻とか恋人とかあるいは家族である場合が多い。裏切らない、もしくは裏切れない関係の者がこの役を押しつけられる。

熊谷の場合も女か、家族だろう。なんにせよ、子供と一緒に殺さなくてはならない。できるだけ楽に殺せるといいが。

自分にもかつて女がいた。家族もいた。

家族という単語が頭に浮かぶと、連鎖反応のようにきまってあの時のことを思い出す。

和久田の親父は一人で金貸し業を営んでいた。違法な金利で貸して違法な取り立てをする違法な田舎の貸金業者だ。実際は金貸し屋という上衣を羽織った虚ろな暴力マシンだったが。

まだ法律の規制が及ぶ前だったから、その取り立てに人権の二文字はなかった。一人で仕事しているといっても、借金の督促や滞っている支払いを徴収する時だけは人を雇った。雇われるのは地元の不良がそのまま大きくなった無職の中年たちだ。大人になってもまだ中学生の上下関係が続いている奴らだ。

ある晩、どうしても借りた金を返さずかつ回収できる見込みもない男を殺してしまおうと決めた親父は二人の弟分を呼びつけたが、集合時間になって一人来ない奴がいて、電話したら食当たりで死にそうになっていた。変色したジャガイモを食ったそうだ。今思うと、あれはウソだったのだろう、人殺しに加担したくなかったのだ。

親父が寝ようとしていた尚志を呼びに来た。尚志は当時15歳で、暴力事件で高校を早々と中退して以来、親父のたばこをくすねて、拾ってきたポルノ雑誌を眺め、万引きをして、負のマグマをため続けるだけの毎日だった。

「尚志、お前もこい。今からどうしようもない馬鹿を殺りに行く。お前は何もしなくていい」

何もしなくていいんならなぜ連れていくのかと思ったが、親父が苛立っているのでおとなしくついていくしかなかった。

「そいつはシャブをやっててな」

愛車の黒のベンツ280Eを運転しながら、親父が言った。

「俺が貸した金を全部シャブに使いやがったんだ。ま、ちゃんと返しさえすりゃあこっちは何にも言わねえがよ。で、俺らがそいつの家に着いた時、奴がシャブ切れでぼんやりしてりゃことは簡単だが、キメてたら厄介だ。もしキメてたら暴れるだろうから、お前も力を貸せ」

尚志は「うん」とだけ答えた。

「尚志、飲むか？」

親父の弟分――名前は忘れてしまった――がビールの缶を差し出した。

尚志は目で親父に〝いいの？〟と問うた。

「どうせ初めてじゃないいんだろ？　でもほどほどにしとけ。仕事前だ」親父は言った。

何もしなくていいと言ったのは尚志を家から連れ出すための方便で、家を出て二時間後には尚志が、親父が言うところの〝どうしようもない馬鹿〟をバットで執拗に殴りつけていた。男は山中の木の太い枝に縄で逆さづりされて、今更の命乞いをしていた。

その命乞いがとにかく見苦しくて、耳触りで、空虚で、自己中で、尚志は許せなかった。こんな目に遭わされる前にできることはたくさんあったはずなのに、こいつは何ひとつしなかった。怠惰ってやつだ。これっぽっちもかわいそうじゃない。

壮絶なリンチが三時間以上も続き、吊るされた男の頭の真下には親父によって巧みに剝がされた皮膚や肉片、削ぎ落とされた耳や鼻や睾丸が赤黒い小山を作っていた。もう痛めつけても活きの良い反応がなく、面白くなかった。

「もういい、燃やそう」

四本目の缶ビールを飲み干して缶を投げ捨てた親父は言い、親父の弟分がライターオイルを持ってきて生皮を剝かれた男の体に過剰な量をふりかけると、男が意識を取り戻して最後の絶叫を轟かせた。それを聞いて親父が腹を抱えて笑った。ひとしきり笑うとジッポーのライターの蓋を開け、言った。

「今度この世に生まれてくるときは雑草になれ。一生懸命光合成して、緑の地球の役に立て」

しゃがんで、弟分がライターオイルで地面に描いた導火線に火をつけた。

一分ほど燃やしてから男が絶命すると、ちょうどいいタイミングで熱せられたナイロンの縄が切れて死体がぐしゃっと地面に落ちて潰れた。弟分が用意しておいた消火器で火を消した。あたりには白と灰色と黒の三種類の煙が立ち込めていた。臭いの種類はそれよりずっと多くて、分別しがたかった。

「さて、今日の仕事は終わった。二人とも御苦労」

親父は実にさっぱりとした顔で尚志と弟分に言い、山道に止めてある車に戻り始めた。

「尚志、復学するつもりがないんだったら、しばらく俺の仕事を手伝え。ずっととは言わん。俺もずっとやる気はないから」

親父にそう言われた。尚志はこくんとうなずき、酒の匂いのしゃっくりを漏らした。

親父が笑って、尚志の背中をばしんとたたいた。


他にももっとましな楽しい思い出があったはずなのだが、なぜか思い出すのはいつもこれだ。あの時、自分の未来が決まったのかもしれない。

ポケットから四つに折りたたんだ厚手の封筒を取り出した。すでに送り先の住所と宛名が書いてある。差出人の名前は記していない。

その封筒に記した名前をしばらく眺めた。その名前の者と過ごした日々はそれほど長くはない。和久田が家に帰らなくなったからだ。一年に数回はどうしているだろうと思うことがある。だからといって連絡は取らなかった。そういう普通のことをする人生を、自分は選ばなかったのだ。そのことを後悔はしていないが、してもなかったのではないか、と今は思う。

どうか、以前と同じ住所に住んでいて欲しい。

第三章

朝7時50分。神谷は仲間たちに見守られ、北岡の車から降りた。角を曲がり、国家保安部のビルに近づいただけで、正面入り口前の階段の上にいる二人の守衛が、敵意のこもった視線を神谷に投げてよこした。

その二人の守衛はどう見てもまだ10代後半で、中学を卒業してすぐか、でなければ高校を中退してすぐに不死鳥日本にスカウトされたかみずからここに自分の明るい未来を見出したかで飛びこんできたたくちに思われた。

まるで紛争国の少年兵を見るような嫌な気分になる。

神谷が立ち止まって見上げると、守衛たちは進路に立ちふさがるように中央に寄り、他はともかく背だけは伸びたという雰囲気の少年が「なんだ」と恫喝するように訊いた。まだ朝の8時前だというのに戦争気分満々らしい。

神谷は「あの…」と言って右足を階段のステップにかけた。すると「その汚ねえ足をおろせえっ！」とノッポに怒鳴られた。

あわてて足をおろし、直立不動になって声を張り上げた。

「8時に、こちらの熊谷さんという方と面会の約束があってまいりました！」

「貴様の名前はぁっ！」

「神谷、ともうします！」

「下の名前はどうしたぁ！　神谷うんこか貴様はぁ！」

ノッポが目を吊り上げてわめくというか吠える。背の低い小太りの守衛は手にした特殊警棒を肩の高さにまであげて威嚇する。

「神谷臣太ですうっ！」神谷は答えた。

「貴様は一般人かっ⁉」

「そうですうっ！」神谷は答え、「貴様と同じ一般人だよ」と心の中でつけくわえた。

守衛二人がよく似た吊り目を見合わせ、ノッポが腰のベルトにぶらさげたトランシーバーを取って中にいる誰かに連絡する。

「正面玄関の笹屋です。平常連絡一件、神谷臣太と名乗る一般人が、マルハチマルマルに熊谷さんと面会の約束があると言ってきています。指示願います」

すぐに相手の声が返ってきたが、神谷にははっきり聞き取れなかった。

「了解です」

交信を終えると、ノッポが神谷に言った。

「のぼってきていい」

えらそうにありがとうよ、ガキ。

神谷は階段をゆっくりとのぼる。二人の少年守衛は少しでもおかしな真似をしやがったら叩きのめすぞといわんばかりの目で警棒を握り締め、神谷の一挙一動を見張る。のぼり終え、二人と同じ高さに立った。

「まずは身体検査だ、おやじ」ノッポが言った。「隠し持っているものがないか、ケツの穴の奥まで調べられるぜ」

「くふふふっ」小太りの守衛が笑った。

こいつらの命はあと何日だろうかと神谷は思いつつ、「はい」とだけ言った。

その時、正面玄関の重厚な両開きのドアが開いて、男女三人が出てきた。その内の二人の男女が神谷の知っている人間だったので飛び上がりそうなほど驚いた。

知っているとは言っても、知り合いではない。神谷が一方的に知っているだけだ。女はGカップ小悪魔系グラビアアイドルの蓮見紗希だったのだ。まるで週刊誌の巻頭グラビア撮影の途中で出てきたような露出度の高い真っ赤なドレス姿だった。

神谷も若造の守衛二人も思わず見入った。

その紗希の裸の腰のくびれにしっかりと腕を回しているのは不死鳥日本の幹部でビ

ジュアルアイコンでもある元ショップチャンネルタレントの萩尾良平だった。

身の丈180㎝、髪は黒々艶々、肌は滑らかでほどよく浅黒く、隙のないきらびやか系セレブファッションに身を包んでいる。しかしそれでも放っている電波は他人を利用し尽くすサイコパス以外の何ものでもないので異様さが際立つ。これを成功者のオーラだと勘違いする馬鹿がたくさんいる。

ポスターで見るたびに嫌悪と殺意を抱いていた男が、今目の前にいる。

「楽しかったよ」

萩尾が言い、人目もはばからずに紗希の首筋に粘っこいキスをした。紗希がくすぐったがる。

「あたしもぉ、楽しかったぁ」

生の紗希の、生のそそる声を聞いて、神谷は思わず唾を飲んだ。

二人は他人に見られていることにも構わずというか見られているからこそ、互いの舌を伸ばして汚らしく大きな音を立てて絡めた。公然わいせつ罪級だ。

もう一人の中年男はどうやら紗希のマネージャーか付き人らしい。紗希のハンドバッグと戴きものらしい包みを抱えて、公衆面前ディープキスが終わるのをあきらめたような顔で待っている。

ものすごくいい女だが、かなり馬鹿で哀しい。神谷は思った。

メディアへの露出攻勢をかけている不死鳥日本という暴力組織を後ろ盾にすれば、その威光で芸能界のトップに食い込めるとでも思っているらしい。

なぜかマネージャーの男と神谷の目が合った。マネージャーはもう何もかも捨てて田舎に帰りたそうな面をしていた。

早く帰れよ、殺される前に。神谷は心の中で言った。

二人がようやく舌を離し、萩尾が「今度は朝飯も一緒に食おうね」と言った。紗希が笑ってうなずく。

「じゃあまた、撮影がんばってね」と萩尾がさわやかに言った。「明日もレッツショッピング♪」とは言わなかった。

「うん、またねっ」

紗希も言って、マネージャーと階段を下りていった。待っていたタクシーに速やかに乗り込み、走り去った。

「おい」

萩尾が神谷たちに不穏な声をかけた。

「いいもの見せてもらったんだから、一人10万円払え」

目が笑っているから冗談だとわかったが、冗談と本気を隔てている壁の厚さは0・1ミリもないように神谷には思えた。

ノッポの守衛がドアを開けると、萩尾は両手をポケットに入れて足取り軽く、腰も軽そうに戻っていった。

ドアが閉まるとノッポが神谷に言った。

「何見てやがるこの野郎」

「いや、別に何も……」

警棒を振り上げて威嚇し言う「さっさと行きやがれこの一般人野郎っ！」

◆

角を曲がって、国家保安部の出入口が見張れてなおかつ警備の人間の注意を引かない程度に離れた位置に車を止めて間もなく、まったく予想外のことが起きた。

「うそでしょ、信じられない。あの赤いドレスの女、蓮見紗希ですよ！」

小桜が珍しく動揺した声を上げた。

久米野も古東も北岡もその女を知らないので、きょとんとなった。

「三人とも知らないんですか？　あの娘はグラビアアイドルで、最近バラエティ番組にも出てるんですよ」

女と、マネージャーらしき暗い雰囲気の中年男がタクシーを呼び止めた。

「国家保安部にお泊りセックスかよ、趣味わりいぜ」古東が吐き捨てた。

「あの優男は、不死鳥日本のポスターとかＹｏｕＴｕｂｅ公式チャンネルによく出てる幹部じゃないか？　元タレントの。名前は忘れたけど」

北岡が言うと、小桜が「あぁほんとだっ！　あいつ萩尾良平ですよ、あの二人付き合ってたんだ」と芸能ニュースをかかさずチェックするヒマ人のような口調で言った。

久米野は閃いた。こいつは可能性に賭けてみる価値があるかもしれない。

「あの女を使えるかもしれない。おい、プランを変更しよう」

「ふざけるな、何言ってやがる」古東が怒った。

「いまさらプランの変更か⁉」北岡も賛成しかねるようだった。

「あの女が俺の思っているような女で、言うことを聞かせることができたら、こっちのほうが良いプランなんだ。利用しない手はない。神谷が死ななくても済むかもしれないし、俺もあいつを殺したくない」

蓮見紗希とマネージャーらしき男がタクシーに乗り込み、発進した。間もなく久米野たちの覆面パトカーとすれ違う。

「小桜、タクシーの進路を塞げ」

「え⁉」

「止めるんだっ」

「勝手なことするな！」「無茶はよせっ」

古東と北岡の抗議の声を無視して小桜は覆面パトカーを発進させ、タクシーの進路に鋭く切り込んで停止させた。

当然、タクシーの運転手は怒ってクラクションを鳴らしたが、久米野が素早くおりて左手でポリスバッヂを見せ、右手をホルスターにおさめたシグの銃把にかけると両手をハンドルから離した。

この拳銃が官給品ではなく北岡が貸してくれた違法なスイス製9ミリ拳銃だとは夢にも思わないだろう。昨夜シューティングレンジで試し撃ちしたが、本当に自分が撃ったとはにわかに信じられないほど着弾が的の中央部にまとまった。元々の造りと、北岡の調整が見事だということだ。

「警察だ、後ろの乗客に用がある。路肩に寄せるんだ」

久米野が命じると運転手があっさり従い、後部席のドアを開けた。

蓮見紗希と中年男が驚愕の顔で久米野を見る。

「ちょっと詰めてください」久米野は言った。

「いったいなんなんですか」男が声を上ずらせて言う。

「あなた、タレントの蓮見紗希さんですね？」久米野は確認した。

「彼女に話しかけるな、話すなら私を通せ」男が鼻の穴を広げ、久米野に負け戦を挑むような顔で言う。

「マネージャーですか、あなたは」

「そうだ」

「あなたがたが知ってるかどうかわかりませんが、不死鳥日本は公安および刑事警察両方の監視対象で、あそこに出入りする人間はすべて、自動的に調査対象になります」

もちろんデタラメだが、久米野にはそれを信じさせる必要があった。

「とはいっても、いきなり署に連行するつもりはないから安心してください。手荷物検査だけでいいです」

その言葉に蓮見紗希が実にわかりやすく動揺した。まるで人殺しが発覚したかのようだ。

「まず、お嬢さんからハンドバッグを見せてくれませんか」

「いやっ！」

即座に拒否された。相手が拒否したことで確信できた。そして一瞬こちらに向けた目で確信はさらに固まった。

急がなくては。神谷が拷問という名の処刑にかけられてしまう。

「こっちは正式な手順を踏んでいるんだ。警察に見られたくないものでも入っているんですか？」

久米野は押した。

「こんなの職権濫用じゃないのかっ」マネージャーが抗議する。

「いいえ、ちっとも。さあ、見せてください。タレントのイメージが大切なら署には連行されたくないでしょう？　お互い貴重な時間を無駄にすることになる」

「あたし、弁護士を呼ぶ！　社長に電話して！」

紗希が金切り声を上げた。

「呼ぶのは勝手だが、事態はより大きく悪くなりますよ？」

我ながら胸糞悪いデカだなと、言いながら久米野は思った。

「紗希、今は大事な時期だ。ここで意地を張るのはまずい。この後の撮影に遅れたら今後に響く。うちの事務所の評判も悪くなる」

マネージャーは事態の深刻さに気づいたらしい。

「簡単な手荷物検査だけで済むんなら、それでいいだろう？」と諭すように言った。

この二人、父と娘みたいだと久米野は思った。

「いやああっ！」

紗希が空気を裂くような声で叫んだので、マネージャーも運転手もぎくりとしてうろたえた。

「どうしたんだ紗希、まさか本当に見せられないものでも入っているのか？」マネージャーがうろたえつつ訊く。

「コカインか？　シャブか？」

久米野はストレートに訊いた。すると紗希が、自動で開かないドアを手動で開けて逃げようとした。

ドアの外に小桜が立ちはだかった。小桜も拳銃に手をかけていた。

退路を絶たれて、紗希が子供のように泣き始めた。尊大な見せかけが砂の城みたいに崩れていく。

「紗希、どうしたんだおい！　まさかお前、本当に……そうなのか？」

裏切られたような口調で、マネージャーが問い詰める。紗希は黙っている。

「何があってもドラッグだけはダメだぞって、社長があんなに何度も言ってたのに！

……お前……なんで」

マネージャーが泣きそうな顔になった。

「今おとなしくバッグを俺に渡せば、被害は最小限で済む。約束する」

久米野は態度を軟化させ、言った。

「紗希、もしお前が本当に違法ドラッグを持っているんなら、ここが運命の分かれ道だぞ。おとなしく刑事さんの言うことを聞いたほうがいい」

マネージャーが言い、鼻をすすり上げた。結構涙もろいらしい。

「あんたはあたしのマネージャーでしょ、なんであたしの味方してくれないのぉ！」

紗希が崩れた泣き顔で言い、マネージャーの胸を平手で殴った。マネージャーがその手首を力いっぱい握りしめて怒鳴った。

「お前の味方だから言ってるんじゃないか！　紗希いっ！」

「優しいマネージャーさんを困らせるな」久米野は言った。「さぁ、バッグをこっちに渡しなさい。３つ数えるうちに渡さないと、応援を呼ぶ。いち、に……」

紗希がハンドバッグを投げつけた。

中を改めると、コンパクトの中から1グラムもない白い粉末が入った小さなビニール袋が出てきた。世間ではたったこれっぽっちが10万円以上で売られている。彼女にとっては運の尽きだが、こちらにとっては運気の上昇だ。

「なんてこった」

そう呟いたのはタクシーの運転手だった。そして「今日は記念日だな」と呟いた。

「いいか、急いでいるから一度しか言わない」久米野は紗希に言った。

「こっちに協力してくれたら、コカインの件はなかったことにする。約束する。迷っている時間はない。破滅か、こっちに協力するかだ」

「この娘に何をさせようっていうんだ」

マネージャーが久米野に掴みかかりそうな顔で問う。

「危険なことじゃない。あそこに戻って欲しいだけだ」

本当のことを言えば、危険かどうかは成り行き次第だ。

それから久米野は運転手に言った。

「悪いけど、この車とあんたのキャスケットを貸してもらう」

◆

不死鳥日本国家保安部の正面を守る任務についている18歳の辰巳と17歳の力哉の二人は、「もしも蓮見紗希を一日好きに使っていい」という事態になったらどうするかということについて小声でニヤニヤしながら話し合っていた。

二人の思考回路は似通っていて、紗希と真面目にデートなんかしない。まず自分の性欲を存分に満足させ、それを録画しておいて不特定多数に売る。もしくは紗希を餌にして金持ちのじじいを吸い寄せ、全財産を奪う。

「でもそれ、一日でできっかな」小太りの力哉が首をかしげた。

「お前は一日中紗希のおっぱいとあそこに夢中で吸い付いてそれだけで一日終わっちまうだろうな。でも俺はちゃんとビジネスして、金を作る。その金でさらに大金を作る。メスどもなんかその途中でおまけとしてくっついてくる」

辰巳は達観しているかのように断言した。

「俺だってビジネスできら、相撲やめたのも、いいビジネスを思いついたからだ」力哉はそう言って口を尖らせた。

「お前、先輩力士の財布から万札抜いて半殺しにされたからやめたんじゃなかったのかよ」

「だからビジネスの資金が必要だったんだ。十億倍にして返すつもりだったのに、あの序二段野郎」

真ん前にタクシーが急停止し、中から蓮見紗希が出てきて、ハイヒールをペシペシと鳴らしながら階段を駆け上がってきたので二人は驚いて顔を見合わせた。まさか今の話を聞きつけて戻ってきたのかと思えるほどの迫力だ。

「なんで戻ってきた？」辰巳が一歩下がって呟いた。

「中に入れて！」

紗希が焦り、怒っているのは二人にもすぐにわかった。

「忘れ物をしたの！」

「なにを？」力哉が訊く。

「イヤリングよ！　中のどこかで落としたの！　あれは事務所の先輩女優さんにもらったものでとても大切なの、探さないと！」

確かに紗希はイヤリングを片方しかしていない。

「入館には許可がいる」

辰巳が冷たい声でいい、紗希の胸の谷間を露骨に凝視した。

「何言ってんの⁉　あたしはほんの数分前にここから出たのよ」

「でも許可がいる」

「じゃさっさと許可取りなさいよ！」

紗希が歯を剥いて怒鳴った。

「売女がえらそうに……」

力哉が呟いた言葉に、紗希が敏感に反応した。

「今なんて言った⁉」

目が充血して吊り上がっている。こいつ、ぜったい変なクスリやってるよな。

「何も言ってませんよ」力哉はあわてて言い、やはり一歩あとずさった。

「今やるよ。ったく」

辰巳が吐き捨て、無線機を取った。

「正面玄関の笹屋です。変則連絡一件、蓮見紗希と名乗る女が、建物内にイヤリングを忘れて探したいと言ってます。指示願います」

紗希はずっと「売女発言」をした力哉を睨みつけている。

「詫びるなら今のうちだよ」紗希が言った。

「は？」

「お前があたしに〝売女〟ってぬかしたことを萩尾さんに言えば、お前なんか5分でこの世から消されるよ」

「おい、中で探し物したいんなら、その態度を改めろよ」

力哉でなく、辰巳が言った。そして言い足りなかったのかつけくわえた。

「どうせお前なんか使い捨てのハメ道具だろ。俺たちはまだガキかもしれねえけど、不死鳥日本の正式メンバーなんだぞ。幹部さんにハメられて自分が上等な人間になったとでも思ってんのかよぉ」

「このガキ、ぶっ殺されたいのか」紗希が拳を固めた。

「へ、本性出しやがったな。その言葉そっくりてめえに返すぜ。俺はてめえみてえなまともな演技もできねえシャブ漬けメンヘラ芸能人なんか、一人残らず抹殺すべきだと思ってる。一人の真面目な、お前よりも若い愛国者としてな。俺がトップになったら本当にやってやるぜ」

「いいぞ辰巳、ビッチにもっと言ってやれ」力哉がうれしそうに応援する。「おかげで食欲が出てきたちゃんこ」

「安物のシャブなんかやるかよ、うすら馬鹿っ」沙希が吐き捨てた。

このビッチ、自分がコカインやってるって言いたいのか？　コカイン＝セレブってか？　まったくどうしようもねえ！　笑っちまいそうだ。

「シャブだろうがコカインだろうがジャンキーにかわりねえだろがっ。お前なんかあと2、3年で肌のたるんだジャンキーくそババアに……」

無線の声が辰巳の言葉を遮った。

—笹屋、当該女性の入館を許可する。

「了解です。しかしながら当該女は現在情緒不安定につき、われわれに対する態度にかなり改善の余地があると思われますが、いかがいたしましょうか、ご指示願います」

—その女が馬鹿なのはよく知っとるが、萩尾さんの女なら仕方ない。入れてやれ。

「りょ～かぁ～いです」

辰巳は露骨にふてくされた声を出して交信を終え、紗希に言った。

「入んな姉ちゃん」

「おいそこのタクシー！　いつまでいるんだ、目障りだから失せろ！　相撲パワーでひっくり返すぞ！」

力哉はビッチな芸能人に脅された屈辱をタクシーにぶつけた。

辰巳が紗希のためにドアを開けてやり「中で走るなよ」と警告した。紗希はありがとうも言わずに、早足で入っていった。

「くっそマジむかつく」

タクシーの運転席から、グレーのキャスケットをかぶった運転手が飛び出して凄い勢いで駆け上がってきた。大きな腹が上下にゆっさゆっさと揺れる。

「おいふざけんなっ、料金払えええっ！」

運転手は憤慨していた。

辰巳と力哉は互いの顔を見合わせた。

「とんでもねえ女だ！　つかまえてくれっ」運転手が二人に言う。あともう三段で階段を登りきる。

自分のことしか考えていないあのビッチがあわてた時にいかにもやらかしそうなことだと辰巳は思ったので、この運転手には腹が立たなかった。むしろ親切にしてやってもいいくらいの気持になった。

「おっさん、災難だなぁ。ここでちょっと待てば俺があのバカをつかまえてや……」

ドアのノブにかけた辰巳の手を、運転手がいきなり取り出したサプレッサー付きの自動拳銃で打ち据えた。

「いでっ！」

辰巳が骨折した右手を左手で庇って上体を折ると、運転手は辰巳の襟を掴んで拳銃のグリップで鼻を潰した。

あまりにも突然のことだったので力哉はぜんぜん動けなかった。二段飛ばしで駆け上がってきた別の男が力哉の顔にマシンガンを突きつけた。サプレッサーを装着したH&K MP7A1だった。

重たげなボディーアーマーを着て黒いフルフェイスマスクで顔を覆った男の目の奥を見れば、自分を殺すことなどなんとも思っていない、いやそれどころかはじめから殺すつもりであることはすぐにわかった。かつて自分を殺そうとした先輩力士たちよりタチが悪い。あいつらは所詮臆病者だったけど、こいつは違う。

頭で考えるよりも先に力哉は両手を上げ、降参の意思を示した。マスクの男がマシンガンの銃口を真上に向ける。撃たれずに済みそうだと思った瞬間、ショルダーストックで額を思い切り殴られて意識が遠のいた。

◆

後部席に隠れていたタクシー運転手が出てきて運転席に乗り込み、急発進して逃げていくのを久米野は確認した。彼にちゃんと礼を言う暇がないのが残念ではあるが仕方ない。せめてもの気休めで去っていくタクシーに軽く敬礼した。

古東がノッポを、久米野は小太りをそれぞれ引きずってドアの内側に投げ込み、自分たちも中に踏み込んだ。久米野がドアを左手で閉め、ロックした。

二人の守衛はしばらく動けないはずだ。ここが出版社だった時代の守衛室がそのまま使われていた。守衛の中年男が、尻を思い切り見せて机の下に隠れていた。

古東がシグの銃口をその机に向け、ガラス越しに6発連射した。弾はガラスも机天板も易々と貫通して、隠れていた男に隠れても無駄であることを人生最悪の激痛とともに悟らせた。

久米野は施錠されていないドアから堂々と守衛室に入り、守衛の男の両足首を掴んで机から引きずり出した。

背中に三つの大きな穴がぱっくりと開いていて、一見して死んでいるのがわかった。守衛室の外にいる古東にうなずき、外に出る。それから二人の若すぎる守衛をうつぶせにして背中を押さえつけ、両手首と足首をナイロンバンドで結束するのに15秒もかからなかった。

「早くシャッターを」久米野は古東を急かした。

「わかってる」

古東はうるさげに応え、警備員のベルトからキーホルダーを奪い、壁の白いスイッチボックスを開けるキーを探した。久米野はじれったかったが、急かすのは我慢した。

古東がキーを見つけてスイッチボックスを開け、すんなりとシャッターボタンを見つけて押すと、外でシャッターのおりる音が聞こえ始めた。外からも中からも二度とシャッターを開けられないようにするために古東がスイッチボックスを施錠してそのキーを自分が殺した警備員の口をこじ開けて喉の奥まで押し込んだ。

シャッターが閉まりきった音が聞こえた。

「よし、素早くやるぞ」久米野は言った。

「もちろんだ」古東が言った。

久米野が背負っていたハザード4製の黒いバックパックを開け、中からまずM50ガスマスクを取り出した。ひとつを古東に渡す。

二人がそれを装着している最中に、構成員が二人、それぞれ刺股とスタンロッドを手にして駆けて来た。

「なんだてめえらこらああ！」刺股を持った男が叫ぶ。

なぜこいつらはやたらと無駄に吠えるのか理解しがたい。敵に忍び寄るという近代戦に必須の教育を受けていないとしか思えない。でなきゃ死ぬほど怖がっている自分を鼓舞するために叫ぶことが必要なのか。

久米野がMP7を二人に向けるよりも早く、古東が拳銃で二人の口を的確に撃ち抜き、わめき声を封じた。なかなか良い腕前だ。

「口を撃つのが好きなのか？」久米野はなんとなく訊いてみた。

「人種差別野郎の口は臭い」

それが古東の答えだった。それから何事もなかったかのように二人はマスクを装着し終え、久米野は複数の種類の催涙缶を次々と取り出して床に並べていく。M15、M7A2、M7A3、ANM8、Puff Charge P1……。

「なあおい、北岡さんが水虫ってことはないよな?」

久米野があまりにも唐突かつこの場にふさわしくない質問を投げたので、古東は困惑顔をした。

「貸してもらったこのタクティカルブーツ、爪先がかゆいんだ」久米野が言った。掻けないとわかっているが、ブーツの上から爪先部分を掻く。

「あのきれい好きな人が水虫なんてありえない。長くしまってあったから、小さな虫でも入ってたんだろ」

「だといいが」

「生きて戻ったら小桜に掻いてもらえよ」

「あいつは俺の爪先を掻くよりも漂白剤をぶっかけるかピストルで指を吹っ飛ばす」

「そりゃ切ねえな」

古東が言い、上着の胸と両腕の部分に貼り付けられた長いベルクロテープをべりべりと剥がすと、催涙缶の安全ピンのリングをひっかけるための金属リングがあらわれた。北岡が半時間で終えた縫い物仕事である。

　古東が次々と催涙缶をフックにひっかけていく。

「ガス人間第一号だな」久米野がからかうと古東は「うるせえよ」とだけ返した。それからひどく深刻な顔で言う。

「もしもでかい銃、ＡＫライフルとかを持ってる奴に出くわしたら、まず人間じゃなくて銃を撃て。使い物にならなくするんだ」

「お前に言われなくてもわかってる」久米野は言った。

　長い廊下の壁には『不死鳥日本アーカイヴ』とでも名づけたくなる複数の集合写真が額に入れて飾ってあった。それが手前から奥まで続いている。

　数名の、身なりと人相の悪いしかも若さも失われつつある男どもが安居酒屋でくだを巻き、それが単なるくだ巻きで終わらなかったことがこの巨大組織の誕生だったのは驚きだ。

　まさにこの国にとって歓迎しかねる奇跡が起こったと言いたくなる。

　次の写真ではもう30名ほどが集まり、あの大国の大使館前で国旗を踏み潰していた。その次の写真では１００名近くなり、街宣車が登場した。それからは著名人との記念写真が続く。こんな感じで手前から奥まで続いている。

「まったく……」思わず呟きが漏れた。

今の日本、他人種への憎悪でならこんなにも簡単につながれて団結できるものなのか。

いや、そんなはずはない。写真と写真の間には、構成員同士の明らかにできないし口にも出せない卑劣な裏切りや血も涙もない搾取や追い込み、醜悪な権力争いや勢いあまっての殺しさえあったに違いない。

廊下の奥からまた二人あらわれて走ってきたので、古東が手にしていたPuff Charge P1の安全ピンを抜き、無造作にぶん投げた。

ボン、ボボン、ボン、ボンボン！　と複数の爆発が起きて煙が盛大に噴き出した。

二人の構成員はうずくまり、煙を吸い込んで激しく咳き込んだ。

「行こう」

古東が言って駆け出す。目障りに思ったのか壁の写真にパンチをくらわせたり、銃身の先で弾き飛ばしたりした

久米野もあとに続く。集合写真を一枚踏みつけた。古東は咳き込んでいる男二人のうちの一人の頭を無造作に撃ち抜いた。

それを見たもう一人が咳き込んで涙を流しながら両手を顔の前で激しく振った。

「振るなっ！」

古東が怒鳴ると男はぴたっと両手を止めた。止まった手の間から古東は男の頭を撃

ち抜いた。

久米野はそんな古東を見て、こいつはすでに前頭葉を切り離して扁桃体が体を動かしているなと確信した。殺せば殺すほど、ディスコネクトスイッチ、別名キルスイッチのオンは容易になる。そしてやがてはオフにすることが困難になる。

「蓮見っ！」

久米野はマスクによりくぐもった声で紗希を呼んだ。彼女の役目は終わったので速やかに外に出してやる必要がある。

「蓮見いっ！　どこだぁっ！」

「ガスを吸って倒れてるんじゃねえのか」古東が言う。「でなきゃ幹部の萩尾にチクりに行ったか」

女性不信甚だしい発言だが、彼女の精神状態を考慮すると「それはない」とは言い切れない。

「それより早く神谷のところへ」

古東の言う通りだった。

一刻も早く神谷と、神谷の娘の居場所を知る唯一の人間であろう熊谷を連れ出す。邪魔する者は例外なく排除する。どんなに命乞いしようが聞く耳はもたない。

「よし、ショットガンをくれ」古東が言った。

久米野はうなずき、バックパックから北岡いわく「頼もしい奴」を抜き出して古東に渡した。サーブ社のハイキャパシティー・スーパーショーティーである。全長約45㎝の驚くほどコンパクトな12ゲージ散弾銃で、従来モデルは3発しか装填できなかったが、大型のバナナ型弾倉によって8発装填できる。薬室の1発を合わせれば合計9発だ。排莢と装填は銃身下の垂直型フォアグリップでスライドを前後させることによって行う。北岡がグリップに滑り止め防止用のテープを巻いてくれた。

久米野は左手首にベルトで装着したスマートフォンの画面を見る。神谷の腋の下の皮膚に埋め込んだチップから発せられる信号をキャッチする。

アプリにはやや問題があり、位置差はかなり少ないものの、高低差は当てにならないほど大きい。

「次に敵に会ったら一人は殺さずにおけ」久米野は古東に言った。「取調室が何階にあるかわからない」

「わかった」

無駄口を叩かない古東がちょっと頼もしく思えた。

廊下を右に曲がると、かつての文芸第一編集部がある。そのドアから一人が短刀を手に飛び出してきたので古東が胴体を撃った。弾をもろにくらった背骨があっさりと折れて上半身が器械体操の選手よりもぐにゃりと大きく曲がった。破裂した腹腔から大量の臓器が飛び出して男は床に倒れる前に死んだ。

「あぁくそったれ！」

古東が悪態をついて顔を歪め、左手で右肘を押さえた。

「どうした」

「反動が凄くて痛めた」古東は答えて、歯を食いしばった。

「しっかりしてくれ、戦争行ってきたんだろ⁉」久米野はあきれて言った。

「俺は犬のハンドラーだ、くそ」

「援護を頼むぞ！」

久米野は古東に頼み、古東の服にひっかけてある催涙缶をひとつむしり取り、手首のスナップをきかせて部屋に投げ込んだ。ひとつでは充分でないと思ったのか、古東もひとつ投げ込んだ。

間断ない16回の爆発音が鳴り終わると、久米野は掌に滲んだ汗を腿で拭ってから銃を握りなおし、MP7のセレクターがフルオートであることを確認し、頭を低くして部屋に踏み込んだ。窓が開いていて、窓枠に足をかけて逃げようとしている者がいたので、ためらいなく背中に3発撃ちこんで倒した。

我ながら簡単に殺している自分に、久米野は驚いた。

大きな木製机が合計6つも並んでいるこの部屋にたった今倒した二人しかいなかっ

たとは考えにくい。大雑把な戦法だが、古東と二人で机の下部分を狙って弾倉の弾が尽きるまで撃ちまくる。銃声の隙間を縫って複数の男の悲鳴と泣き声が聞こえた。

久米野は素早く弾倉を交換しようとして焦り、新しいものを床に落としてしまった。あわてて拾い上げようとしたら腰から背中にかけて激しい痛みが走った。

「いてえっ！」

「どうした⁉　跳弾か？」

心配した古東が訊く。

「ちがう、腰痛が……」顔をゆがめて久米野は答えた。

「おやじが」と古東は吐き捨てたが、弾倉を拾い上げ「ほれっ」と久米野に渡した。

「サンキュー」久米野はまず礼を言い、弾倉を装着すると、「俺は外を警戒するから、生きてる奴を探せ、用心しろ」

「そっちもな」古東は言って、催涙缶をひとつ久米野に渡してから部屋に踏み込んだ。

久米野は膝撃ちの体勢になり、足元に催涙缶を置いて、廊下の奥から敵が現れるのを待った。もちろん現れなければ交戦しなくて済むが、たぶん無理だろう。

なんて嫌な時間だ。

一人だけ生きていて、まだ口もきける状態だった。古東が「まだ生きてるんだろ？」

と訊くと「はい」と素直に答えたからだ。

　そいつは右脇腹と左鼠径部に弾を食らい傷口から大量の血が湧き出ていた。大腿動脈は破れていなさそうだが、下手に動けば危ないだろう。

「一度しかきかない。取調室ってのはどこにある」古東は努めておだやかな口調でそいつに聞いた。

「死にたくないよ」

「まさかそれが答えじゃないだろ？」古東は言って男の顎の下に銃口をぐっと強くおしつけた。

「取調室、は、６つあって……」

　廊下で久米野のＭＰ７が火を噴いて尋問が中断した。

「急げ！　大勢きやがった」

　久米野の声が若干恐怖で上ずっていた。残りの情報を急いで引き出さねばならない。

「何階にある」

「第一から第五までは五階で。一番大きなのが……」

　ボン、ボボン、ボン、ボン、ボンボン！

　グレネードの破裂音でまた聞こえなかった。久米野に静かにしろと言うわけにもいかない。

「もう一度言え」

「一番大きな第3取調べ室は、三階に、あります」

男は答え終わると突然鼻水をたらして涙をぽろぽろこぼして古東に訴えた。

「俺は、やめたかったんです、この組織は狂ってる」

「だよな」

古東はこいつを殺す必要は感じなかった。とどめは刺さずに小走りにドアまで戻った。久米野がまた数発撃つ。

「神谷は四階か三階だ、はっきりしないのがイラつく」古東は教えた。

「仕方ないだろ。神谷の位置はシグナルでわかる。まずあいつらを始末してから四階まで行こう」

拳銃の銃声が轟いて、久米野が右肘から床に倒れた。

「撃たれたのか⁉」

「いや、でもクソ危なかった」久米野が答えて全身を部屋の内側に入れる。

さらに3発放たれ、1発はドア枠に当たって跳ね返り、部屋の中に飛び込んできた。

「あの音はトカレフっぽいな」古東はつぶやいた。

「銃声からして、二丁あるな」久米野が言い、まだ数発残っているが新しい弾倉と取り換えた。

「おいこのテロリストおおっ！」

顔の見えない構成員の一人が吠えた。

「てめえらなに人だあっコラあっ！　中国かこらあっ！　それともあっちの半島人かこの野郎っ！」

どうやら外国の破壊工作員が殺しにきたのだと本気で思っているらしい。

「お前らと同じ日本人だ、この馬鹿野郎っ！」

古東はつい怒鳴り返してしまい、久米野にあきれたような目で見られた。

敵の反応はすぐに返ってきた。

「てことはサヨクだなっ⁉　腐れサヨクのテロリストだな！」

なんというか、おそるべき狭い思考だ。

「てめえとお話しするつもりはねえよ、パーが！」

「いちいち相手にするなよ」久米野が苦い声で言った。「俺は敵と会話しちまうと殺しにくくなるんだ」

「俺は全然そんなことない」古東は吐き捨て、「今から日本人であること以外に何の良いところもない奴らを殺しまくるから、援護をよろしく」と一方的に頼み、頭を低くして通路に飛び出した。

火力はこちらの方が勝っているのだから敵を殺さずに拘束することもできなくはないが、今は神谷が拷問されているのだ、敵をワイヤーで手首と足首を拘束するのにどんなに素早くやっても一人につき五、六秒はかかる。一人は見張りをしなくてはならないから二人ではできない。それが人数分の時間がかかり、拘束している間に新たに敵が現れるのは確実で、神谷の命も削られていく。

「くそっ」

久米野も覚悟を決め、MP7がフルオートモードになっていることを今一度確認してから古東を追って飛び出した。

的確に敵の胴体だけを撃て、と自分に命じる。撃ち損じれば外した弾が壁に跳ね返って自分に当たるなんてぶざまな顛末もありうるのだ。

トカレフがまた吠えた。敵は壁から拳銃と左手首だけを突き出して撃ってくる。狙ってなどいない。

古東のショットガンが火を吐き、拳銃と手首と壁のコンクリートの塊を吹っ飛ばした。コンクリートは耐用年数を大きく過ぎていたらしく、まるで発泡スチロールのように脆く、ごっそりと大きく抉り取られた。

一丁は潰したが、まだもう一丁ある。

角の向こうに何人いるかはわからない。いるだけ倒さなくてはいけないということだ。

古東が先に通路を曲がって久米野の視界から消えた。速く走り過ぎだ。視界から消えたら援護できないだろ、馬鹿め。

古東がもう一発撃った。久米野はようやく通路を曲がった。

手首をなくした男が足を投げ出して壁にもたれ、もう一方の手で出血を止めようとしていたが、ショック状態なのかぽかんとした顔だ。

五人の構成員が背を向け、逃げていた。その内の二人は背中の筋肉と脂肪がぱっくりと裂けて露出し、一人はわき腹からはみ出した内臓を手で押さえながら走っている。このまま逃がせばその内また攻撃しに戻ってくるだろう。

「足を撃て！　早く！」古東が怒鳴って急かした。

久米野は素早く床に腹ばいになり、両足を広げて体を安定させると逃げていく男たちの腰から下を狙った。

引き金を絞る。

サプレッサーの効果は高く、おかげで弾丸が構成員たちの腿やふくらはぎの肉に食い込んで骨を砕く音がここまで聞こえた。吐き気を催す音だ。

構成員の一人が床に落としたもう一丁のトカレフが、光学照準器の視界の中に飛び込んできた。

久米野は中央の赤いドットでそれを捉え、セレクターを単射に切り替えて撃った。四発撃ってようやく破壊し、弾倉の弾が尽きた。

「無駄な時間を食った、早く上に行こう！」

古東が久米野の後襟をつかんで乱暴に起こした。

歩けなくなった男たちが泣いたりわめいたり肘で這って逃げようとしている。とどめを刺す必要はなかった。

手首を吹っ飛ばされた男が相変わらずぽかんとした顔で久米野と古東を見上げて言った。

「変だよ、痛くない。なんで？」

古東と久米野は顔を見合わせ、古東が答えた。

「よかったな、でも死にたくなきゃ止血はしとけよ」

二人はその男を置いて非常階段へと駆けた。久米野は走りながら空の弾倉を捨て、新しいものと交換した。

「うん」と男が遅れて返事をした。

◆

〝異端者のフォーク〟という名のその拷問具には、前回それを使用されておそらく死んだ人間の血が、フォークの先端にたっぷりと凝固していた。

「神谷、お前、潔癖症じゃないよな？」

ピンク色の食器洗い用ゴム手袋を着用した熊谷が、神谷に訊いた。

「いいえ」

そう答えるより他になかった。

「娘はどこにいるんだ？　柚香は？」神谷は訊いた。

熊谷の部下の菅井という男が神谷の後頭部を平手でぶっ叩いた。頭がじいいんとしびれた。

「神谷、娘が大事なのはよくわかるが、物事には順番てものがある」拷問フォークを神谷の裸の上半身に装着しながら熊谷が言う。「優先されるべきは、お前がわれわれの組織に与えた人的および物質的損害のすべてを明らかにし、いかにして償うか、その具体的方法を決め、実行することだ。娘はその後だ」

「実行した後、俺はこの世にいないんじゃないのか？」

「なぜそう思う」

「あんたらが俺を許すはずがない」

「死んじまったら、それ以上償いはできないだろ。俺は野蛮人じゃないからお前を殺さない。適当に手当てして無理やりにでも生かしとく」

胸の前でナイロンベルトがタイトに締められ、神谷はぐっと顎を持ち上げた。わずかでも顎を下げたら、顎の下と胸の皮膚に鋭くて不潔な歯が食い込む。

「オーケー、すぐに取調べとやらを始めよう」神谷は言った。

また後頭部をぶっ叩かれた。

「お前の仕事は俺の質問に答えることで、俺を急かすことじゃないぞ」

熊谷が神谷の頭髪を掴んで頭を押し下げる。

フォークが皮膚に食い込んで、神谷は悲鳴を上げた。3時間にも思える3秒間の後、やっと頭が持ち上げられた。胸と顎の下から大量の鮮血が噴き出し、裸の股間を赤く汚した。

「自分の役目は完全に理解したか？」

熊谷が訊く。黒目がちな目で笑っていた。

「………はい」

激痛に耐えながら、なんとか声を絞り出した。

いきなり部屋の明かりがすべて消えた。

「いっひひひ……ひひっ……」

額に水滴を落とされ続ける拷問にかけられて狂った哀れな男の笑い声が、暗闇に響いた。

「おい、なんだ、明かりつけろ！」熊谷が部下に命じた。「秦野っ、明かりだ！」

「あ、はい、でもブレーカーはどこに……」

「俺に訊くな、探せっ！」と熊谷が怒鳴った。

「はい、すみません、少々お待ちください」

秦野という男が離れていく足音が聞こえた。次の瞬間、何か大きな物体が空気を切り裂くビュン！　という音がした。

続いて聞こえたのは「ぐげろっ！」といううめき声とびたびたびたっ！　というコンクリートに液体が撒き散らされる音だった。

「秦野ぉっ！　どしたっ！」

ぐおん、ぐおん、という不気味な風切音と液体の垂れ落ちる音しか聞こえない。

「どこかに非常用の懐中電灯があるはずだ、探せっ」

熊谷が菅井に命じた。

「えっへへへへ！　ひっひひひひ！」

「そこの馬鹿うるせえぞっ！」熊谷が怒鳴っても男は笑い続ける。奴にとっては部屋が明るかろうが真っ暗だろうがどうでもいいことなのだ。

おかしい。周囲を見回しても非常出口を示す緑色のサインがない。まるで誰かが意地悪で隠したみたいだ。

かちっ。

暗闇のどこかでスイッチの入る音が聞こえ、巨大な三日月ギロチンで胴体を串刺しにされて勢い良くスイングしている秦野の姿がくっきりと浮かび上がった。

神谷も、熊谷も、菅井も、魅入られたようにスイングしている秦野を見つめた。

かちっ。

再び音が聞こえ、また闇が満ちた。

闇に潜んでいる何者かは、拭えない恐怖と嫌悪を見事なまでに男たちになすりつけたのだ。

「誰だこの変態野郎おっ！」

熊谷が激怒し、吠えた。

「ひっひひひ、えへへへへ……へへふふふ」

「おいっ、菅井っ！　お前、あの笑い馬鹿を殺してこい。あいつがうるさくて敵がどこにいるかわからねえ」

「はいっ」

まさか自分たちが不意に闇の中で襲われるなどと思っていなかった男たちのうろたえぶりは、この顎の下と胸の刃物さえなかったらさぞかし愉快だろうと神谷は思った。

それにしても、このやり方は古東たちと違う。いったい、誰が攻撃をしかけているのか想像もつかない。

「おやじうるせえんだよこのっ、笑ってんじゃねえ！」

菅井が自分の恐怖を隠そうとして吠えた。


恐怖ショック第一弾はうまくいった。

和久田は続くショックを繰り出すため、鉄の処女の扉の把手にかけたナイロンの紐を引っ張った。


ぎいっ、という金属の扉が軋む音が聞こえ、それからバタンと扉の閉まる大きな音が鳴り響いた。

「おわっ！」菅井の声が上がり、ついで転ぶような音が聞こえた。

グイーンというモーターによる巻き上げ音が上がる。

「菅井っ、どうした！　返事しろ！」

「死体がっ！　誰かの死体が足元に！　誰なんだこいつはぁっ！」

「死体なんかいいから、笑い馬鹿を殺せ」

「ひひひひぃ、うぅふふふ」

「てめえ待ってろ、今すぐ首ちょん切って黙らせてやっからな」

菅井の強がりが虚しく響く。

闇の中でもどうにか菅井は笑い男のところにたどり着いたらしい。

「てめえ、ぶち殺す前に目ん玉抉り出してやるから覚悟しと……」

びたっ、びたっという肉を強く叩く音が二度して、菅井の声が途切れた。

「うふふふふ、んふふふ……」

笑い男はまだ笑っている。

「菅井っ！　こらっ！　どうしたあっ！」

返事がない。

ビル内のどこかから爆発音と銃声が立て続けに聞こえ、熊谷はさらに落ち着きを失っていった。

◆

非常階段の位置はわかっているので久米野と古東がそちらへ急ぐと、嫌な状況ができあがっていた。一階と二階の踊り場に大きな机と書類キャビネットが置かれて、というか転がされてバリケードが築かれていた。ほんの二分か三分前に落とされたものだろう。なんとも原始的だが強力な嫌がらせである。

「乗り越えるから援護してくれ」

古東が言い、場所が狭いのでショットガンからシグ拳銃に切り替えて机によじ登った。久米野も同様にＭＰ７に安全装置をかけてからシグに持ち替えて、下と上からの不意の攻撃に対して警戒する。

階段の下を見て、上を見た瞬間、机の下から身長１５０㎝くらいしかない小柄なパンチパーマの男が奇声を発して飛び出したので久米野も古東もぎくりとした。

小さな男が手にしたナイフで古東の尻を刺す寸前に久米野は二発撃った。脇腹と首にヒットして階段の手すりにゴンと頭を打ちつけた。

「小ざかしい馬鹿がっ」古東が馬の後ろ足でそいつの頭を蹴って落とした。小さな男が久米野の足元に転がる。まだ息をしているが、目はもうこの世にいない。

机を乗り越えて向こう側に着地した古東が久米野を呼ぶ。

「よし、こい」

久米野が乗り越える間は古東が拳銃で警戒する。

だんだんだんだん、と階段を駆け下りてくる足音が聞こえた。工事現場用の白いヘルメットをかぶって白マスクを装着した構成員が刺股を持って現れた。刺股の股部分にはＤＩＹで包丁が接着されている。

男は刺股を腰の位置で構えて無言で古東に突っ込んでいく。古東は二発撃った。腹と胸をヒットして、男は膝を折って転げ落ち、頭を何度もステップの角に打ちつけて自ら死を早めた。

「よっ！」

久米野は机の端から跳んで、死んだ男の背中に着地し、尻餅をついた。〝しっかりしてくれ〟とでも言いたげな目で古東が見たが、左手を差し出した。久米野はその手を握って立たせてもらった。

立ち上がって二人で階段をのぼっていく。もたつかず、かといって急ぎすぎない。二階にたどり着くと、久米野は「急げ」と古東に言って、彼に背中を向けた。

古東が久米野のバックパックからスモークフレアの缶を三本とスチールの撒菱が入ったガラス瓶を取り出し、蓋を開ける。

久米野が上を警戒しながら先に立って上り、古東が鉄の撒菱を撒きながら後をついていく。運よく襲撃を受けずに踊り場を通過して久米野がいよいよ三階のドア前にたどり着いた。古東がフレア缶を二つ踊り場に投げ捨てると、缶から黄土色と緑の煙が勢い良く噴き出した。これで少なくとも一階と二階からの襲撃者はある程度の時間食い止められるだろう。

四階の方からドアが蹴り開けられるような音がした。

新たな襲撃に備え、久米野と古東の神経は極限まで張りつめ、研ぎ澄まされた。

「助けてくれっ、撃たないでえっ！」

恐怖で干からびたような男の声が聞こえ、鼻から血を流した若者が視界に現れた。

両手を背中側で縛られているようだ。黒いブリーフに白い靴下だけという姿だった。

「俺は上の階で取調べを受けてたんだ！　不死鳥日本じゃない！　俺は一般人なんだ、撃たな……」

古東がそいつの股間を撃ったので声は途切れた。男は「ぐうっ！」と呻き、両手をさっと前に持ってきて肉のぱっくりと弾けた股間を覆った。手は縛られてなどいなかった。古東がさらに顔を撃つと、そいつの首がねじれ、上体もよじれてどさっと転落してきた。背中が見え、サバイバルナイフをガムテープで貼って留めてあるのが見えた。

「トリックだってよく見抜けたな」

久米野が言うと、古東は吐き捨てるように言い返した。

「見抜いてない。神谷以外は全員殺す。構成員だろうが一般人だろうが知ったことか」

こいつ、もはや殺すのが楽しい境地にまで入り込んでいるんだろうか、と久米野は不気味に思った。

「一人忘れてるぞ、神谷の娘の居場所を知ってる奴だ、そいつを殺ってしまったら元も子もない」

「忘れてないよ」古東が言う。

「忘れてただろ」

「どうせそいつは今神谷を拷問してるんだろ？　早く行こう」

黄土色と緑色が混じった煙がここまで上がってきた。

—国家保安部ビル内の総員に告ぐ！　今すぐ非常階段のドアを施錠し、侵入者を閉じ込めよ！　繰り返す、今すぐ非常階段のドアを施錠し、侵入者を閉じ込めよ！　閉じ込めた後に抹殺せよ！

ビル内のいたるところにあるスピーカーから興奮した怒声で命令がくだされた。

「くそっ！　四階まで行くのは無理だ」久米野は言った。

「何言ってんだ、急げば間に合う」

「施錠されたら終わりだぞ」

「鍵なんかショットガンで吹っ飛ばせる」

「バリケードを築かれるぞ」

「あぁくそったれ！」古東は悪態をついて、三階のドアを引き開けた。ドアの向こうで構成員がまさに施錠しようとしていたところで、そいつはドアノブを握ったままっんのめって古東にぶつかってきた。

古東は膝でそいつの腹を蹴り上げてから突き飛ばして階段から落としてやった。撒菱が背中に刺さって悲鳴を上げる前に久米野がＭＰ７で射殺した。

ドアの向こうにはまだ六人もいた。しかもそのうちの一人は先端に銃剣を装着したＡＫライフルを持っていた。六人が、狭いところで同時に飛びかかってきた。

銃剣が古東のガスマスクの右目にガスっと突きたてられ、古東の頭が大きくのけぞった。次の瞬間、ライフルが発射された。発射ガスによってマスクが千切れ飛んだ。

古東は後頭部から踊り場の金属床に倒れ、意識が遠のいた。しかし強烈な生存本能が今のこの瞬間に無理やり引き戻す。マスクのゴーグルのプラスチック片が右目の下の皮膚に刺さっていて強烈にその存在を主張している。抜き取りたい、でも今はわずかな時間の余裕もない。

久米野は三人の男に抱きつかれ、ＭＰ７を奪い取られそうだ。奴には俺の助けが要る。

両目を吊り上げて黄色い歯を剥いた男がサバイバルナイフを手に古東の真上にダイブしてきた。古東は右手首をわずかに上げて狙う余裕もなく拳銃を一発撃った。

男の全体重が古東の上に降ってきて、ナイフの刃がボディーアーマーに刺さった。

古東は至近距離から男の脇腹を二発撃った。食い込んだ９ミリ弾がどこの骨にどう当たったのかわからないが、撃ち込んだ弾の一発が男の鎖骨の下から皮膚を破って飛び出してきて、古東の顔をかすめた。危なかった。自分の撃った弾でくたばるところだった。

銃声が立て続けに四発轟く。久米野が撃ったのだろう。

古東は自分の上に乗っている邪魔な肉の塊を押しのけて視界を確保した。

ＡＫライフルは床に落ちていて、久米野が左足のブーツで機関部を踏みつけながら、自分のシグを奪い取ろうとする男たちと取っ組みあっていた。スライドを引き切られて発射できない状態だ。マスクは引き剝がされたらしく顔には爪によるひっかき傷がいくつもくっきりとついていた。もう一人の敵が久米野の脇腹に思い切り蹴りを放った。

少し離れたところで久米野からＭＰ７をまんまと奪い取った男が久米野の頭に銃口を向け、引き金を絞った。

久米野の頭が吹き飛ぶ瞬間の映像が古東の脳に瞬いた。

だが、銃は発射しなかった。当然だ、安全装置を解除しなければ弾は出ない。古東は右腕をしっかりと伸ばし、そいつの顔を狙って撃った。

着弾がやや下になり、敵の下顎と数本の前歯と舌の先数センチが吹き飛んだ。千切れ飛んだ前歯が壁に当たって跳ね返り、古東の額に当たった。頭にきてもう一発撃つと今度は綺麗に眉間を貫いて脳味噌が勢いよく頭蓋骨の後ろから飛び出した。

久米野が転倒し、押さえつけていたＡＫライフルを奪い返されてしまった。ＡＫを取り返した男の顔を見て即座に、さっき編集室でとどめを刺さなかった男だと気づいた。

古東はまず久米野と取っ組みあっている男の胴に二発撃ちこみ、それから久米野を蹴りまくっていた男の腹を撃った。

ＡＫライフルを拾った男が背を向けて通路を駈け出した。奴が考えていることが古東には手に取るようにわかった。距離を取ってライフルで俺たちをずたずたにするつもりなのだ。

◆

小桜と北岡の乗った北岡所有のハイエースは、国家保安部のビルの裏側ほぼ全体が見える通りに駐車していた。通りには数台の車が止まっていて、ベンツやクライスラーなどの高級外車もある。不死鳥日本の幹部の自家用車かもしれない。

車の通りはほとんどなく、路地の気温はぐんぐんと上昇していた。今日も正気を失いそうな猛暑になる。

つい先ほど前まで、蓮見紗希のマネージャーである浜内も一緒にいたのだが、彼は突然「すみません、わたし、帰ります」と宣言した。

小桜が訳を訊くと、浜内は一瞬哀しい笑みを浮かべて答えた。

「いろいろ考えたんですけどね、あいつがコカインをやっていたとわかった時点で、もはや紗希に対する愛は消えてたんです。愛というのは、マネージャーとしての愛です。やっぱりね、コカインやっちゃあ、もう面倒みきれません。他の問題なら体張ってでも守りますけど、コカインはアウトです。社長も以前から同じ考え方です。だから、紗希は見限ります。けじめはつけなくちゃいけません。彼女は、甘ったれていたんです。だから私は、彼女を置きざりにして去ります。『夕刊クライム』の撮影はキャンセルできませんから今すぐ代わりのタレントを用意しないと」

小桜も北岡も、彼の心変わりに対して何も口出しする権利はなく、ただ最大限彼の意思を尊重するのみだった。

浜内は車を降りると、小桜と北岡に深くお辞儀をし、歩き去った。歩きながらスマホを抜き、どこかに電話をかける。その背中を見ながら北岡が感心したような声でぽつりと言った。

「プロだな」

「今頃、不死鳥日本の本部では国家保安部から連絡を受けて人員と武器をかき集めているだろうな」

さきほどから助手席で脚と腕を組んで難しい顔をしていた北岡が言った。

「しかし、いきりたって武装して味方を救うために急行しようとしても、都内はテロ厳重警戒中です。通勤で多くの人が行きかう朝は特にです。構成員たちが警察の検問や職質を一度も受けることなく国家保安部にたどり着くことはまず不可能です。そして武装していることがわかればたちまち連行されます。集合してから向かうのではなく、個人でばらばらに国家保安部に向かったとしても同じことです。もちろん何人かが幸運にも職質に邪魔されることなく国家保安部にたどりついたとしても、シャッターが下りていれば中に入ることはできません」

小桜の発言に、北岡が満足げな笑みを浮かべた。それから小桜に質問を投げる。

「国家保安部の人間が自分の命惜しさに警察に助けを求めるという事態は考えられないかね？」

「それはないと私は考えます。特に地位の低い末端構成員が個人の勝手な判断で警察を介入させたとなれば、その人間は反乱分子とみなされ……」

「拷問による処罰か、もっと悪ければ死刑」北岡が小桜の後を継いだ。

数十秒ほどの沈黙の後、北岡が不意に小桜を見て、言った。

「君は不思議な人だな」

　小桜が北岡を見返した。

「え、私がですか？」

「わざわざこんなに危険なことに首を突っ込んでいる」

「それは自分でもわかっています。しかし状況に流されているわけではありません」

「そうだろう、君は流されるような人間ではない」と北岡が言い切った。

「神谷さんの娘を誰よりも早く助けられるのは、私たちを措いて他にいません」小桜がきっぱりと言った。

「うん、そうだ」

「警察学校の授業で習ったことですけれど、児童誘拐事件の場合、誘拐犯とは別にさらった子供の監視役がいるケースが少なからずあるんです。監視役には誘拐犯の妻とか身内とか、誘拐犯に逆らえない立場の人間がなることが多いんです。その監視役の人間が捕まるかもしれないという恐怖感とか、誘拐犯に裏切られて自分がすべての罪を着せられるのではないかという疑心暗鬼から、パニックを起こして子供を殺してしまったり、あるいは置き去りにして死に至らしめてしまった例が結構多いんです」

「……それは最悪だな」

「だから誘拐は短時間勝負なんです」

北岡がうなずき、フロントグラスの向こうに目をやり、言った。

「あの男、構成員だな」

北岡の視線の先には五分刈り頭で身長１８０㎝、黒字に黄色の文字でSomebody gotta payとプリントされたTシャツを着た男がスマホを手に立っていた。どこか目的地があってそこへ向かっているようには見えない。

国家保安部の建物にちらちらと目をやり、スマホを見て、周囲を見回す。

「仲間がいないか探してるな」北岡が言った。

男の目がこちらに向いた。

数年前から警察の覆面車両にハイエースなどのバンが増えていることをその男も知っていたのか、顔に動揺が走った。場所を変えようと思ったのか、スマホを見つめながらこちらに向かって歩いてくる。急に背を向けると怪しまれるという計算が働いたのかもしれない。

こちらを見まいとしているが気になって仕方ないのがひしひしと伝わってくる。男が車を通り過ぎた。仲間に送るメールを打っているのか親指がせわしなく動いている。

「試してみないか?」北岡がわずかに口の端を上げ、小桜に言った。

「そうですね、北岡さんの作品を」

「そうこなくっちゃ」

北岡がみるからにＤＩＹに見えるアルミ製の立方体スイッチボックスに手を伸ばした。箱からは赤と黒の二本のケーブルが出ていて、グローブボックスの下まで伸びている。赤いボタンを押すとボタンが光り、カクンという音を立てて赤いランプがルーフからせり出した。このランプは北岡のガレージの車両昇降機に使われていたものを流用した。

男がこちらを見て、まだ偽物のパトランプが点灯も回転もしていないうちから唐突にスマホの画面を人差指で連打しはじめた。そして下手な「僕はポケモンＧＯやってます」芝居をしながら歩幅と速度を倍以上にして歩き去っていった。

「実にわかりやすい反応だ」感心したように北岡が言い、ボタンをもう一度押した。ランプが格納された。

「あっ、北岡さん、あれ」

小桜が呼びかけ、ビルの上方を指差した。五階の窓からなにやら白い物体が投げ落とされ、その物体が落下しながら伸びていく。

垂直式脱出シュートだ。

「お偉方が逃げ出したな」北岡が言った。

シュートから人が滑り落ちてくるのが、くっきりと浮き出た尻の形でわかった。着地して、中からもがくように出てきた初老の禿げた男は、非常事態時に備えて用意してあったと思しきリュックサックを背負い、両手に大きな石のようなものを抱えていた。

「あいつは何を大事そうに抱えてるんだ？」

「アメジストタワーですね」小桜が答えた。

「アメジスト？」

「紫水晶ですよ。原石を真ん中から断ち切ったものです。邪気払いや金運アップによいそうです」

「へええ」

「ちなみに私の実家にあれよりずっと大きいのがあります。子供の頃に入って遊んで怒られました」

男が、よほどあわてたのか何もつまずくものなどないのに転んでアメジストタワーを落としたので北岡が鼻で笑った。

外から駆けつけた構成員二人が、一人が男を助け起こし、もう一人がアメジストタワーを拾った。そして三人で路上駐車してあったベンツに駆け寄る。

「ナイフで刺してタイヤの空気抜いとけばよかったな」北岡が言うと、小桜がにやりとして言い返した。

「意外と陰湿なところもあるんですね、北岡さん」

「もしあいつが組織のトップの一人なら、今あいつを狙撃して消せば、不死鳥日本に大打撃を与えられるぞ。未来の社会的損害を減らせる」

小桜の笑みが消えた。

「確かに北岡さんのおっしゃるとおりでしょうけれど、私は警察官で、殺し屋じゃありません。そして古東ならともかく、北岡さんがあの男を暗殺するのを見て見ぬふりすることもできません」

小桜に言われ、北岡は残念がると思いきや微笑んだ。そして小桜に言った。

「それを聞いて安心したよ。止めて欲しかったんだ、ありがとう」

「どういたしまして」小桜が言った。

「でも、君には射撃の素質がある。昨夜の銃の試射では久米野さんより、君の方が好成績だった。もっと大型の銃でもいい成績をマークできるだろう」

「ありがとうございます」

「どういたしまして」今度は北岡が言った。

◆

―国家保安部ビル内の総員に告ぐ！　今すぐ非常階段のドアを施錠し、侵入者を閉じ込めよ！　繰り返す、今すぐ非常階段のドアを施錠し、侵入者を閉じ込めよ！　閉じ込めた後に抹殺せよ！

怒鳴っているのがどいつなのかわからないが、こういう人を殺せる事態をひそかに願い待っていましたみたいな興奮が声に感じられた。鬱憤のたまったひまな昭和ヤンキー中学生的というか……。

とにかく、おかしな状況になってきた。外から敵が襲ってきて、中にもすでに敵がいやがる。

「てめえこの野郎、逃げるなよ」

逃げられないどころかうなずくこともままならない神谷に対して熊谷は耳元で高圧的に言い、静かに離れていった。とにもかくにも部屋の明かりをつけねばならない。それが無理なら、何者かが潜んでいるこの部屋から脱出して自分の身の安全を図らねばならない。

まさか、和久田？　あいつがやっているのか？

ふいにその名前が頭に浮かび、頭の中で奴の陰気かついつも他人を見下すような面が大きくなっていった。奴が、勝手に誘拐を実行した俺に復讐しようとしている？

ありえないことじゃない。奴にとってはリーダーとしての面目を潰されたのだから。

でも不死鳥日本が、国家保安部の建物内で構成員同士の私的な復讐を許可するはずがない。それにもかかわらず奴がここに潜んでいるとしたら、俺にはいまだ謁見もかなわない上の奴らが、俺を殺すことを許可したのか？　和久田にそれを許可したのか？　俺はこの組織に歯向かうどころか構成員を殺害した凶悪な一般人を、警察にかわり組織のために排除しようとしただけなのに、それなのに組織が俺を排除するつもりなのか⁉

ばかげている。俺は功績を打ち立てて上の世界に食い込み、ますますこの不死鳥日本を強い、無敵の愛国団体にするために働きたいのに。それが俺の生きるただ一本の道だと決めたのに。

「くそっ」

思わず悪態が漏れた。それが命取りになった。

暗闇の向こうでライトが点き、熊谷を捕らえた。

「熊谷」

和久田の声が呼んだ。

「もうお前しかいないぞ」

声が淡々と事実を告げた。

「神谷の娘をどこに隠した」

「明かりをこっちに向けるな！」

熊谷は吠え、目を庇った。

「神谷の娘をどこに隠したか言うんだ、まだ殺してはいないんだろう？」

「どうしててめえなんかに教えなきゃいけないんだっ！」

熊谷は身を隠すものを探して後ずさりしながら言った。幸い数々の大型拷問具があるから隠れるのは楽だ。それは同時に敵もまた隠れやすいということなのだが。

「きさまの暴走は上の連中を怒らせた。それで俺が尻拭いすることになった。迷惑な話だ」

「お前に統率力がないのがいけないんだろ、ヘボがっ。お前があの時なんで病院に入ったまま出てこなかったか知ってるぞ、どうせコカインのやりすぎで便秘なんだろ！　クソがしたかったんだろ！　そんなことで部下を1時間も待たせんじゃねえよ便秘馬鹿がっ！　だから部下に置き去りにされるんだ、お前がリーダーとしての資質に欠け……」

しゃべっている途中で明かりが消えた。光の残像が目に焼きついている。

あいつ、どこいった。まだあそこにいるのか？　俺の背後に回りこもうとしているのか？

くそ、ぶっ殺してやる。組織に殺されるんなら、その前にあのスカし便秘野郎の喉をズタズタに引き裂いてやる。

熊谷はその場にしゃがんで掌にじっとり滲んだ汗を裾で拭い、足首に括り付けた鞘からドイツ・ゾーリンゲン社製ハンドメイドのストレートハンティングナイフを抜いた。

不死鳥日本の構成員として正式に所属が決まった日に、祝いとして買ったものだ。あの日は人生で最高に誇らしい日だった。これからは自分の信じた道を突き進み、どんな困難だって邪魔者だって蹴散らし、踏み潰し、乗り越えて、偉大な強い男になれると思った。俺の人生はここからが本番だと高揚し、身が引き締まった。

もう些細なことにくよくよ悩んだり、他人から認められない悔しさに腐ったり、心を荒ませて自分の体を傷つけるような暴飲暴食をしたりしないと誓った。恐れを知らぬ、危険でいて、それなのに他人を、とくに女を惹きつけてやまない一流の男になってやると自分に宣言した。

それなのに、なんなのだ、この不愉快で不安な暗闇は。

誘拐くらいなんだ、がたがたぬかすんじゃねえ。敵を本気で潰したかったらそいつの子供をさらうことくらいできないで、何が本当の勝利だ。上の指導部の連中は「戦争の歴史を学べ」とえらそうに言ったくせに。敵があらわれたらそいつが力をつける前に子供や愛する者を殺して戦意を奪うのは戦いの基本中の基本だ。それを汚いとか卑劣だなどとぬかす人間に勝利を語る資格などない。勝利はいつだって綺麗ごとじゃない。てめえのお綺麗な言葉に悪酔いしてくたばれ。

失望した、俺は失望したぜ、不死鳥日本に。信じていたのに。忠誠を誓ったのに。

俺は孤独だ。ひとりぼっちだ。

だがそれがどうした、組織がクソだって学んだ俺はこれからたった一人で、俺の生きたいように生きてやるぜ。このナイフを肌身離さず相棒にして、誰の権力もあてにせずゲリラ戦で他人から奪うだけ奪ってやる。くそ、こんなことなら初めから一人で……。

カキン。九時の方角で硬い物同士がぶつかる音がした。

罠だと見抜く前に体が勝手に反応してそちらに向いてしまった。右のアキレス腱に恐ろしく冷たい物が当てられた。

実際には冷たい物を当てられたのではなく、刃物ですっぱり切断されたのだった。

悲鳴がほとばしりそうになったが、その口を背後からがっちり覆われた。そして別の手が気道を完全に押しつぶした。

◆

殴られまくって蹴られまくって意識がもうろうとなった久米野が通路の奥に目をやった瞬間、膝撃ち姿勢で銃を構えている男の姿が目に飛び込んだ。男の股間は失禁によって濡れていた。古東が久米野の襟をつかんで全力で階段の踊り場に引き戻した。その瞬間AKライフルの銃声が間断なく鼓膜に突き刺さった。

20メートルもない近距離からAKライフルでフルオート掃射されるなんてチベットでも経験しなかった。AKは発射速度がそれほど高くないので一発一発を聞き分けることができた。

発射時の銃口の強い跳ね上がりによって、放たれた7・62ミリ弾のほぼすべてがドアや壁や天井に当たって、そのほとんどは弾頭がいびつに変形した跳弾となってでたらめに飛び回り、危険きわまりなかった。

古東と久米野が倒した五人の男の死体やくたばりぞこないの体にも跳弾がブスブスと音を立てて食い込んだ。人間の尊厳などかけらもない眺めだ。

久米野は咄嗟に安全を確保しようとしてドアノブに左手を伸ばしかけたが、「やめとけ」と言わんばかりに古東がその手を叩いた。

「指が吹っ飛ぶぞ！」古東が言った。たしかにその通りだ。

一発が股間を潜り抜けたのを感じ、久米野はわずかに失禁した。

さらに銃撃が続き、久米野も古東も我知らず恐怖のうめきを上げていた。

幸い、その跳弾地獄は長くは続かなかった。発射の反動をコントロールできず結果として一発も敵に当てることができないまま弾が尽きたのだ。空の弾倉を外そうとするカチャカチャという男が聞こえると古東が、拳銃をベルトにさしてショットガンを肩から外しながら言った。

「あの野郎、さっき助けてやったのに。今度はぶっ殺す」

通路に踏み出してショットガンを敵に向け、五発撃った。撃ち終えると久米野を見て言った。

「片づけた」

久米野が通路に顔を出すと、さきほど射手がいたところには頭も手も足も千切れて主要な臓器がすべて飛び出した赤い小山ができていた。小山の周囲の壁に飛び散ってこびりついている代物は、どうやら脳の灰白質と白質がまざったものらしい。

「ライフルもぶっ壊してやった」古東が満足げに言い、ショットガンに補弾しながら「奥に進もうぜ」と促した。

久米野は蹴られた肺からひゅうひゅうと細い息をもらすことしかできなかった。

「大丈夫か？」やっと古東が気遣った。

「ああ」久米野も、なんとか声を出せた。「肋骨が折れた」

古東が「気のせいだ」と軽く流した。

「おい、目の下に何か小さいのが刺さってるぞ、右側だ」久米野が古東の顔を見て言った。

「わかってるよ」

古東は指先で触ってみた。先ほど割れたゴーグルのプラスチック片だ。抜こうとすると意外に長くて途中で引っかかる。そして猛烈に痛い。

「この野郎っ！」

一気に引き抜いて床に捨てた。頬にどろりとした血が流れた。

「いくぞ。エレベーターに注意しろよ」久米野はかすれた声で用心を促した。

古東は「ああ」とだけ答えた。

◆

短い気絶から醒めた瞬間に感じたのは、股間に何か食い込んでいるという異物感だった。

すぐにそれは異物感などという生易しいものではなく、文字通り股間から体が二つに裂けるとてつもない激痛に変わった。

部屋の明かりがついていて、熊谷は自分の置かれた状況がありありとわかった。「股裂き馬」という拷問具に乗せられていた。

両手首は背中で太い縄で縛られ、首にも同じ縄が巻かれて天井のフックに吊り下げられているためほとんど動かすことができず、下を見るにも苦労する。そして両足首の鉄製ワイヤーは二つの巻き取りドラムにつながっている。

和久田が、殺したかつての部下たちの財布を集め、札だけすべて抜き出して白い封筒に詰めていた。熊谷の財布からも抜く。封筒にはすでに送り先の住所と宛名が書かれていたが熊谷には読めなかった。

和久田の下半身がまるでおむつを穿いているみたいに膨らんでいるのが滑稽だ。だがそれを口にしたらあいつは即座に俺の体を真ん中から裂き始めるだろう。

―国家保安部ビル内の総員に告ぐ！　すみやかに防衛戦闘隊を組織して各フロアをくまなく調べ敵を発見せよ！　侵入者を殺害した者あるいは捕らえた者には報奨金を与え、階級特進の恩典を与える！

侵入者はまだ捕まっていないらしい。

和久田が封筒を折ってポケットに入れ、それからリモコンを手にし、おもむろに熊谷と向き合って立った。

「神谷の娘はどこだ」和久田が質問する。

「教えて欲しきゃここから下ろせ、便秘野郎がっ」

たとえ圧倒的に弱い立場でも、さらった娘という切り札がこっちにはあるし、男としての意地がある。

「教えたら下ろす」和久田が言った。

「まず下ろせよ！　娘の居所を知ってるのは俺だけなんだぞ。てめえ自分の立場ってもんが……」

ワイヤーが巻き取られ、股間のデリケートな肉が裂け始めた。やがて骨盤すらすんなりと砕いてしまうだろう。

無駄と知りつつ熊谷は「やろめおおおお！」と絶叫した。首を固定されて下を見られないのはある意味ありがたいのかもしれない。今の自分の下半身を見たら恐怖で気が狂ってしまうかもしれないから。

「やめろ、俺が失血死したらどうすんだあっ、子供も死ぬぞっ！」

「早く居場所を言え」和久田の声には感情がなかった。

「もういいだろ、言うから下ろしてくれよ、和久田さん」

「いまさら俺をさんづけで呼ぶな、くそが」和久田が感情のない声で言った。

「熊谷っ、娘はどこだっ！　柚香はどこにいるんだ！」

神谷の声が聞こえた。そうだ、父親のあいつもいるんだった。すっかり忘れていた。

和久田と神谷は協力関係なのか？　まさか、神谷は本気で娘を取り返したがっているが、和久田はあくまで尻拭いのためだ。尻拭いとは子供も殺してこの件をはなからなかったことにすることだろう。そこまでやってこそ尻拭いだ。

「ひひひっひ、うふふふ、ふふ」

今の熊谷のざまをからかうように、水滴拷問で気の変になった男が笑った。なんだって和久田はあいつを始末してしまわないのか。

「この近くには、いない」

熊谷は答えた。それだけ言うのにもとてつもない苦労が伴った。

「近いか遠いかを訊いているんじゃない。どこにいるかと訊いているんだ。人の話を聞かないのは相変わらずだな、お前」和久田が言った。

「とにかく、俺をここから……」

部屋の外で複数の銃声が轟いた。すごく近い。きっとこのフロアにいるのだ。侵入者は強力な重火器で武装している。上の奴らはどうするつもりなんだろう。もしかしたら護身用のトカレフとか短銃身リボルバーくらいは持っているかもしれないが、そんなもので重火器には立ち向かえない。だから下の構成員たちを報奨金と階級特進という餌で釣って神風攻撃させて、その間に自分らはちゃっかりここから逃げ出すんだろう。まったく汚いったらありゃしない。男のクズ、いや人間のクズだ。

「まず外の敵を倒せよ」熊谷は言った。「敵がここに入ってきて俺が弾に当たって死んだらどうすんだよ」

ワイヤーがほんの少し巻き取られた。ほんの少しでもそれは地獄のレベルが一気に2段ほど上がるようなものだった。

和久田は敵への対応を考えているのか、無言だ。永遠に黙っているつもりなのかと思うほど、熊谷には長く感じられる。

和久田が口を開いた。だが言葉を発する前にドアが吹き飛んで和久田はリモコンを放り出して両手で耳を塞ぎ、その場にしゃがみこんだ。

「神谷ーっ！」「神谷生きてるかっ！」

二人の男のくぐもった声が聞こえた。おそらくガスマスクを装着している。

「援護しろっ」「待て、焦るな」「無理だね」

和久田が逃げ出し、熊谷のほとんど動かせない視界から姿を消した。

「なんなんだここは、中世の拷問部屋そのまんまじゃねえか」

侵入者の一人が言った。

「神谷どこだ、返事してくれ」

もう一人が訊く。マスクを外したからか声が明瞭になった。

「ここだぁ！　気をつけろ、一人隠れてるぞ」神谷が教えた。

侵入者ははたして俺をこの股裂き馬からおろしてくれるだろうか。あの和久田の野郎より少しでもまともな人間なら、俺をおろしてくれるだろうと期待するしかない。

◆

敵は一人とはいえ、どこに潜んでいていつ攻撃してくるかわからない。しかもそこら中におそろしげな拷問具が設置されている。

いったいどんな変態野郎がこの部屋を作ったのか。そいつをここに連れてきて全部の拷問具を使ってあの世に送ってやらねば、と古東は思った。

—国家保安部ビル内の総員に告ぐ！　すみやかに防衛戦闘隊を組織して各フロアをくまなく調べ敵を発見せよ！　侵入者を殺害した者あるいは捕らえた者には報奨金を与え、階級特進の恩典を与える！

さきほどとまったく同じ呼びかけが聞こえた。どうやら録音された声らしい。声を吹き込んだ奴はさっさと安全なところに逃げ出したんだろう。いつの時代もやくざな組織なんてそんなものだ。

「……マジか」

巨大な三日月ギロチンが目の前に現れた。男が一人、串刺しになっている。そしてそいつの威容に気圧された瞬間、ギロチンが架台から外れて動き始めた。

確かなことは、あのでっかいブレードを横切るのはやめておいた方がいいということだ。ギロチンを左から迂回しようとした。

「気をつけろよ、古東」

背後から久米野が声をかけた。

「ひひひひひ、いひひっ」

気の狂ったような虚ろな笑い声が響き、古東は手にしたシグ拳銃の銃口で笑い声の主を探した。

「古東、落ち着け。笑ってる奴は気にするな。水滴拷問で気が変になっているだけだ」

ギロチンの奥の方から神谷の声が聞こえた。

「水滴拷問ってなんだ」

古東が言った瞬間、物陰から男がナイフを手に飛び出し、突っ込んできた。体当たりを食らう。ボディーアーマーのセラミックプレートがなかったらブレードが背骨にまで届いていたかもしれない。

古東はシグでそいつの顔を撃とうとしたが手首をねじられてあっさり拳銃が落ちた。

こいつは素人じゃない、そして俺より強い。兵隊の生存本能が判断をくだした。

相手の男が落ちた拳銃を左手で拾い上げ古東の顔に銃口を向けた。

古東は死を植えつける小さな黒い穴にしっかりと捉えられた。

久米野のＭＰ７が立て続けに吠え、その内の一発が古東のボディーアーマーの右肩に食い込んだ。

古東が首をひねって見ると、撃たれた男は仰向けになって無言で身をよじらせている。激しく咳き込んで血を噴き、痙攣する。肺に穴が開いたらしく空気の漏れる音も聞こえた。

古東はそいつの下半身がまるでおむつでも穿いているかのように膨らんでいるのを不思議に思った。

そして腕がまだくっついているのが不思議なくらいに痛い。

「あぁくそっ、俺を撃ちやがって！」古東は久米野に文句を言った。

「悪く思うな、咄嗟のことだった」

久米野があっさりと謝った。それから古東に手を貸して立たせる。

「今度こそほんとに死ぬかと思った」

古東の口から思わず心情が漏れた。

「礼は新品の腕時計でいい」久米野が軽口を叩いた。

古東は敵に用心深く近づき、男の左肘を膝で押さえつけてから拳銃を取り返した。

そいつの顔を狙うが、もはやとどめを刺す必要もなさそうに思えた。男の目にはもはやこの世にしがみつこうとする意思がなかった。

「みんなやっつけたのか⁉」神谷が訊いた。

「ああ、やっつけた」久米野が答える。

「頼む、早く助けてくれ、首が千切れそうだ」

「すぐ行く」

古東と久米野は神谷のところへ駆けてゆき、久米野が両側に巨大なフォークのついた拷問具を外してやった。

「畜生、娘の居所を吐かせてからぶっ殺してやる」神谷が涙をたっぷり浮かべて言った。

「そんなこと言うな、あいつがびびって口をつぐんじまうぞ」

古東が股裂き馬に乗っかっている熊谷を目で示して言った。

「時間がない。とにかく急ごう。俺は出入り口を守って小桜たちと連絡を取るから、素早くやるんだ」

久米野は古東の肩をぽんと叩いてから駆け出した。

◆

「小桜、俺だ。そっちは問題ないか？」

―よかった。生きてたんですね警部。

　小桜の声はわずかに震えていた。

　俺のことをそんなに心配してくれるとは、かわいいやつだ。

「簡単にはくたばらない。今、ビルの三階にいる。神谷の娘の居所を知っている熊谷という男を捕まえたが、中にいる雑魚どもがいつ襲ってくるかわからん状況だ」

―了解、気をつけてください。五階の部屋から脱出シュートがおろされて、幹部と思われる連中が次々と出てきています。外で待っていた構成員たちに守られて逃げていっています。

「まぁしかたない、放っておけ」

「やめろやめろやめろいだだだだだだああぁ！」

―誰が叫んでるんですか？

「熊谷だよ」

―久米野さん、早く計画通りに窓を破壊して出てきてください。

「俺もそうしたいよ」

「いひひひひ、うっふふふふ」

―誰が笑ってるんですか？

「元々この部屋にとらわれていた男だ。詳しいことはわからんが拷問のせいで気が変になっているんだ」

「俺の女のところにいるうううう！」

遂に熊谷が吐いた。やはり股裂き馬は強かったのだ。

「あとでまた連絡する」

久米野は言い、通話を切った。それから廊下の奥を見たら、通路の奥の暗がりに人が集まっていた。ざっと20人ほどだ。だが撃たれて無駄死にしたくないからか、充分な頭数がそろっていないからなのか、襲ってこない。しかし襲撃が時間の問題なのは確かだ。

「くそっ」

なんでこんなこと始めちまったんだ、と口には出せないことを思った。

古東は脂汗でべっとりと皮膚に貼りついている熊谷のズボンのポケットからスマホを抜き取って、熊谷に言った。

「お前の負けだ。女に電話しろ、いますぐ娘を解放しろと命令するんだ」

「……それが済んだら、俺を、殺すんだろ」

熊谷が涙とよだれをとめどなく流しつつ言った。

「もういい」神谷がはっきりと言った。「こんな状態になったお前に、いまさら復讐しようなんて思っていない。無駄だ。俺は柚香さえ取り戻せればいいんだ。古東、こいつをここからおろしてやってくれ」

「いいのか?」古東が改めて訊く。

「いい。早く頼む」

「見たところ、体のかなり深くまでブレードが食い込んでいる。今ブレードを外したら傷口からはらわたがどぼっと落っこちたり、鼠径部の動脈が破れて大出血してあっさり死んじまうかもしれないぞ。下手に動かさないほうがいい」

「じゃあ、できるだけ楽にしてやってくれ」

古東はうなずき、リモコンでワイヤーの巻き取りを緩めてやった。

熊谷の口元が緩んだが、それは一瞬のことだった。もはや拷問具を取り除いたところでこの男の苦しみと迫ってくる死を食い止めることはできないだろう。

「さぁ、女と話してくれ」神谷は言った。「画面ロックの解除はどうするんだ」

「……0422だ」

観念したらしく、熊谷がすんなりと教えた。

「おい、やばいぞ。廊下に20人くらいいやがる。さらに集まってきてるぞ」

出入り口を守っている久米野が、引きつった声で報告した。

「もう少しだ、頑張れ」古東が言った。

「何をどう頑張れっていうんだ！　団子になって突入してきたら銃があったって防ぎきれないぞ」

「グレネードは？」

「もうない」

喉の奥で毛虫が蠢いているような声で久米野は答えた。

「くそっ、爆薬があるだろ」

「それは脱出時に窓を壊すためのものだ！　それに、投げて爆発させるものじゃない」

「わかってるよ、畜生」

焦っている二人の会話を横で聞きつつ、神谷は０４２２と入力して熊谷のスマホの画面ロックを解除した。

何件も着信履歴があることに気づいた。留守電も入っている。同じ人物からだ。「琴美」としかわからない。

「琴美って女から着信が12件もあるぞ。この女がお前の女か？」

熊谷は答えず、白目を剥いて一重瞼を痙攣させた。

「おい！　しっかりしろ。琴美がお前の女なのか⁉　琴美のところに柚香がいるのか？女に監視させてるのか⁉」

熊谷が「ぐううう」不気味な息を吐いた。臨終の吐息か？　首の骨がこんにゃくになってしまったように頭がぐらぐらと動いた。

「こいつはもうダメそうだ。留守電を聞いてみろよ、何かトラブルがあったのかもしれない」古東が言った。

その会話を聞いていた久米野が怒鳴った。「今そんなもの聞いてる暇はないぞ！　敵の数が増えた。あいつら今にも襲ってくるぞ」

「神谷、脱出を優先しよう。服を着るんだ」

古東は神谷の肩に手を置いて言った。

熊谷がいよいよ息を引き取り、神谷が服を着る間、古東はまだへらへらと笑っている男のところに行き、男を拷問台にしばりつけている三本のナイロンベルトをナイフで素早く断ち切った。

なぜそんな施しをしてやったのか、自分にもわからない。

男は笑い止み、上体を起こして不思議そうな目で古東を見つめた。古東はなんとなく決まりが悪くなって小さく肩をすくめた。

「こりゃあどうも」と男が驚くほど普通の声で言った。

何かが足元を這っている、と思ったらさきほど何発も撃って殺したはずの男が、肘で床を這っていた。なめくじの粘液のようにねっとりとした血痕が床に延びている。

そのおぞましさに久米野は一歩あとずさった。

殺すべき時にしっかりと殺せなかった自分にふがいなさを感じ、とどめを刺そうと銃口を向けたが、思い直した。

この男はきっと、この部屋で死にたくないだけなのだ。俺を道連れにして死のうとしているわけじゃない。ただ、ここから出て行きたいだけだ。死ぬ前にひと目、青空とか、平凡だが真面目にしっかりと生きている人々を見たいのかもしれない。

構うな、行かせてやれ。もう一人の自分が久米野に言った。そして俺もこの部屋では絶対に死にたくないと久米野は思った。

それにしても……こいつがつけているおむつみたいなものはなんなのだ。まさか本当におむつなのか。気になるが、訊くのは憚られた。

男が右手に丸めた白い紙のようなものを握り締めていることに気づいた。

「これを……」

男が言い、それを久米野に向かって差し出した。手が小刻みに震えていた。

血で汚れた厚手の封筒だった。

「投函してくれ」

この男、自分を撃って致命傷を負わせたこの俺に、手紙を出してくれと頼んでいるのだ。

「頼む」

久米野は断れなかった。屈んで手を伸ばして封筒を受け取る。宛名には神奈川県の住所と、和久田清美という名が書かれていた。差出人の名は書かれていない。

「わかった。引き受けた」久米野は男の目を見て言った。

男は久米野に向かって小さくうなずき、這って部屋を出て行った。その背中を撃つことは簡単だが、久米野は撃たなかった。


和久田が肘で這って部屋の外に出ると、待ち構えていた男たちがどよめいた。

「おい、あれ和久田さんじゃねえのか」「ほんとだ！」「撃たれてるみてえだぞ」「和久田さぁん！」「大丈夫っすか!?」「敵はどうしたんだ、あの人がやっつけたのか？」

3メートルほど這うと、痛ましさを見かねた若造が二人、撃たれることを覚悟で走ってきた。その勇気をもう少し早く、別のことで発揮すればよかったのにと和久田は思った。だが、それができないのがほとんどの人間なのだ。

「和久田さん！」「和久田さん大丈夫すか！」

二人が、和久田の手足を持って担ごうとした。体が真っ二つにちぎれるような激痛に和久田は絶叫した。上官としての威厳とかプライドとか、もはや何の意味もない。痛いものはひたすら痛い。

「すんません和久田さん！」「おろせ、安静にするんだ」

和久田の頭にR＆D部のあの醜い女の言葉が蘇った。

〝そのユニットを無理やり取り外そうとすれば起爆装置が作動する。こちらが設定した電波の圏外に出ればやはり爆発する。そしてお前が妙なことを企んでいると私が感じたなら私の権限によりボタンひとつでいつでも爆発させられる〟

爆発が起きないのはなぜだ。まだ電波の範囲内なのか？　それとも精密すぎるゆえに衝撃で故障したか？

「おい、エレベーターで一階におろそう。救急車が着いたらすぐに乗せられるように」

「おお、そうだな。でも担架のかわりになるものが必要だ。おい、ドアでもなんでもいいから平たい大きな板持って来い！」

驚いたことに若造たちが俺を助けようとてきぱき動き出した。ということは、俺は恐れられていただけでなく、ほんの少しは慕われていたと考えていいのだろうか。

ほどなく若造の一人が台車を押して駆けてきた。

「これに乗せましょう。体をちょっと丸めれば乗れますよ」

「よし、せーので乗せるぞ。せーの！」「そっと乗せろよ」

三人に持ち上げられて、優しく台車に乗せられた。

なにを隠そう、この台車は過酷な取調べに耐え切れずに死んだ者を地下の処理場へ運ぶ際に使用される、いわば粗大生ゴミ台車であった。この代物が人を助けるために使用されたのはこれが最初で、そして最後だろう。

「さぁ行くぞ、道をあけろ」

台車が押され、滑らかに動き出した。

「……まだか」

和久田は誰にも聞こえない声で呟いた。そしてその直後、和久田の下半身が大爆発を起こした。

◆

老朽化したビルの三階の壁に亀裂が走り、外壁がぼろぼろと剥がれ落ちるさまを小桜と北岡はともに目を剥いて見た。

「私が渡した爆薬にあれほどの破壊力はない」北岡が言った。

「ガス爆発でも起きたんでしょうか」

「わからん、二人が無事だといいが……」

ふと気づくと、またしても集まってきた数名の構成員が焦りと恐怖の混じった顔で国家保安部のビルを見上げていた。

小桜がもう一度パトランプを起立させ点滅させると、居心地悪そうな顔になり、全員がわざとらしいポケモン芝居をしながら離れていった。

「まるで条件反射の実験動物だな」北岡がつぶやいた。

「北岡さん、ラジオつけてくれませんか。ニュースでこの事件が流れていないか確かめたいんです」

「ニュースで流れるにはまだ早いと思うが、まぁいいか」

北岡がラジオのスイッチを入れると、アナウンサーのややこわばった声が流れだした。

—繰り返しお伝えしておりますが、中央党と内閣総理大臣を讃えた歌詞の『100％トゥルー』が大ヒットしている人気ロックバンド、シェイド・オブ・ヘイトのボーカリスト・えりいとさんが、ライブ後の握手会でファンの女性に飛びかかられ、爪で両目を潰されるという事件が起きました。女はその場でただちに取り押さえられましたが、えりいとさんは脳内にまでなんらかの菌が達し、呼吸困難となって現在ＩＣＵで治療を受けているとのことです。警察の調べに対して女は「権力におもねる気持ち悪いロッカーもどきは殺さなければいけない」と供述しているとのことです。

「ひさびさに良いニュースを聞いた気がするな」北岡が言った。

◆

爆発でビルが大きく揺れ、壁がびりびりと震えた。爆発はどうやらこのフロアで起きたようだ。

古東は耳鳴りのする頭を振って「なんだ、なにが起きた！」と久米野に訊いた。久米野はうつ伏せに倒れていた。駆け寄って「おい、生きてるか」と声をかけて肩を揺する。

「目が……」久米野が言って目を覆った。

「見せてみろ」

古東は久米野の手をどけて傷を確認した。

「大丈夫だ、眉の上が切れて出血してるが、たいしたことない」

「和久田が、爆発したんだ」

「なんだと？」

「見たんだ。和久田が台車に乗せられて動き出したら、体が爆発した」

服を着終えた神谷がやってきて、廊下に顔を出した。そして「なんてこった」と呟いた。

古東と久米野も銃を構えつつ、通路に顔を出した。

見たくなかった。こんなもの見たくなかったと、古東は心から思った。

「全滅だな」

久米野がぼそりと言い、正視に耐えない眺めから目をそらせ、足元に吐いた。

「あっはははは！」

三人の背後で笑い声が上がったのでぎくりとして振り向くと、長らく水滴拷問を受けて気の変になった男が廊下の地獄絵図を指差し、手を叩いて、全身で喜びを表現した。そしてめまいがしたのかよろけて片膝をついたが、それでも笑い続ける。

「これがあいつらの言うところの愛国の、成れの果てってやつだ。ひひひひっ」

「おやじ、お前は何者なんだ？」古東は訊いた。

「俺か？　あ〜っと、俺もよくわからん。昔はこの組織にいて楽しくやってたような気がするが、身に覚えのない何かの容疑で逮捕拘束されて拷問を受けたら、そうでなくなった。もうどうでもいい。ただのしなびた中年おやじだ。お前たち、俺を殺すか？」

古東たちは顔を見合わせた。一言も交わすことなく合意に達した。

「殺さないよ」古東が伝えた。

「ありがとうよ、あんたらもう用は済んで帰るところなんだろ？」

「ああ。北西の窓を壊して出て行くつもりだったが、そうするとあいつらの死体の山をまたいでいかなきゃならない」

　それは想像しただけで吐きそうだ。

「なら俺が別の出口へ案内してやるよ。ついてきな」おやじが陽気な感じで言い、立ち上がった。

　予定を変更して二階の別の窓を爆薬で破壊して、用意してあった縄梯子を使って抜け出すと、すぐそばに小桜と北岡の乗ったハイエースが停車して、右手にサプレッサー付きのステアーＴＭＰを持った北岡がサイドドアを開け「さぁこい！　急げ」と手招きした。

　消防車とパトカーの複数のサイレンが近づいてくる。

　小桜は警察無線を聞いている。爆弾テロ事件である可能性が考慮され、所轄を超えた大所帯でこちらに向かっている。焦りが、ステアリングを叩く指に表れていた。

　古東が縄梯子をおりきった時、路地でなりゆきを見守っていた構成員二人が吊りあがった目に殺意を宿して走ってきたが、古東がショットガンを向けるとくるっと背を向け、つんのめるようにして走り去った。

　続いて、神谷、謎のおやじ、久米野の順でおりてきた。

「お前も乗るか？」

古東がおやじに聞くと、おやじは両手をぼろぼろのズボンのポケットに入れ、呆けた笑みをうかべて首を振った。そして言う。

「結構だ。助けてくれてありがとうよ。フォースがあんたらとともにありますように」

そしてくるっと背を向け、なぜか『鉄腕アトム』の主題歌を口ずさみつつどこへともなく歩き去って行った。行く先は本人にもわからないだろう。ズボンの後ろにでっかい穴が開いて尻がしっかり見えていることは、あえて誰も指摘しなかった。

「さぁ、行こう」

神谷が急かしたので古東も乗り込み、ドアが閉まると同時に小桜が発進させた。第一陣の消防車軍団が到着した。

神谷はさっそく熊谷のスマホを耳に当てて、琴美という女が熊谷に残したメッセージを聞いている。

救急車が角を曲がってあらわれたので小桜はバンを停止させた。救急車は一台でなく、行列だ。

「まったく気が気じゃありませんでしたよ」小桜が怒るのと泣くのを同時にこなすような声で言った。「待つのってほんとに最低！　二度とやらない！」

「悪かった」久米野が素直に謝る。「もう二度とこんなことは頼まないと約束する」

古東たちのハイエースの右隣に、右ハンドルの黒のクライスラー３００Ｓが威圧感たっぷりに止まった。

　クライスラーの助手席に、蓮見紗希が乗っていた。

　古東と紗希の目が合った。紗希はほんの一時間で20歳ほど老け込んでしまったように見えた。

　古東は無言でドアを開け、北岡が脇に置いたステアーTMPマシンピストルを「静かに殺りたいんでちょっと借ります」と断って取り上げた。状況を察した北岡は何も言わず、小さくうなずいた。

　古東はステアーの銃口をクライスラーに向け、言った。

「おいグラビアの姉ちゃん、出なっ」

　紗希がうずくまり、助手席のドアを開け放して外に飛び出すと胸と太腿をあらわにしてアスファルトを転がった。

　運転席の構成員の姿が、はっきりと見えた。

　男は広告塔幹部の萩尾だった。萩尾の鼻の穴は、コカイン吸引によってわかりやすく赤らんでいた。

　萩尾と古東の目があった。萩尾は逃げられたと思っていたのにそうではなかったと知って、右目の下の皮膚をぴくんと痙攣させた。それが精一杯の抗議であるかのように。

救急車の列が途切れた。萩尾が左手をセンターコンソールに伸ばす。中から掴み出したのはスミス&ウェッソンらしきステンレスの4インチリボルバーだった。

「あの世でレッツショッピング♪」

古東は明るく言って、相手の銃口がこちらを向く前に引き金を引いた。単射モードで1秒半に6発撃ち、萩尾が穴だらけの肉塊に変わるとニコリと笑った。

小桜が無言で車を出した。

路上に放置され途方に暮れている蓮美紗希が小さくなっていく。

「あ、待て！」

久米野が声を張り上げた。

「引き返すんだ！」

「警部、何言ってるんですか？」理解できないという顔で小桜が言った。

「いいから引き返すんだ！」

小桜は怖い顔で急停止し、それからバックして紗希のところに戻った。久米野が外に飛び出して紗希に駆け寄ると紗希は怯え、顔を庇った。

「すまない、忘れてた。これ」

久米野が彼女に差し出したのは、彼女から預かっていたイヤリングの片方だった。

ぽかんとした顔で紗希がそれを受け取ると久米野は「これから色々つらいこともあ

るだろうが、コカインは二度とやるな。それじゃ」と言って車に駆け戻り、乗り込むと小桜に言った。

「すまなかった。今度こそ出発だ」

小桜はもう怒っていなかった。それどころか、ウインドウから顔を外に出し、紗希に向かってこう言った。

「マネージャーの浜内さんは帰りました。もうあなたの面倒はみきれないとおっしゃってました。それじゃ」

言い終えると小桜は車を出した。車内の誰も後ろを振り返らなかった。

「なんてこった、信じられない」

そう言ったのは神谷だった。熊谷のスマホを持つ手がぷるぷると震えている。

「どうした、娘は？」

皆を代表して久米野が、恐る恐る訊いた。古東は最悪の結果を聞くことになるのではないかと身構えた。

「熊谷の女が、熊谷を裏切って、柚香を連れて最寄りの警察署に自首していた。もう耐えられないって。娘は保護されてもう妻と一緒にいる」

車内の空気が浄化されたように清らかになったのを全員が実感した。

まったく、こんな素晴らしいニュースが他にあるか？

「女のメッセージを聞いてくれ」

神谷がスマホのスピーカーをオンにして、全員が聞けるようにした。

メッセージは最新のものから再生されるので、時間をさかのぼるかたちで女が不安に耐え切れなくなり熊谷を見限って裏切り子供を連れて出て行くまでが再生された。

―とにかく、あたしは自分のやらなきゃいけないことをやった。次はあんただよ。クズでも馬鹿でも、男ならもうこれ以上逃げないで、自分のしたことの責任はとりなさいよ。なにが不死鳥日本だよ、ばっかじゃないの？　くたばんな。

―女の子を連れて警察署の前まで来たよ。もうあんたとはおしまい。次に会うとしたら法廷だよ。よくもいままであたしをさんざゴミのように扱って利用してくれたね。これからはあんたがゴミよ。今までだってゴミだったけど、あたしはそのことに気づかなかった。ううん本当は気づいていたのに気づいてないふりをしてた、でも今はよく知っている、覚悟しなさいよ。

この二件は怨みたっぷりの恐ろしげな声だったが、次からは一転して同じ女だとはにわかに信じがたいほど弱々しいものに変わった。

―瑛太さん、許して、あたしもうこれ以上耐えられないの。だから女の子を連れて近くの警察署に行こうと思ってる。ごめんね、でも止めないでね。あたしもうだめ、瑛太さんの命令はもう聞けない、もうほんとに無理。

――ねえ、瑛太さん、連絡ちょうだいよ！　女の子があたしのこと軽蔑するような目で見てるの、あたし怖いよ。どうしたらいいの？

――ねえ瑛太さん、あたしいつまでこの女の子を預かればいいの？　女の子は大人しくしてるけど、あたしどうしていいのかわかんないよ。これきいたら電話ちょうだい、おねがい。

「女って……やっぱり怖いな」

久米野が素直な感想を述べた。誰も否定はしなかった。

「娘さんが無事でなによりだ。神谷くん、傷の手当てをさせてくれ」北岡が言った。

神谷の傷は消毒され、スキンステープラーで速やかに閉じられた。

古東は顔をゆがめて悪態をつきながらボディーアーマーを脱ぐと、不満げに言った。

「けっきょく熊谷の女が熊谷を裏切って娘を返したんなら、俺たちゃいったいなんのために命を張ったのかわからないな」

「女が土壇場で熊谷を裏切ったのはあくまで結果だろう、古東君。困っている仲間のためにひと肌脱いだ自分を誇りに思えばいいじゃないか」

北岡が言って、軍用救急キットの蓋を開けた。鋏を取り出し、古東のシャツを切っていく。「よし、傷はたいしたことない。ラッキーだったな」

「北岡さんの言うとおりだぞ。それに世の中が自分勝手なクズ人間で埋め尽くされているわけじゃないとわかったんだから、いいじゃないか」今度は久米野が言った。それから訊く。「それでお前、自衛隊を脱走してこれからどうするつもりなんだ？」

「今そんなこと訊かれて俺がすんなり答えられると思うのか？」

あきれたように古東が言い、訊き返す。

「まさか、まだ俺を逮捕しようとか思ってないだろうな。俺と一緒に他人の敷地に入っていって人を殺しまくって、ついでに俺のことも撃ちやがったんだぞ、お前は」

「わかってるよ」

久米野はうるさそうに言い、ブーツのサイドジッパーを下ろすと温泉につかったようなうめき声をもらし、靴下も脱いで猛烈な勢いで足を掻き始めた。

「久米野警部、古東さんを撃ったんですか」

運転しながら小桜が険しい顔で訊いた。

「アクシデントだよ。いまや俺も署には帰れない。被害者ぶった変態レイプ殺人鬼が有名弁護士と組んで俺を葬ろうとしているからな。今頃自宅にも同僚のデカが張ってるかもしれない。俺の世も末だよ」

「どうすんだよ」古東が訊き、にやりとした。

なおも爪先を掻きつつ、久米野は言った。

「さあね。とりあえず、郵便ポストがあったら手紙を出したい。それから苦労人のパパを娘に会わせてやろうじゃないか」

神谷が晴れやかな顔で、涙をぽろぽろと流した。

◆

午前10時07分22秒。

シェイド・オブ・ヘイトのボーカリスト・えりいと（本名　山田種夫）は急性細菌性髄膜炎により息を引き取った。

享年24歳と報じられたが、本人も所属事務所も年齢を偽っていたため本当は30歳であった。

（終）

本作品は当文庫のための書き下ろしです。

本作品はフィクションであり、実在の個人・団体などとは一切関係ありません。

文芸社文庫

狂乱《きょうらん》羊群《ようぐん》　あいつは戦争がえり2

二〇一八年二月十五日　初版第一刷発行

著者　戸梶圭太
発行者　瓜谷綱延
発行所　株式会社　文芸社
〒一六〇-〇〇二二
東京都新宿区新宿一-一〇-一
電話　〇三-五三六九-三〇六〇（代表）
〇三-五三六九-二二九九（販売）
印刷所　図書印刷株式会社
装幀者　三村淳

ISBN978-4-286-19517-9